T. H. White

Ein Überlebensroman · Übersetzt von Peter Naujack

Eugen Diederichs Verlag

Titel der englischen Originalausgabe:
»The Elephant and the Kangaroo«
New York 1947, London 1948

CIP-Kurztitelaufnahme der Deutschen Bibliothek
White, Terence H.:
M[iste]r White treibt auf der reissenden Liffey
nach Dublin: e. Überlebensroman
T. H. White. Übers. von Peter Naujack.
1. Aufl. – Köln: Diederichs, 1984.
Einheitssacht.: The elephant and the kangaroo ‹dt.›
ISBN 3-424-00783-8

Erste Auflage 1984

Umschlaggestaltung: Tilman Michalski
Satz: Lichtsatz Heinrich Fanslau, Düsseldorf
Druck und Bindung: May & Co., Darmstadt
ISBN 3-424-00783-8

Für David Garnett

»There is a tide in the affairs of men
Which, taken at the flood, leads on to fortune:
Omitted, all the issue of our lives
Is spent in shallows and in miseries.«

Kapitel 1

Mr. White stand in seinem Arbeits- oder Spielzimmer, die Brille auf der Nasenspitze und eine kleine Ölkanne in der Hand. Er war ein großgewachsener Mann mittleren Alters mit grauem Haar und einem unregelmäßig wuchernden Bart, ähnlich einem der Sikhs beim Staatsbegräbnis von Queen Victoria. Sein Gesicht zeigte den eifrigen und leicht besorgten Ausdruck eines guten Hundes, der sich gerade anschickt, den Spazierstock seines Herrn aus der See zu apportieren.

Das Spielzimmer war voller Hobelspäne, Bücher, Werkzeug, Farbe, Gewehre, Angelruten, Imkerschleier und dergleichen Dinge. Es hatte einen rohen, ungestrichenen Dielenboden, und auch die Bücherborde waren aus rohem Holz. Ein Lehnsessel stand darin und eine selbstgebaute Drehbank, die nicht funktionierte. Ein Schwalbenpärchen hatte sein Nest auf der Tür des Werkzeugschrankes gebaut, und die vier jungen Schwälbchen saßen in einer Reihe darin. Die gelben Schnabelschlitze ließen sie aussehen wie Ritter in ihrer Rüstung und mit Turnierhelmen aus Flaumfedern.

Mr. White hatte ein Geheimfach im Fußboden konstruiert, in dem er seine goldene Uhr verstecken konnte. Dazu hatte er eines der Dielenbretter als Deckel mit einem unsichtbaren, oder fast unsichtbaren Scharnier versehen und einen Nagel als Blindnagel so angebracht, daß er ihn hervorziehen konnte, wenn er das Brett anheben wollte. Die Uhr, für die er diese Vorrichtung geschaffen hatte, besaß sieben verschiedene Skalen auf ihrem Zifferblatt. Man konnte darauf den Monat ablesen, das Datum, den Wochentag, die Mondphase, die Tageszeit und die Sekunde.

Gleichzeitig war sie auch eine Stoppuhr, mit der man bei Wettrennen die Zeit messen konnte, sowie eine Repetieruhr, die einem die Stunde, Viertelstunde und Minute sogar im Dunkeln angab. Sie hatte so viele Skalen, daß es in der Tat schwierig war, einfach nur die Zeit abzulesen, und da sie zudem als Jagduhr ein Sprungdeckelgehäuse besaß, bei dem man zum Öffnen einen Federknopf drücken mußte, ehe man sie überhaupt befragen konnte, war der beste Platz für sie schon unter den Dielen. Denn außerdem war sie sehr wertvoll.

Mr. White hatte gerade den Nagel geölt.

Die Schwälbin schwirrte mit einer Bachmücke im Schnabel zum Fenster hinein, sah ihn zwischen sich und dem Nest stehen, flog eine scharfe Kurve und flitzte mit einem Schrei wieder aus dem Fenster. Alle jungen Schwälbchen schossen wie Kastenteufelchen aus dem Nest und sperrten schrill piepsend die Schnäbel auf: »Mir! Mir! Mir! Mir!« Sie meinten die Bachmücke. Teilnahmsvoll ließ er einen Tropfen Schmieröl in jeden Schnabel fallen, und die Schwälbchen ließen sich, zweifelnd den neuen Geschmack prüfend, ins Nest zurückgleiten.

In diesem Augenblick brach unten der Tumult aus.

Zwei Türen öffneten sich schneller und lauter als üblich – er identifizierte sie als die Küchen- und die Hintertür –, und Mickey O'Callaghans Stimme sagte: »Jesus, Maria und Jo-.« Ehe er das »Josef« beenden konnte, war er schon aus der Hintertür. Und dann begann Mrs. O'Callaghans Stimme in hohem, weinerlichen Tonfall den Rosenkranz zu beten: »Heiligemariamuttergottes . . .« Gleichzeitig hörte er etwas Metallisches von einem Bord fallen – er hielt es für eine der Kasserollen (die von den Iren passenderweise Einbrenner genannt werden) –, und danach klirrte zerbrechendes Porzellan, das die Iren auch Delft nennen. In seinen Ohren klang es wie Tassen und Untertassen. Als nächstes hörte das Rosenkranzgebet mitten im »Bitt'fürunssünderjetztund« auf, die Küchentür knallte zum zweiten Mal, und Mrs. O'Callaghan kam die Treppe heraufgehetzt wie ein Regiment Mäuse mit der Katze auf den Fersen.

Sie war eine große, hagere Frau von über fünfzig Jahren, die sich ständig etwas zu schaffen machte und nie etwas fertig bekam. Sie pflegte mitten in einer Arbeit aufzuhören und etwas anderes anzufangen. Die Ergebnisse waren enttäuschend. Sie war ein Schatz.

Eine schöne rote Setterhündin namens Brownie, die in dem Lehnsessel im Spielzimmer geschlafen hatte, schreckte von Mrs. O'Callaghans Getrappel auf und begann in hysterischem Falsett zu bellen.

»Mister White, Mister White, da ist was durch den Kamin runtergekommen!«

»Was ist es denn?«

»So was wie ein Banshee, ein todverkündender Geist!«

Brownie hatte die Treppenstürmerin inzwischen erkannt und war zu dem Schluß gekommen, daß es sich um ein Spiel handeln müsse; deshalb tollte sie bellend um Mrs. O'Callaghan herum, wodurch die beiden gezwungen waren, ihre Unterhaltung schreiend fortzusetzen.

»Ist es eine Dohle?«

Die Dohlen hatten in allen Kaminen von Burkestown Nester aus Zweigen gebaut, so daß man nach der Brutzeit nirgendwo mehr ein Feuer anzünden konnte und junge Dohlen in den Feuerstellen als etwas ganz Alltägliches ansah. Die toleranten Tiere hatten jedoch den Küchenkamin respektiert, und man konnte wenigstens noch warme Mahlzeiten kochen. Als Mr. White gefragt hatte, ob es eine Dohle sei, hatte ihn flüchtig der Gedanke bedrückt, daß diese Toleranz nun zu Ende sein könnte und sie in Zukunft von kaltem Schinken leben müßten.

»Nein.«

»Ist es eine Katze?«

Einige Katzen hatten ebenfalls in den Kaminen von Burkestown Zuflucht gesucht, allerdings in den unteren, astfreien Regionen, und waren dort verwildert. Nachts kamen sie wie Harpyien heraus und plünderten Milch- und Speisekammern, verschwanden aber wie der Blitz wieder im Kamin, wenn jemand die Tür öffnete. Keiner wußte, was man dagegen tun könnte, da sie rauchfest waren – ein interessantes Beispiel der Anpassung an Umweltbedingungen.

Mrs. O'Callaghan verneinte die Frage nach Katzen. Die wissenschaftliche Einstellung von Mr. White hatte sie beruhigt, so daß sie zunächst auf das weitere Herunterbeten des Rosenkranzes verzichtete. Sie war bereit, ein defensives Interesse an jenem Etwas zu zeigen, das da herabgestiegen war, und sogar Brownie zurückzuweisen, soweit möglich. Mr. White, stets der pragmatische Engländer, nahm die Sache in die Hand, wie immer in solchen Situationen, und sie war ganz damit einverstanden. Ihr ganzes Leben bestand aus verwirrenden Situationen – zum Beispiel pflügte ihr Mann jetzt immer noch an seinem Vorjahrspensum, obwohl es inzwischen August geworden war –, und ihre gewöhnliche Reaktion darauf war, sie so weit wie möglich zu ignorieren. Als Mr. White darauf bestanden hatte, eine Windlichtmaschine aufzustellen, um etwas elektrischen Strom für Beleuchtungszwecke zu erzeugen, hatte Mrs. O'Callaghan sich beispielsweise geweigert, die Bedienung der Bremse zu erlernen, weil sie dann, unwissend, grundsätzlich nicht zur Verantwortung gezogen werden konnte, wenn die Maschine zu Bruch ging.

Und jetzt rief sie erwartungsvoll, wie jemand, der eine Karte ausspielt und auf die Karte des Gegenspielers gespannt ist: »Es sieht eigentlich mehr wie ein Flederwisch aus.«

Er wußte, daß es kein Flederwisch sein konnte, weil er den

gekrümmten Kamin vom darüberliegenden Zimmer ausgekehrt hatte, und außerdem besaß der Küchenherd drei Zugklappen. Er machte die Tür für Brownie auf, die in Erwartung eines Spaziergangs sofort hinausschoß, worauf er die Tür listig wieder schloß, so daß ihnen die ungewohnte Stille auf die Ohren schlug.

»Wofür halten Sie es denn?«

Genau wie beim Doktor, dachte Mrs. O'Callaghan: ›Wo tut's denn weh, Madam? Spüren Sie hier einen Schmerz?‹ Sie faltete die Hände mit den langen Fingern und sagte offen ihre Meinung:

»Es könnte der Erzengel Michael sein.«

Nichts hätte Mr. White mehr ärgern können. Etwa einmal im Monat hatte er mit Mrs. O'Callaghan eine Auseinandersetzung über Religionsfragen, bei der er ihr mit unerschöpflicher Geduld erklärte, daß es überhaupt keinen Gott gebe und die Welt durch einen spontanen Verbrennungsprozeß entstanden und durch natürliche Auslese vervollkommnet worden sei. Er legte so großen Wert auf dieses Thema, daß er sich sogar die Mühe gemacht hatte, ein kleines Büchlein für Mrs. O'Callaghan zu schreiben, in dem er ihr mit lauter einsilbigen Worten alles über Darwin und die Amöben erklärte. Aber nachdem Mrs. O'Callaghan zwei Seiten gelesen hatte, hatte sie es in den Wäscheschrank gelegt; und Mickey O'Callaghan, der es zum Grundsatz seines Lebens gemacht hatte, jeder Arbeit aus dem Wege zu gehen, hatte es zum Feueranzünden verwendet, um nicht trockene Zweige sammeln zu müssen. Als Mr. White das zu hören bekam, hatte er auf dem Absatz kehrt gemacht und wortlos das Zimmer verlassen.

Gewöhnlich traf er Mrs. O'Callaghan zweimal am Tage betend an. Sie pflegte ihre Morgengebete im Eßzimmer vor dem *Kind von Prag* und ihren abendlichen Rosenkranz in der Küche aufzusagen, wenn er gerade mit einem Ölkännchen oder einem Hammer in der Hand hereinkam und ärgerlich wieder hinausging, während Mrs. O'Callaghan ihn einfältig und schuldbewußt anlächelte. Sie besuchte auch alle Messen im Ort und betete an jedem ersten Freitagabend eine geschlagene Stunde lang, da sie für eine Art Marathon-Novene trainierte. Ihm war so ziemlich klar, daß die Poesie der Religion sozusagen das einzige bißchen Farbe in ihrem Leben war, aber er fand dennoch, daß dies nicht gut für sie sei. Er war ein seriöser Mensch und hatte den unbezähmbaren Wunsch, andere Menschen daran zu hindern, etwas zu tun, was nicht gut für sie war. Wie er Mrs. O'Callaghan schon wiederholt erklärt hatte, sei Beten schlecht für die Menschen, weil es eine Art Wunscherfüllung darstelle. Wenn Sie zum Beispiel, hatte er gesagt, irgendetwas verlieren, knien Sie nieder und beten zum Heiligen Antonius, es für Sie wiederzufinden. Da es aber keinen Heiligen Antonius und keinen Gott gibt, wie ich Ihnen schon in meinem Büchlein erklärt habe, sind die Augenblicke, die Sie auf den Knien verbringen, vergeudete Augenblicke, die Sie besser mit der Suche nach dem verlorenen Gegenstand verbracht hätten. Ja, Sie fügen sich sogar selbst mit dem Beten Schaden zu, und dieser Schaden entspricht genau der Summe der verlorenen Zeit. Mrs. O'Callaghan aber ließ sich nie von Mr. Whites religiösen Argumenten erschüttern, brachte ihn dagegen immer wieder aus der Fassung. Ständig entdeckte er neue Dinge, an die sie glaubte, beispielsweise daß Engel wirklich auf Flügeln daherflögen oder daß Jesus Christus wirklich einen Bart hätte und einen Heiligenschein, der sichtbar über seinem Kopf schwebte. Er erklärte ihr, wie groß das Brustbein eines Engels sein müßte, um die Flügelmuskulatur halten zu können, und er kaufte ihr ein Buch, in dem Jesus Christus in Illustrationen aus dem 4. Jahrhundert ohne Bart und ohne Heiligenschein dargestellt war. Mrs. Callaghan versuchte dann einen dankbaren Eindruck zu erwecken, verabscheute jedoch insgeheim dieses Buch,

weil die Bilder, wie sie zu verstehen gab, absolut keine Ähnlichkeit mit unserem Herrn hätten.
Das Ärgerliche an diesen Streitgesprächen war, daß er sie stets verlor. Mrs. O'Callaghan hatte verschiedene, von hervorragender Obstruktionstaktik zeugende Erklärungen parat, die ihn verblüfften. Zum Beispiel bewies sie ganz leicht, soviel er auch von Amöben redete, daß es einen Gott gebe, indem sie erklärte, daß Gott ja gesagt hätte, es gäbe einen Gott, und also müsse es so sein. Eines ihrer stärksten Geschütze war die göttliche Allmacht. Wo auch immer Mr. White Gott bei einer lächerlichen oder unmöglichen Handlungsweise ertappte, wie etwa bei der Auferstehung der Leichen zweier Kannibalen, von denen der eine den Körper des anderen aufgefressen und in körpereigene Substanz verwandelt hatte, sagte Mrs. O'Callaghan respektvoll: »Aber wir wissen doch, Mr. White, daß für Gott *alles* möglich ist.«
Doch um wieder auf dieses Ding zurückzukommen, das durch den Kamin herabgesaust war: als Mrs. O'Callaghan erklärte, daß es der Erzengel Michael sei, spürte Mr. White eine *hysterica passio* oder mütterliche Regungen in sich aufsteigen.
Er meinte sarkastisch: »Ich nehme an, daß es einen Heiligenschein hat?«
Mrs. O'Callaghan nahm seine ironischen und die meisten seiner scherzhaft gemeinten Bemerkungen stets für puren Ernst. Schließlich hatte er es aufgegeben, Witze für sie zu machen, aber er blieb ironisch, wenn sie ihn verärgerte.
»Nun ja«, antwortete sie, »es könnte auch ein Hut sein.«
Mr. White sagte resigniert: »Ich glaube, ich werde wohl selbst nachsehen müssen, was es ist.«
Er öffnete die Tür – von der Brownie inzwischen eifrig die Farbe abgekratzt hatte – und setzte sich, die Ölkanne in der Hand, an die Spitze der Expedition. Mrs. O'Callaghan schloß sich an.

Die Treppe war mit Wachstuch bedeckt, und drei der Geländerstäbe waren zerbrochen. Auf dem Treppenabsatz stand, ohne schützende Vitrine, ein verstaubter, ausgestopfter Fuchs, dessen Schwanz von Motten abgefressen war, und zwischen den von Fliegendreck getüpfelten Spitzenvorhängen auf dem Fenstersims standen drei Töpfe mit welkenden Geranien. Am Fuß der Treppe hing eine Pastellzeichnung von Croagh Patrick, die Mr. White zur Erinnerung an eine Pilgerfahrt dorthin in jener Zeit, bevor er Freidenker wurde, angefertigt hatte.

An dieser Stelle ließ Mrs. O'Callaghan verzagt ihren Anführer im Stich und verschwand im Eßzimmer, wo sie vor dem *Kind von Prag* niederkniete und darum betete, daß der Erzengel wieder fortgehen möge.

Mr. White, dem ihre Desertion nicht entgangen war, stieg die letzten drei Stufen zur Küche mit einem Herzklopfen hinunter, das so gar nicht seinem sonstigen Wesen entsprach. Behutsam öffnete er die Tür einen Spaltbreit für den Fall, daß das, was dahinter steckte, hinausfliegen oder -laufen wollte, denn er war ein Mann, der häufig Dachse, Hasen, Kaninchen, Eulen, Schlangen, Füchse und viel anderes Getier im Hause zu halten gewohnt war; deshalb lugte er vorsichtig um die Kante der Tür, bereit, sie notfalls sofort zuzuschlagen.

Und da war der Erzengel, genau wie sie gesagt hatte, vor der mittleren Ofenklappe.

Er schwebte in einem von ihm selbst ausstrahlenden milden Lichtschein vor dem dunklen Hintergrund des Küchenherdes und schaute Mr. White mit furchteinflößend feierlicher Herrlichkeit genau in die Augen.

Kapitel 2

Nachdem Mr. White den Erzengel eine halbe Minute lang angesehen hatte, machte er eine ruckartige Bewegung, eine Art Kniebeuge – einen Kratzfuß, wie unsere Vorfahren das wohl genannt hätten – und hob die Hand zum Kopf, als wollte er seinen Hut abnehmen. Da er jedoch dort keinen Hut zum Abnehmen fand, fummelte er verlegen an seiner Stirnlocke herum, verneigte sich unbeholfen und schloß die Tür. Er ging zurück zu Mrs. O'Callaghan ins Eßzimmer.

Er ärgerte sich gewaltig, als er sie dort betend fand.

»Was soll denn der Unsinn, dieses Ding anzubeten, wenn Sie den Erzengel Michael in der Küche haben?«

»Ist sie immer noch da?«

Das brachte ihn vollends auf die Palme. Auf der Farm hatten sie: einen Zuchtstier, der die Nachbarschaft versorgte, einen stinkenden Ziegenbock, einen Widder, einen Hahn, zwei Enteriche, drei Truthähne, einen Collierüden, etliche Ochsen und zwei Eber (inzwischen allerdings kastriert). Von all diesen Tieren sprach Mrs. O'Callaghan als ›sie‹, entweder aus Prüderie oder in stillem Protest gegen die Realitäten des Lebens.

Mr. White, der an einer orthodoxen Pneumatologie festhielt, sagte wütend: »Es ist keine ›Sie‹, es ist ein ›Er‹!«

»Jedenfalls ist es mir auf den Magen geschlagen.«

Er stellte die Ölkanne auf einen Teller, um die Anrichte zu schonen, nahm das kleine, rote Paraffinlämpchen, das ständig vor dem *Kind von Prag* brannte, und ging damit zurück zur Küche. Er hatte Angst, dem Erzengel zu nahe zu kommen, aber er setzte das Lämpchen auf den Küchentisch und ging rückwärts wieder hinaus. Vielleicht tat er dies, weil er jahrelang Mäuse an Eulen, Fliegen an Schwalben, Frösche an Schlangen und Milch an Igel verfüttert hatte, wenn sie in seine Obhut gelangten.

Brownie zeigte keine Furcht vor dem Erzengel Michael, sondern lief hin und schnupperte gleichgültig an ihm. Sie verlor aber sogleich jedes Interesse, weil entweder sie keine Seele besaß, oder der Erzengel keinen Geruch; man konnte schwer sagen, was zutraf.

Als er ins Eßzimmer zurückkam, sagte Mrs. O'Callaghan: »Das ist alles bloß Mickeys Schuld, weil er so schändlich über Pater Byrne hergezogen ist, als der uns seinen Ochsen nicht angeboten hat.«

Zur Hauptbeschäftigung in Burkestown gehörte es, jemand anderem die Schuld für irgend etwas zuzuschieben. Mr. und Mrs. O'Callaghan versuchten selten über die problembeladene Zukunft nachzudenken – ob es zum Beispiel ratsam sei, den Torf nach Hause zu fahren, ehe er wieder naß würde; oder ob es klug wäre, Raps auf die drei Morgen Land zu säen, bei denen es zu spät für Gerste geworden war –, aber über die Vergangenheit zerbrachen sie sich meisterhaft den Kopf. Wenn der Torf den ganzen Winter draußen geblieben und das meiste davon gestohlen worden war, oder wenn die besagten drei Morgen Land von einem dichten Teppich Sauerklee überwuchert waren, sagte Mrs. O'Callaghan, an dem Sauerklee wäre Mickey schuld, weil er den Mann zum Kartoffelhacken geschickt habe, wo er doch mit den Pferden hätte arbeiten sollen; und Mickey sagte, das mit dem Torf sei Mrs. O'Callaghans Schuld, weil sie ihn in Kilcuddy gekauft hätte, statt ihn aus dem Moor zu holen. Sie waren so gut in dieser Kopfakrobatik, daß sie schon das Stadium erreicht hatten, in dem sie einander die Schuld zuschieben konnten, ehe die Schuldfrage sich überhaupt gestellt hatte. Wenn zum Beispiel ein Inspektor kam, um den Stammbaum des Zuchtstiers zu prüfen, sagte Mr. O'Callaghan oft schon: »Ich hab' ihn dir gegeben«, ehe Mickey fragen konnte: »Wo hast du den Stammbaum des Bullen hingelegt?« Manchmal, wenn einer von ihnen etwas verlegt hatte, standen die beiden einander gegenüber und warfen sich vor: »Das ist deine Schuld, weil du's nicht in den Küchenschrank getan hast, als ich's dir gesagt habe«, oder: »Ich hab's in den Küchenschrank getan, aber du bist schuld, weil du inzwischen die Küche geweißt hast«, während sie gleichzeitig den gesuchten Gegenstand in den Händen hielten und sogar damit herumwedelten, um die Argumente ihres Streits zu unterstreichen.

»Wir wissen nicht«, sagte Mr. White, »ob überhaupt jemand dafür verantwortlich ist. Vielleicht ist der Erzengel gekommen, um Sie zu loben oder Ihnen eine Botschaft zu bringen, oder als Höflichkeitsbezeigung oder etwas dergleichen.«

»Und Mickey ist *doch* schuld, weil er schlecht über die Priester gesprochen hat. Zur Zeit meiner Mutter (Gott hab' sie selig) gab es einen Mann, der versuchte den Ochsen des Pfarrers mit einer Mistgabel von seinem Land zu treiben. Und wissen Sie was, Mister White: dieser Mann erstarrte im selben Augenblick zu Stein, wie eine Grabstatue, und sie mußten Pater Quin aus Cashelmor holen, um ihn wieder beweglich zu machen, Gott sei ihm gnädig.«

»Aber dies hier hat nichts mit dem Vertreiben von Ochsen mit Mistgabeln zu tun. Wir wissen doch nur, daß der Erzengel Michael durch den Küchenkamin gekommen ist, und wir müssen herausbekommen, was er von uns will.«

»Es könnte auch der Teufel sein.«

»Er könnte es, aber er ist es nicht. Wir werden dem früher oder später ins Gesicht sehen müssen, Mrs. O'Callaghan, also warum nicht jetzt?«

»Soll Mickey ihr doch ins Gesicht sehen. Er ist doch mein Mann, oder nicht? Haut im selben Augenblick, als sie durch den Kamin gerutscht kommt, durch die Spülküchentür ab und überläßt seine eigene Frau einem schrecklichen Schicksal!«

»Wenn Sie wollen, kann ich Mickey ja holen. Aber wir sollten alle zusammen hingehen.«

»Keine zehn Pferde bringen mich in ihre Nähe, ehe sie nicht verschwunden ist.«

»Aber Mrs. O'Callaghan. Sie sprechen stets Ihre Gebete, zahlen für Messen und lesen die Schriften des Heiligen Antonius. Ich hätte gedacht, daß Sie sich freuen würden, den Erzengel Michael zu sehen! Und denken Sie nur, was für ein phantastisches Ereignis das für Burkestown ist. Würden Sie sich nicht elend fühlen, wenn Sie einen Erzengel ohne Willkommensgruß aus Ihrer Küche hätten fortgehen lassen? Wäre es nur Mrs. James aus Ecclestown, Sie würden ihr entgegeneilen, um sie zu begrüßen.«

»Ich kann nicht gehen, bevor ich meine Seele vorbereitet habe.«

»Wie lange brauchen Sie dazu?«

»Vielleicht die ganze Nacht.«

»Aber Sie können den Erzengel Michael nicht die ganze Nacht warten lassen . . .«

Mrs. O'Callaghan entzog sich allen weiteren Unannehmlichkeiten, indem sie ihr Gesicht in den Rosenkranz versenkte. Mr. White machte einen Augenblick lang einen bekümmerten und ratlosen Eindruck; doch dann raffte er sich auf und sauste davon, um wie ein gewissenhafter Schäferhund wenigstens Mickey aufzustöbern.

Dieser steckte auf dem Haferboden der Scheune. Ehe er sich dort versteckte, hatte er sich mit einer zweizinkigen Forke bewaffnet, und als er Mr. White die Leiter heraufkommen hörte, tat er so, als wendete er den Hafer mit der Gabel. Da es August war, gab es nur noch sehr wenig Hafer. Mickey hatte sich nach dem Einschütten, als es noch notwendig war, stets vor dem Wenden gedrückt. Außer-

dem war eine Heugabel kaum das geeignete Gerät, um einen Haufen Getreidekörner umzuschichten. Doch Mikkey war nun einmal so.
Er war ein kleiner, rotgesichtiger Mann um die sechzig, der ein bißchen wie der erste Herzog von Wellington und ein bißchen wie eine Schildkröte aussah. Er hatte die Wellington-Nase, und die Haut um seinen dünnen Hals schlug Falten, so daß man meinte, er könnte seinen Kopf, wenn es brenzlig würde, zwischen die Schultern ziehen. Wäre ihm diese Fähigkeit wirklich zu eigen gewesen, so hätte er gewiß die meiste Zeit seines Lebens mit eingezogenem Kopf verbracht, denn fast alles auf der Farm machte ihm gewaltige Angst: der Bulle, die Pferde, die Bienen und sogar die Truthähne. Bei Mr. White war er auch höchst selten gut angeschrieben. Zum Teil lag das an seiner Ängstlichkeit, zum Teil an seiner Faulheit und zum Teil daran, daß er schon rein äußerlich einem Neandertaler Einfaltspinsel ähnelte. Mr. White fand voller Entrüstung immer wieder neue Dinge heraus, die der arme Mickey *nicht* machen konnte. Obwohl er angeblich Bauer sein wollte, konnte Mickey nicht pflügen, säen oder mit Pferden arbeiten; doch komplizierte Dinge wie diese standen gar nicht erst zur Debatte. Die Sachen, die Mr. White wütend machten, waren für ihn einfach unglaublich. Zum Beispiel konnte Mickey weder seine Taschenuhr aufziehen oder die Zeit am Minutenzeiger ablesen noch jemand auf einem Photo wiedererkennen – er pflegte das Bild verkehrt herum zu halten. Einmal, als Mr. White ihn nach Tara mitgenommen hatte, um seinen Verstand zu stärken, deutete Mickey auf die etwa acht Meilen entfernte Kirchturmspitze von Trim und fragte: »Wer ist der Mann da?« Er wußte weder sein eigenes Alter noch seinen Familiennamen – Mr. White hatte ihn zufällig für ihn auf einer Firmungsbescheinigung gefunden, als er die Volkszählungsformulare für den Haushalt ausfüllte. Mickey konnte

nicht allein eine Säge handhaben – er setzte sie verkehrt herum an – und auch keinen Nagel einschlagen. Zu einem seiner Felder gab es eine Pforte, die er nicht aufmachen konnte, und deshalb kletterte er hinüber und tat dabei so, als mache ihm das mehr Spaß. Einmal verbrachte Mr. White, der sich leicht für eine verrückte Idee begeistern ließ, den ganzen Winter damit, Socken für sich selbst zu stricken. Irgendwie steckte er Mickey mit dieser Begeisterung an, der schließlich bat, ihn das Stricken zu lehren. Sechs Monate lang versuchte Mr. White jeden Abend eine Stunde lang, ihm eine einfache Masche beizubringen. Er versuchte es mit Stricknadeln und Wolle; er versuchte es mit Spazierstöcken und Bindfaden; er versuchte es mit zwei Schüreisen und einem Stück Wäscheleine. Mickey schwitzte fürchterlich, besonders an den Händen, er verklebte die Wolle, er zerbrach einen Spazierstock, aber er brachte nie selbständig eine einzige Masche zustande. Es war ein einziger Fehlschlag.

Diese absolute Unfähigkeit, die Mr. White so aufregte, sowie seine Faulheit und Drückebergerei versteckte Mickey unvollkommen unter einem Firnis von Selbstzufriedenheit, den er sich gewissermaßen in Notwehr zugelegt hatte. Er versuchte sich einzureden, daß er ein Mann für alles sei, und ging manchmal so weit, Mr. White bei seiner Zimmerei Ratschläge zu erteilen, allerdings mit vernichtenden Resultaten. Wie die meisten schwachen Menschen wurde er auch leicht widerborstig. Wenn jemand dumm und deswegen schuldbewußt war, das hätte Mr. White noch verzeihen können. Daß er jedoch dumm und obstinat und selbstzufrieden war, das konnte und wollte Mr. White keinesfalls verzeihen. Zwar schmähte oder kränkte er Mickey deswegen nie, aber die Adern an seinen Schläfen schwollen zu Knoten an, und manchmal mußte er eine Dosis von Andrews Lebersalz nehmen, um sich zu beruhigen.

Mickey O'Callaghan stand im Ort in dem Ruf, einfältig zu sein. Abgesehen von den erwähnten Sonderlichkeiten stimmte das jedoch nicht. In der Führung der Farm war er allerdings ein hoffnungsloser Fall – das heißt, wenn es darum ging, sich mit den notwendigen Arbeiten zu befassen; wenn es jedoch darum ging, wie diese Arbeiten sich am besten vermeiden ließen, war er ein Genie. Eines der Hauptärgernisse für Mr. White war, daß er nie ganz dahinter kam, ob Mickey nun wirklich nicht pflügen konnte, oder ob er es nur nützlich fand, nicht pflügen zu können, weil ihn das vor der eigentlichen Arbeit bewahrte. Manchmal fragte er sich allen Ernstes, ob Mickeys ganze Tolpatschigkeit und sein kindisches Wesen nicht nur eine unbewußte, aber sorgfältig aufgebaute Abwehr gegen das Arbeitenmüssen war.
Was die Situation für Mr. White aber besonders schmerzlich machte – und er litt ohnehin viel mehr unter dem Versuch, die O'Callaghans zu vervollkommnen, als sie unter dem Versuch, sich nicht vervollkommnen zu lassen –, war Mickeys unbestreitbarer Charme. Er war fröhlich, herzlich und freundlich. Er betete Mr. White förmlich an und hätte alles getan, um bei ihm nicht schlecht angeschrieben zu sein – alles, was nichts mit Arbeit oder Gefahr zu tun hatte. Er war gutmütig, außer wenn er seine Gemütsruhe verlor und wütend wurde, und dies auch nur bei unbelebten Gegenständen, denn lebende Wesen hätten sich ja wehren können. Einmal, als er sich die Finger an einer komplizierten Pforte eingeklemmt hatte, war er dabei beobachtet worden, wie er in Tränen ausbrach und wild mit dem Fuß gegen die Pforte stieß; dies wiederum tat seinem Zeh so sehr weh, daß seine Nase zu bluten anfing und Blut und Tränen zusammen von seinem spitzen Kinn rannen. Jedenfalls befand Mickey sich jetzt auf dem Haferboden, wo er ungefähr dreißig Pfund Körner mit einer zweizinkigen Gabel umrührte und dabei den Anschein zu erwecken

versuchte, als sei es äußerst wichtig, diese Aufgabe zu vollenden.

»Was, um Himmels willen, tun Sie da?«

»Ich bin dabei, das Zeug hier zu wenden«, sagte Mickey entschuldigend. Er merkte wohl, daß er damit nicht durchkommen würde.

Mr. White blickte sarkastisch auf die Heugabel, schluckte krampfhaft eine Bemerkung hinunter und erklärte: »Also, der Erzengel Michael ist in der Küche.«

»Oh Gott!«

»Ja, und wenn Sie das hier ein andermal erledigen könnten, würde Mrs. O'Callaghan sich freuen, wenn Sie ihn jetzt begrüßen kämen.«

»Wird der Kamin auch nicht in Brand geraten?«

»Das glaub' ich kaum.«

»Vielleicht wär's am besten«, wandte Mickey ein, »wenn wir ihn in Ruhe ließen?«

»Nein, das wäre nicht am besten. Es gibt nichts, wovor wir Angst haben müßten. Er wird uns nichts Böses antun.«

»Sind Sie ihm nahe gekommen?«

»Ja, zweimal. Es ist ganz ungefährlich.«

Mickey hatte Mr. Whites Worten stets Vertrauen geschenkt. Seine Bewunderung bestand jetzt die Prüfung. Er ließ die Heugabel auf dem Haferboden liegen – sie blieb danach für etliche Wochen verschwunden – und stieg die Leiter herunter, die Brownie mit traurigem Gesicht vergeblich zu erklimmen versuchte, die Augen flehend auf ihren Herrn am oberen Ende gerichtet. Aber er war immer noch ängstlich. »Zu solch einer Stunde durch den Kamin zu kommen!« meinte er mürrisch. »Können die sich denn keine passendere Zeit aussuchen?«

Mr. White führte seine zweite Expedition ums Haus herum und zur Vordertür. Aus irgendeinem Grunde mochte er nicht durch den Hintereingang und an der Kü-

che vorbeigehen. Sie kamen am Heuschuppen vorbei, in dem Schwalben nisteten; vorbei an der Wellblechgarage, in der Mr. Whites Auto stand, zum letzten Mal vor fünf Jahren gefahren; vorbei an einem Nebengebäude, Ned's Haus genannt, das keine Regenrinne rund ums Dach besaß und folglich ständig von unten her feucht war; vorbei am Gewächshaus, das Mr. White gebaut hatte, um dann im Sommer feststellen zu müssen, daß es doch nicht an einer echten Südseite lag; vorbei an der Sonnenuhr, auf die er in trüber Stimmung den Sinnspruch geschrieben hatte:
Auch jene dienen, die nur steh'n und warten; vorbei am ›Häuschen‹, das für zwei Benutzer gleichzeitig Platz bot, Seite an Seite; und vorbei an den Bienenstöcken, um die Mickey stets einen weiten Bogen schlug. Schließlich schlüpften sie rasch und geduckt durch die Vordertür ins Haus – rasch, weil zwei ungewöhnlich bösartige Schwärme wilder Bienen sich anscheinend auf Dauer in dem fächerförmigen Oberlicht der Tür niedergelassen hatten. An heißen und gewittrigen Tagen wurde die Vordertür deswegen praktisch kaum benutzt. Doch es war alles nur zum besten, denn dadurch wurde das Linoleum im Hausflur geschont. Im Flur hörte man ständig ein tiefes Summen, so wie von einem laufenden Dynamo.
Mrs. O'Callaghan kniete nicht mehr vor dem *Kind von Prag*. Sie konnten hören, wie sie in ihrem Schlafzimmer oben hin und her ging, und ihre besten Kleider anzog, um für die Auferstehung gerüstet zu sein, sollte es sich als notwendig erweisen. Unglücklicherweise konnte sie nicht auch die Unterwäsche wechseln, so gern sie es auch getan hätte, da die saubere im Küchenschrank lag.
Sie kam in ihrem Sonntagsstaat und mit Hut herunter. Mr. White hielt dies für lächerlich – was nur beweist, daß auch Engländer nicht alles wissen; denn nach kirchlicher Kleiderordnung hatte Mrs. O'Callaghan völlig recht, wenn sie einem Erzengel mit bedecktem Kopf entgegentreten woll-

te, wie schon die Heiligen Paulus, Ambrosius, Hieronymus und Cyprianus sowie der Kirchenschriftsteller Tertullian und andere nachgewiesen haben.
Außer dem Hut auf dem Kopf, hatte Mrs. O'Callaghan eine entkorkte Flasche Weihwasser in der Hand, den Daumen auf die Öffnung gepreßt. Sie war kampfbereit. Und wie ein kleines Mädchen, das zu einer Kindergesellschaft geht, war sie aufgeregt.
»Mickey, wie siehst du bloß wieder aus! Kannst du dich denn nicht hübsch machen?«
»Meine Schuhe sind in der Küche.«
»Du mußt dich rasieren.«
»Wasser?«
Um warmes Wasser zum Rasieren zu bekommen, hätte er den Kessel vom Küchenherd holen müssen.
»Also, dann zieh dir um Gottes willen wenigstens deinen Anzug an.«
Während Mickey sich in seinen dunkelblauen Anzug zwängte und einen sauberen Hemdkragen umband – ein reiner Glaubensakt, soweit es ihn betraf, weil der Kragen jedesmal wieder schmutzig war, wenn er ihn endlich um den Hals hatte –, ging Mr. White ebenfalls nach oben und band sich eine Krawatte um. Er bürstete sich die Haare. Das hatte eine verblüffende Wirkung auf sein Aussehen, denn normalerweise bürstete er es nur selten, abgesehen von morgens nach dem Aufstehen, trug auch selten einen Hut und verbrachte den größten Teil des Tages mit Arbeit im windigen Garten. Unter seinem zerzausten Haar und über dem wuchernden Bart wirkten seine verwunderten blauen Augen daher gewöhnlich wie zwei Eier in einem sehr unordentlichen Vogelnest, sagen wir einem Reihernest.
Als alle drei sich sauber und unbehaglich fühlten, bildeten sie eine Reihe und marschierten hinunter zur Küche.
Mrs. O'Callaghan schleuderte ein paar Spritzer Weihwas-

ser zum Küchenherd hinüber. Als dies keinerlei verderbliche Wirkung zeitigte, knieten sie verlegen Seite an Seite neben einem der Küchentische. Sie brauchten weder Fragen zu stellen noch etwa zu beten, sondern erhielten ihre Anweisungen in ehrfürchtigem Schweigen. Brownie leckte inzwischen geräuschvoll schmatzend unter dem Tisch aus einem Topf den Leim, mit dem Mr. White das Treppengeländer hatte reparieren wollen.

Kapitel 3

Es gab noch drei andere Leute, deren Leben sich zur Zeit dieser Geschichte in und um Burkestown abspielte, die aber bei der Verkündigung nicht anwesend waren. Es handelte sich um: ›Master‹ Pat Geraghty, eine etwas verpfuschte Ausgabe von Mr. White; Tommy Plunkett, den Landarbeiter, der sämtliche Arbeiten von Mickey auf der Farm erledigte; und ein junges Mädchen von sechzehn Jahren namens Philomena, deren Rock hinten ständig schwarz war.

›Master‹ Geraghty war ein untersetzter Mann mittleren Alters mit rosigen Wangen und glänzenden Augen. Er strotzte förmlich vor Gesundheit. Unglücklicherweise hatte er einen leichten Dachschaden. Doch es war nur eine milde Manie, keine akute oder katatonische, deshalb ließ man sie ihm bei den Einheimischen ohne Kommentar durchgehen. Es gab jede Menge Irrer in Cashelmor und Umgebung, die sich viel aufsehenerregender benahmen: indem sie etwa über Mauerkronen hinweg anderen Gesichter schnitten, sich unanständig aufführten oder einfach für den Rest ihres Lebens in einem Hinterzimmer eingeschlossen waren. Tatsächlich lebten in einem ansehnlichen Prozentsatz der Häuser von Cashelmor Eingesperrte in den Hinterzimmern. Einige davon waren ans Bett gefesselt, weil sie gewalttätig waren, andere waren ältere Männer, die nur noch Kleider von jungen Mädchen zu tragen bereit waren, wieder andere waren Frauen mit Triefaugen, die es aus Mangel an Bewegung oder sogar Tageslicht zu einem Gewicht von sage und schreibe zweieinhalb Zentnern gebracht hatten. Es war billiger, als sie in eine Anstalt einzuliefern.

›Master‹ Geraghty machte im Vergleich zu diesen eine gute Figur, da er lediglich an Größenwahn litt. Er glaubte, daß niemand irgend etwas so gut wie er selbst tun könnte. Das Verwirrende an dieser Einbildung war nur, daß er mehr oder weniger recht hatte. Er war ein guter Handwerker, der sorgfältig wie ein englischer Arbeiter an seine Aufgabe heranging. Wenn etwa der Boden eines Schweinestalls zementiert werden sollte, räumte er den Kot und sogar den feuchten Dreck darunter aus, bis er auf einen harten Untergrund stieß, ehe er mit dem Zementieren begann. Fast alle anderen im Umkreis von zehn Meilen von Burkestown klatschten den Zement einfach auf den Mist und ließen ihn reißen.

Sein Größenwahn wurde also von einer Menge Tatsachen gestützt. Unglücklicherweise war er aber außerdem auch noch unfähig, die Arbeit anderer Leute unangetastet zu lassen. Wie gut oder schlecht sie auch war, er riß sie in Fetzen und machte alles selbst noch einmal. Auf seine Kollegen hatte das eine entmutigende, ja aufreizende Wirkung. Ein Arbeiter, der den ganzen Tag mit dem Bau einer Mangoldmiete beschäftigt gewesen war, konnte sich natürlich schlecht darüber freuen, sie von Pat mit dämonischer Energie zerschmettert zu sehen, selbst wenn dieser sie danach wieder aufhäufte. Außerdem dauerte natürlich alles doppelt so lange, da es ja zweimal gemacht werden mußte. Folglich gerieten sich alle Arbeiter, die mit Pat zu schaffen hatten, am Ende buchstäblich mit ihm in die Haare. Er zerstörte nicht nur ihre Ergebnisse, sondern kritisierte die andern auch bitterböse während der Arbeit. Horden von aufgebrachten Heu- oder Erntearbeitern zerrten ihn gewöhnlich in irgendeinen Straßengraben und prügelten ihn halb bewußtlos, aber er hörte nicht auf, ihnen zu sagen, was sie alles falsch machten.

Nachdem man ihn mehrmals so zugerichtet hatte, arbeitete er, wenn möglich, nur noch alleine. Er kannte sich verhältnismäßig gut – wußte jedenfalls, daß er nicht mit anderen Handwerkern auskam – und verdiente sich seit einigen Jahren seinen Lebensunterhalt mit einsamem Grabenziehen. Wenn man durch die Landschaft von Cashelmor spazierte, die einem etwas flacheren Buckinghamshire mit weniger Wald und ab und zu einem kleinen Moor glich, konnte man ohne weiteres auf einen klaffenden Riß in der Erde stoßen, auf dessen Grund ›Master‹ Geraghty mit der Energie von zwanzig Maulwürfen drauflos schaufelte. Wenn Pat den Spaziergänger kannte, und besonders, wenn er ihn mochte, mußte der Mann zwanzig Minuten oder länger bei ihm stehenbleiben und den Graben bewundern. Keine Schmeichelei konnte ihn befriedigen. Die Schönheit seines Abzugsgrabens, die Glätte, die handwerkliche Ausführung, die enorme Arbeitsleistung seit dem frühen Morgen, all das mußte zwei- oder dreimal gelobt werden, und auch dann war der Master noch nicht zufrieden.

Er wurde nur hinter seinem Rücken ›Master‹ genannt. Er war unverheiratet und lebte mit einer taubstummen Schwester zusammen.

Mr. White war durch ein Mißverständnis zu diesem Mann gekommen. Pat war angestellt worden, ein paar Abzugsgräben von Burkestown zu reinigen, und die taubstumme Schwester hatte, oder vielleicht auch nicht, zweieinhalb Paar Socken von der Wäscheleine gestohlen, jedenfalls verdächtigte man sie dessen; dazu kam noch ein metallener Spaltkeil (zum Bäumefällen) und weiterhin Komplikationen mit einem Stiefvater, einem Viehstall und einem Armenhaus, zusammen mit einigen anderen Einzelheiten, die zu kompliziert sind, um sie anders als in epischer Breite zu erzählen. Das Ergebnis war, daß Pat Geraghty entlassen werden sollte – man redete sogar davon, ihm, oder vielleicht war auch seine Schwester gemeint, die Bürgerwehr auf den Hals zu hetzen –, während Mr. White fälsch-

lich glaubte, daß er, beziehungsweise sie, unschuldig sei. Ehe er wußte, wie ihm geschah, war er daher zum Vollzeit-Arbeitgeber von Pat Geraghty avanciert, der für ihn keinen irdischen Nutzen hatte.
Der zweite Mann, Tommy Plunkett, war ein junger Bursche von dreiundzwanzig Jahren ohne besondere Eigenschaften. Er wurde später wegen Kindesmord verhaftet und streng verwarnt, das nie wieder zu tun; doch in ländlichen Gegenden ist dies ein allgemein übliches Verbrechen. Technisch war er unbegabt, wenn auch nicht ganz so unbegabt wie Mickey, und alle Arbeiten, die auf dem Hof überhaupt getan wurden, erledigte er.
Philomena war wegen ihrer Familie erwähnenswert. Sie besaß dreiundzwanzig Brüder und Schwestern, die alle mit ihren Eltern in einem Haus von etwa drei mal drei Metern inmitten eines kleinen Moores wohnten. Ihre Schwestern waren fast immer schwanger, und von einer hieß es, sie habe ihr Erstgeborenes erwürgt, weil es ein uneheliches Kind gewesen sei, und in einem Schuhkarton auf dem richtigen Friedhof beerdigt. Aber da sie vom Graben bald die Nase voll und den Schuhkarton nur mit zwei bis drei Zentimetern Lehm bedeckt hatte, wurde er später von einem der verhungerten Hunde aus der Nachbarschaft wieder ausgescharrt. Das verursachte große Empörung im Ort, und der *Cashelmor Independent* kam mit der aufgebrachten Schlagzeile heraus:

SCHÄNDLICHES BENEHMEN EINES HUNDES.

Ihr Hinterteil war schwarz, weil sie stets die Hände daran abwischte. Sie und Mrs. O'Callaghan waren der Ansicht, daß die Finger vor den Werkzeugen geschaffen worden waren. Sie machten alles mit den Fingern, vom Tee-Umrühren bis zum Mischen der Ofenschwärze für die Roste. Wenn das, was sie mischten, eßbar war, wie zum Beispiel der Futterbrei für die Puten, leckten sie sich erst die Finger und wischten sie dann hinten am Rock ab. War es nicht eßbar, wischten sie sie direkt ab. Die kumulative Wirkung war fast die gleiche wie bei Erforschern oder Nachahmern der mittelalterlichen Methode des Reiberdrucks zum Abnehmen von Darstellungen auf Messinggrabplatten. Und sowohl Mrs. O'Callaghan wie Philomena boten, wenn man sie aus angemessener Entfernung betrachtete, herrliche Negativmatrizenabzüge auf ihren Hinterteilen, die ebenso erfrischend wie eigenartig wirkten. Dabei wischten sie nicht einmal immer ihre Hände dort ab. Etwa jedes zweite Mal wischten sie sie überhaupt nicht ab, sondern benutzten den nächsten Türgriff.

Philomenas andere Besonderheit war, falls man das rund um Burkestown eine Besonderheit nennen konnte, daß sie für ihre dreiundzwanzig Geschwister sorgte, indem sie Mr. Whites Garderobe klaute, die sie Stück für Stück jeweils am Sonntagnachmittag unter ihrer Bluse nach Hause trug. Außerdem hatte sie einen fetischistischen Hang zu Bleistiften und unbeschriebenem Papier. Sie war ein liebenswertes kleines Ding mit dem Ausdruck hoffnungsvoller Unschuld.

Diese drei Leute waren also bei der Verkündigung nicht anwesend. Philomena nicht, weil sie zufällig an diesem Abend frei hatte und gerade mit einem von Mr. Whites Oberhemden nach Hause gegangen war; die beiden anderen nicht, weil die Heimsuchung eben am Abend stattfand und sie zum Tee ausgegangen waren.

Um es kurz zu machen: die Botschaft des Erzengels lautete, daß es eine zweite Sintflut geben würde und die Leute von Burkestown eine Arche bauen sollten. Der Grund hierfür kam in der biblischen Sprache nicht so klar zum Ausdruck, aber es hatte anscheinend viel zu tun mit Präsident Truman, den Töchtern von Noah, Mr. Attlee, dem Baum, aus dessen Holz Noahs Arche gebaut war, den Greueln der Verheerung, Atombomben und so weiter.

Wer das noch nie getan hat, dem mag es einfach erscheinen, eine Arche zu bauen. Doch ein solches Unterfangen wies genügend Probleme auf, um selbst Mr. White bis vier Uhr morgens wachzuhalten: zunächst einmal, um die Heimsuchung mit den O'Callaghans in allen ihren Aspekten durchzudiskutieren, und danach im Bett, während er die Konstruktionsprobleme zu lösen versuchte.
Ehe wir uns jedoch damit befassen, scheint es notwendig zu sein, ein paar Bemerkungen über das Wesen unseres Helden zu machen. Er war, trotz seiner Amöben, ein kindlich gebliebener Mann, er war vertrauensvoll und sagte fast immer die Wahrheit. Letzteres aus Faulheit, da er herausgefunden hatte, daß es leichter war, die Wahrheit zu sagen und sich beschwindeln zu lassen, statt sich die Mühe zu machen, Lügen auszudenken und damit andere zu beschwindeln. Manchmal schämte er sich dieser Faulheit, ungefähr einmal im Jahr, und versuchte ein paar faustdicke Lügen an den Mann zu bringen; aber er erzählte sie so schlecht und mit einem so durchtriebenen Blick, daß niemand sie auch nur einen Moment lang glaubte. Das entmutigte ihn. Glücklicherweise spielte es jedoch keine Rolle, wie oft er die Wahrheit sagte, denn in und um Burkestown herum tat das praktisch überhaupt nie jemand, und folglich glaubte sie auch nie jemand. In der Tat hatte Mr. Whites Wahrheitsliebe die eigenartige Wirkung, daß alle Einwohner ihn für den gerissensten Lügner hielten, dem sie je begegnet waren. Da sie nicht gewohnt waren, die Wahrheit in irgendeiner Form zu hören, waren sie von seiner Aufrichtigkeit verwirrt und fürchteten ihn sehr bei jedem Handel. Wenn er zum Beispiel eines der Schweine verkaufen wollte, die er mit seinen Gartenabfällen fütterte, erklärte er vielleicht dem Käufer: »Ich fürchte, daß dieses Schwein nicht so fett ist, wie es sein sollte. Sehen Sie, wenn Sie Ihre Hand hier zwischen die Schulterblätter legen, können Sie das Rückgrat fühlen.« Weit davon ent-

fernt, den Preis des mageren Schweins zu drücken, hatte dies oft die Wirkung, daß der Käufer noch zwei Guineen drauflegte: denn er schloß sofort, daß Mr. White einen ganz raffinierten Grund haben müsse, nicht zu verkaufen, und war wie wild darauf aus, sich das begehrte Stück zu sichern.

Ein anderer Charakterzug war, daß er ständig die ein oder andere Theorie verfolgte, oft im Zusammenhang mit Archäologie oder Biologie oder Geschichte. Er hatte zum Beispiel eine Theorie über Kriegsführung. Er behauptete, daß es rund 275 000 verschiedene Spezies im Tierreich gäbe, in dieser gewaltigen Anzahl jedoch nur ungefähr ein Dutzend, die wirklich Krieg führten, das heißt, sich zu Verbänden zusammenschlössen, um gegnerische Verbände ihrer eigenen Spezies anzugreifen. Zu dem schuldigen Dutzend gehörten: H.sapiens, eine Termitenart, verschiedene Ameisenarten und möglicherweise, wenn Mr. White dessen auch nicht ganz sicher war, die häusliche Honigbiene. Wenn, so sagte er, nur etwa zwölf Krieg führten, könnten wir offensichtlich den wahren Grund für die Kriegführung entdecken, indem wir nach dem Größten Gemeinsamen Nenner unter diesen zwölf suchen, der nicht zwischen den restlichen 274 988 zu finden ist. Mit der Zeit hatte er entdeckt, daß der G.G.N. nicht Eigentum oder verschiedene andere vorgeschlagene Dinge waren, sondern der *Gebietsanspruch*. Alle zwölf erhoben einen Anspruch auf ein Territorium außerhalb ihres eigenen Nestes, und er konnte keine pazifistische Spezies ausfindig machen, die einen solchen Anspruch erhob. Und eben die wenigen Spielarten des Homo sapiens, die keinen Gebietsanspruch erhoben – die Lappen, Eskimos und andere echte Nomaden –, lebten in Frieden. Mr. White sagte, daß es zur Abschaffung des Krieges nur nötig sei, die Hoheitsgebiete abzuschaffen, das heißt, künstliche Grenzen, Nationalismus, Zölle und dergleichen zu beseitigen.

Im Verlauf seiner Forschungen über das Verhalten kriegerischer Ameisen mußte er natürlich Experimente anstellen. Er hatte einen Test erfunden, um festzustellen, ob eine bestimmte Spezies von Ameisen unter natürlichen Bedingungen Gebietsansprüche stellte, denn er meinte, daß ein Experiment in Gefangenschaft zu falschen Ergebnissen führen müsse. Und dieser Test ging so: er nahm eine Kolonie der fraglichen Spezies, beförderte sie etwa eine Meile weiter weg, um etwaige Verwandtschaftsverhältnisse auszuschließen, und setzte sie so nahe wie möglich neben einem Ameisenhaufen derselben Spezies ab. Indem er die Radien variierte, konnte er feststellen, in welcher Entfernung von dem bestehenden Nest die neue Kolonie geduldet wurde, und eine annähernd richtige Karte von dem Hoheitsgebiet entwerfen, das dieser Ameisenhaufen beanspruchte.
Nun, das ging alles sehr gut mit *L. flavus* oder jener Spezies, die er immer noch *M. rubra* zu nennen beharrte, denn sie waren leicht auf dem Farmgebiet erreichbar. Doch wenn er sich mit *F. fusca* befassen wollte, mußte er ins Moor hinausgehen. Und wenn er sich dort mit windzerzaustem Bart niederhockte, auf dem Kopf einen Tweedhut mit herabgebogener Krempe, was ihm eine gewisse Ähnlichkeit mit dem Kaiser von Abessinien verlieh, und über den Manövern einer erregten Ameisenart mit einem weißen Farbtupfen auf dem Hinterteil brütete, beobachteten ihn hundert verschlagene, prähistorische keltische Augenpaare aus ihren Verstecken hinter Torfhaufen, Eseln, Steinmauern und so weiter. Was er da wohl machte? Das einzige, was sie selber je machten, waren entweder sündige oder geriebene Dinge, deshalb kamen sie natürlich zu dem Schluß, daß Mr. White sich genauso betätigte. Entweder war er ein deutscher Spion, der den Engländern Signale gab, oder er war ein englischer Spion, der den Deutschen signalisierte, oder er war ein Zauberer, der ei-

nen Bann sprach, oder er vergrub sein Geld, oder er grub das Geld von jemand anderem aus; auf jeden Fall aber haute er irgend jemand übers Ohr, wie sie das alle jederzeit gern getan hätten. Und kaum hatte er das Moor verlassen, stürzten sich Dutzende menschenähnlicher Gestalten torkelnd oder hastend auf die Stelle, wo er zuletzt gekauert hatte, und begannen dort, um den Vortritt kämpfend und keifend, mit fieberhafter Energie zu suchen, wühlen, scharren und Steine in die Gegend zu werfen.

Zu einem seiner Experimente hatte er gefärbtes Wasser in einer Flasche benötigt. Zum Einfärben des Wassers hatte er rote Tinte verwendet. Der Grund dafür war, daß die meisten Ameisen kein Tageslicht mochten, aber da sie ein anderes Spektrum sahen als Mr. White, hatten sie wenig gegen rotes Licht einzuwenden. Wenn er beobachten wollte, was in einer Kolonie vor sich ging, ohne dabei die Ameisen zu stören, legte er eine Flasche mit verdünnter roter Tinte darüber, weil er mit deren Hilfe hineinschauen konnte, während die Ameisen sich weiterhin unbeobachtet wähnten. Natürlich mußte die Flasche von einem Tag zum andern an ihrem Platz bleiben, eine Art rotes Oberlicht im Ameisenhaufen, weil ihre Entfernung Unruhe verursacht hätte. Um die Flasche vor herumirrenden Rindern zu schützen, pflegte Mr. White sie mit einem Stein zu bedecken, wenn er zum Tee nach Hause ging.

Die Flaschen mit rotem Tintenwasser, die regelmäßig gestohlen wurden, sobald er ihnen den Rücken gewendet hatte, waren eine Quelle des Staunens rund um Burkestown. Einige schoben sie in den Kamin und warteten, daß sie sich in Goldklumpen verwandeln sollten; einige gossen ihren Inhalt über die Grenze zum Grundstück des Nachbarn, um ihm Unglück zu bringen; einige gaben sie ihren Kühen als Mittel gegen ansteckende Fehlgeburt ein; und andere tranken sie selbst aus als Heilmittel gegen Rheumatismus, Hämorrhoiden oder die Krätze. Da er so nie ein

Experiment zu Ende führen konnte, war er des dauernden Flaschenstehlens so überdrüssig geworden, daß er schließlich zum Apotheker gegangen war und Brechweinstein gekauft hatte; davon tat er eine reichliche Dosis in jede Flasche, die er liegen ließ. Doch unglücklicherweise hatte dies nur die gegenteilige Wirkung. Seinen unfreiwilligen Patienten wurde davon so fürchterlich schlecht, daß sie, beeindruckt von der Heftigkeit ihres Erbrechens, um so inbrünstiger an die Kraft seines Zaubers glaubten. Sein Ruf als Magier war sprunghaft angestiegen, so daß es absolut unmöglich geworden war, die Tintenflaschen irgendwo herumliegen zu lassen.

Man kann also sehen, daß er der einzig richtige Mann für den Bau einer Arche war.

Doch nichtsdestoweniger lag er bis vier Uhr in der Frühe wach und versuchte eine Reihe von Problemen zu lösen, die sich im Zusammenhang mit diesem Unternehmen stellten.

In erster Linie mußte er eine kleine geistige Korrektur zum Thema Gott anbringen. Wenn es wirklich Erzengel gab, mußte es wohl auch eine himmlische Hierarchie geben, und die Amöben mußten sich geirrt haben. Überraschenderweise war er fähig, seine Vorstellungen dieser neuen Lage ohne bemerkenswerte Änderungen anzupassen.

Zweitens gab es da die Materialfrage. Eine hölzerne Arche nach biblischem Muster zu bauen und überdies eine, die groß genug wäre, um zahlreiche Tierpaare zu beherbergen, würde ihn mehrere tausend Pfund kosten. Er hatte aber nur sechshundert auf der Bank. Auch konnte er nicht daran glauben, so sehr er sich auch selbst zu überzeugen versuchte, daß die biblische Arche schwimmen könnte – vor allem nicht in der Irischen See, wohin ihre Sintflut sie schlußendlich wahrscheinlich treiben würde. Abgesehen von den untragbaren Kosten für den Kauf von Bauholz, die Beschäftigung von Arbeitskräften und die Errichtung

eines Gerüstes, hatte er nur eine vage Vorstellung von der notwendigen Technik, wie man die Wölbung in die Bodenplanken bringt.
All dies löste er mit einem für ihn charakteristischen Geistesblitz, indem er sich entschied, den Heuschuppen auf den Kopf zu stellen und dafür zu verwenden.
Das dritte Problem war ein Gewissenskonflikt. Offensichtlich würde es ihm nie gelingen, die Arche ganz allein zu bauen, doch mit der Hilfe von Pat Geraghty wäre es wahrscheinlich möglich. Andererseits hatte der Erzengel nichts davon gesagt, daß sie Pat Geraghty mitnehmen sollten. Es schien, gelinde gesagt, unfair zu sein, den unglücklichen Mann zum Bau der Arche anzustellen und ihn dann, wenn die Sintflut käme, zum Ertrinken zurückzulassen, ihm Asyl in eben dem Bau zu verweigern, den er eigenhändig errichten geholfen hatte. Mr. White löste dies Problem, indem er zu dem Schluß kam, daß (a) der Allmächtige offensichtlich eine plausible Vorstellung von der mit dem Unternehmen verbundenen Problematik haben und, da er allwissend war, seine eigene Lösung vermutlich schon parat haben mußte, (b) vielleicht ER Pat Geraghty bewegen würde, sich aus eigenem Antrieb zu weigern, in die Arche zu kommen, oder sich ihn auf eine andere Weise vom Hals schaffte, (c) er selbst ja schließlich Pat Geraghty wöchentlich 36 Shilling zahlte, und (d) es vielleicht möglich sein würde, eine Frau für Pat zu finden, so daß man sie beide, zusammen mit den übrigen Tierpaaren, als Fracht aufnehmen könnte.
Als er mit seinen Überlegungen soweit gekommen war, kam die eigentliche Schwierigkeit zum Vorschein. Wenn ein Mensch einen Erzengel gesehen und seine Anweisungen erhalten hatte, war es ganz selbstverständlich, daß er eine Arche baute, wenn ihm das befohlen worden war. Aber die Nachbarn und auch Pat Geraghty hatten ihn nicht gesehen. Es war nur logisch, daß alle die ganze Sache

für verrückt halten und Geraghty sich womöglich weigern würde, ihm zu helfen. Doch selbst wenn Pat sich nicht weigerte, und selbst wenn die Reaktion der Nachbarn sich selbst überlassen werden könnte, wie sollte Mr. White ihnen die Neuigkeit beibringen? Irgendwie gefiel ihm der Gedanke nicht, Geraghty zu erzählen, daß der Erzengel Michael durch den Kamin heruntergekommen war.
Vielleicht wäre es am besten, dachte er, ihm gar nicht zu sagen, daß es sich um eine Arche handelte. Ich könnte ihm vielleicht erzählen, daß es ein Schwimmbad werden soll, und auf die sprichwörtliche Verrücktheit der Engländer vertrauen, aus deren Mund so etwas glaubwürdig klingt. Auf jeden Fall werde ich irgend etwas erfinden und ihm erklären müssen, weil er sonst gar nicht fähig sein wird, seine Aufgabe zu begreifen.
Am schlimmsten aber war, daß das gemähte Gras schon in großen Haufen zum Trocknen auf den Wiesen lag und in allernächster Zeit in den Heuschuppen gefahren werden mußte.

Kapitel 4

Am nächsten Morgen stand Mr. White eine Stunde früher als gewöhnlich auf. Das heißt, er stand um halb zehn auf, zu welcher Zeit Mrs. O'Callaghan Feuer im Küchenherd anzuzünden pflegte, wenn Philomena zu Hause war und Mickey vorschützte, melken zu gehen. (Wenn er sich gelangweilt oder müde fühlte, ließ Mickey allerdings die Kühe ungemolken, und da er sich im Winter auch selten die Mühe machte, sie zu füttern, verloren sie gewöhnlich vier Tiere pro Jahr.)

Mr. White ging in den Garten, wo er Pat Geraghty beim Ausgraben einer Reihe Sellerie fand, die er selbst erst gestern eingegraben hatte. »Nun, Pat.«

»Nun, Sir.«

»Wie ich sehe, decken Sie die Erde von meiner Sellerie ab.«

»Sie hatten sie mit dem Lehm zwischen den Stielen eingegraben.«

»Ach so. Nun, ich nehme an, wenn Sie damit fertig sind, werden Sie sie wieder eingraben?«

»Aber sicher werd' ich das. Da können Sie mir absolut vertrauen, Sir. Im Handumdrehen hab' ich sie wieder in der Erde und in Reih und Glied, wie Sie keine zweite Reihe Sellerie im County Kildare finden werden.«

»Gut. Doch nun, h'm.«

Er wandte sich ab, bewußt, daß seine Augen noch vom Schlaf verquollen waren und er sich wegen des Schwimmbades noch nicht entschieden hatte. Er pflückte eine verspätete Erbsenschote und begann die Erbsen zu essen, um während des Nachdenkens etwas zu tun zu haben. Bis sein Kopf morgens richtig zu arbeiten begann, dauerte es immer zwei Stunden.

Nachdem er die Erbsen ohne eine Erleuchtung verzehrt hatte, fiel er in seine übliche Schwäche zurück und sagte die Wahrheit:
»Wahrscheinlich werden Sie es nicht glauben können, wenn ich Ihnen erzählte, daß der Erzengel Michael letzte Nacht nach Burkestown gekommen ist?«
Pat Geraghty verstand das als eine Anspielung auf seine Glaubenskraft. Ziemlich feindselig erwiderte er: »Natürlich könnte ich das glauben.«
»Sie könnten aber sicher nicht glauben, daß er uns beauftragt hat, eine Arche zu bauen?« fragte Mr. White zweifelnd.
»Das könnt' ich schon glauben, und noch 'ne Menge mehr.«
Dieser Sieg ohne Blutvergießen machte Mr. White fast schwindelig. Er schnaubte sich kräftig die Nase, um das Denkvermögen zu fördern, und betrachtete dabei Pat, um zu sehen, ob der es ernst meinte, was offensichtlich der Fall war. Auf jeden Fall würde er ihn sehr vorsichtig anfassen müssen, wenn er die Früchte des Sieges nicht vergeuden wollte.
»Sie müssen eine wunderbare Glaubensstärke besitzen«, erklärte er schmeichelnd.
Pat stützte sich auf seinen Spaten und nahm das Kompliment großzügig entgegen.
»Wir müssen eine Arche bauen, weil es eine zweite Sintflut geben wird. Ich dachte, Sie könnten dabei helfen – doch dann meinte ich, es würde vielleicht zu schwierig für Sie.«
»Ich soll also 'ne Arche bauen? 'ne Kleinigkeit, wenn das alles ist.«
»Wir müßten den Heuschuppen auf den Kopf stellen und dafür nehmen. Aber die Träger sind schwer. Ich sagte schon, ich glaube kaum, daß Sie diese Arbeit bewältigen könnten.«
»Ich könnte diesen Schuppen in drei Minuten auf den

Kopf stellen«, erklärte Pat. »Und«, fügte er hinzu, während er sichtlich Feuer für die Idee zu fangen begann, »jeder würd' sie für 'ne phantastische Arche halten!«

»Wir werden einen Kiel anschrauben müssen, damit sie nicht überrollt.«

Das war ein Fehler.

»Einen Kiel, tatsächlich? Dieser Schuppen braucht keinen Kiel. Ich werd' eine Arche aus diesem Schuppen machen, die Sie nich' mal im Romantischen Ozean zum Überrollen bringen!«

Ohne einen Kiel, das konnte sogar Mr. White sehen, hatte der verzinkte Heuschuppen mit dem muldenförmigen Dach nicht die geringste Chance – und es war noch nie möglich gewesen, Pat zur Änderung eines einmal gefaßten Entschlusses zu bewegen. Glücklicherweise hatte sein eigener Verstand unter dem Antrieb der Krise wieder schneller zu schalten begonnen, so daß er sich elegant aus der Affäre ziehen konnte.

»Aber es wäre doch wohl nicht zu schwer für Sie, einen Eisenträger oder ein Stück von fünf-mal-zehn Zentimetern der Länge nach auf dem Dachfirst anzuschrauben?«

»Na, und wie ich das könnte, eine Kleinigkeit für mich. Genau das werd' ich tun, Sir, um sie am Rollen zu hindern.«

»Dann wollen wir uns die Sache mal ansehen.«

Auf ihrem Weg aus dem Garten begegneten sie Brownie, die auf dem Spargelbeet Purzelbäume schlug, was eine schwache Klage aus dem Mund ihres Herrn provozierte.

»Aber, mein Schatz, mußt du das denn tun?«

»Ach, sie macht sicher nichts kaputt. Das Zeug ist sowieso zu nichts nütze.«

Pats Horizont war begrenzt von Kartoffeln, Kohlköpfen, Speck und Hafergrütze, und weil Mr. Whites Phantasie sich um solche Dinge wie Melonen, Knollensellerie, Kohlrabi, Mais, Endivien, Lauchblättriger Bocksbart und der-

gleichen drehte, bestand in gärtnerischen Dingen eine gewisse Kühle zwischen ihnen. Pat streichelte Brownie zur Belohnung für ihre Bilderstürmerei, und Mr. White streichelte sie ebenfalls, aber aus Furcht, er hätte sie mit seiner Klage beleidigt.
Der Heuschuppen sah etwa so aus:

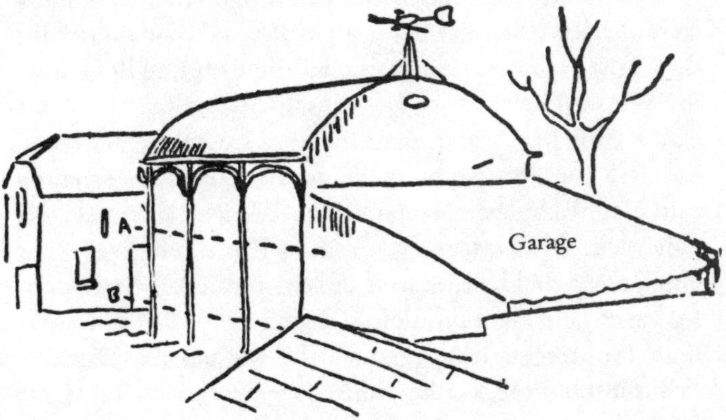

Er war ziemlich neu und in gutem Zustand – sie zahlten immer noch Raten dafür –, und an einem Ende war ein blaues Emailschild befestigt, auf dem stand:

An das östliche Ende war eine Wellblechgarage angebaut, und auf dem Dach des Schuppens am selben Ende stand das Dreibein der windgetriebenen Lichtmaschine, die abgenommen werden mußte. Am westlichen Ende führte ein Gang zu den Kuhställen und dem Pferdestall mit dem Futterboden darüber.
Der Heuschuppen war ungefähr 5,50 m hoch, 14,60 m lang und 7,30 m breit.

»Wir werden die senkrechten Träger hier durchsägen müssen . . .«
Mr. White deutete die Höhe an, die auf dem Bild mit Linie A markiert ist, schwieg aber diskret über die Länge der Wellblechplatten, die bis zu der mit B markierten Linie hinabreichten. Es wäre bequemer, die Träger bei B durchzuschneiden, so daß die Blechwände paßten, aber er hatte sich überlegt, daß der Schnitt bei B die Arche zu tief für ihre Breite machen würde. Sie würde damit zu hoch über die Wasserlinie reichen. Er wünschte sich eine Arche, die nur dreißig bis sechzig Zentimeter aus dem Wasser ragte, fast wie ein Unterseeboot, denn er hoffte sie hermetisch mit Wellblechplatten abdecken zu können, damit sie wie eine verkorkte Flasche im Wasser schwömme. Es war die einzige Möglichkeit, soweit er sehen konnte, eine Arche zu bauen, die nicht unterging. Wenn die Arche also größtenteils untergetaucht liegen würde, müßten die Träger bei A durchschnitten werden, und das bedeutete, daß auch die Blechverkleidung an den Enden und Seiten verkürzt werden müßte. Dazu wäre das Blech mit Hammer und Hartmeißel zu perforieren, wie mit einer punktierten Linie, um dann das überschüssige Ende an dieser Linie durch Biegen abzubrechen. Es mußten vierunddreißig Blechplatten abgetrennt werden, eine sehr unangenehme Arbeit, und aus diesem Grunde ging Mr. White rasch über diesen Punkt des Programms hinweg, ehe Geraghty ihn voll verstehen und mit seinen Einwänden beginnen konnte.
»Sind die Träger zu stark, um sie mit der Bügelsäge durchzutrennen? Wir haben zwölf Ersatz-Metallsägeblätter.«
Die Form dieser Frage, die weder mit einem *etwa* noch mit einem *nicht wahr* garniert war, gestattete Pat eine unvoreingenommene Antwort. Sein Befrager war nicht sicher, ob die Bügelsäge kräftig genug für die Tragpfeiler sein würde, und wollte seine Meinung hören.
»Sie sind nicht so dick, wie sie aussehen.«

Die Tragpfeiler hatten die Form von Dachträgern, daß heißt, wenn man sie im Schnitt sah, bildeten sie ein großes H. Man kam zu dem Schluß, daß die kleine Bügelsäge ausreichen würde.

»Wie sollen wir das Ding herunter bekommen?«

Eine von Geraghtys Glanzleistungen war das Bewegen von gefällten Baumstämmen – er wurde mit solchen von einer Tonne oder mehr fertig –, und Mr. White hegte die schwache Hoffnung, daß er vielleicht fähig wäre, ein wundersames Hebelwerk zu erfinden, um das Dach in einem Stück abheben zu können. Pat erteilte ihm jedoch die einzig vernünftige Antwort:

»Wir werden es auseinandernehmen müssen, Sir, und auf dem Boden wieder zusammensetzen.«

»Wie lange, glauben Sie, wird das wohl dauern?«

»Wir könnten's in zwei Wochen schaffen. Die ganzen Schrauben werden verrostet sein.«

»Wir werden die Ritzen kalfatern müss–«

Mr. White korrigierte sich rasch: »Ich nehme an, daß Ihnen eine Möglichkeit einfallen wird, das Wasser vom Durchsickern zwischen den Blechplatten abzuhalten?«

»Glauben Sie etwa nicht? Ich hab' schon daran gedacht, diese Nähte abzudichten, Sir, und sie wird schwimmen wie eine Ente.«

»Womit abdichten?«

Doch das war zu schnell für einen Mann, der soeben erst mit diesem Problem konfrontiert worden war. Er selbst hatte während der Nacht schon an Gips gedacht – der aber zu hart werden und nicht an Metall haften würde –, an Moos – doch über die Vorzüge von Moos wußte er nicht genügend Bescheid – und an zerzupfte, gut mit Teer getränkte und fest in die Ritzen gehämmerte Lumpen. Das letztere schien ihm am geeignetsten zu sein.

»Es hätte wohl keinen Zweck«, meinte Mr. White listig, »die Nähte mit Lumpen und Teer auszustopfen?«

»Und warum nicht, Sir, möcht' ich wissen? Genau das wollt' ich Ihnen ja in diesem Augenblick vorschlagen, wenn Sie nicht immer so schnell reden und vom einen zum andern springen würden.«

»Lumpen«, fuhr Geraghty in renommierendem Ton fort, »sind das einzige Wahre für solche Sachen. Keine Arche würde ohne sie schwimmen. Sie versteh'n nichts von diesen Dingen, Sir, verzeih'n Sie, wo Sie doch ein Gintleman sind, aber überlassen Sie ruhig alles mir, dann wird schon nichts schief geh'n.«

»Ich verstehe. Ja. Dann werden wir also, wie Sie vorschlagen, geteerte Lumpen verwenden. Wissen Sie wohl jemand, der uns eine lange Leiter leihen könnte? Das heißt, wenn ich's recht überlege, hat es ja wohl keinen Zweck, eine Leiter zu benutzen, oder?«

»Natürlich müssen wir eine Leiter haben. Wie sollten wir denn ohne eine raufkommen?«

»Nein, natürlich nicht. Also schön. Sie könnten aber wohl keine Leiter besorgen, oder?«

»Ich könnte uns alles ausleihen.«

»Ich bin überzeugt, daß Sie das könnten. Eh'hm. Ja. Diese Leiter, von der Sie gerade sprachen . . .«

»Unsere Leiter ist zu kurz.«

»Ich weiß das. Nein, ich wollte sagen, da Sie's jetzt erwähnen, fällt es mir auch auf, daß sie zu kurz ist. Wissen Sie, ob es irgendwo eine andere gibt, die nicht zu kurz wäre?«

»Unsere Leiter wäre nicht zu kurz, wenn wir sie auf den Blockwagen bänden, Sir. Da bin ich Ihnen über, wie?«

»Sie wird trotzdem nicht bis zum Dach reichen.«

»Bestimmt können wir von der Garage auf das Dach springen.«

»Sie können das sicher, Pat; ich aber nicht.«

»Wir werden einen Stuhl auf die Garage stellen, Sir, oder einen Tisch und einen Stuhl darauf, und im Handumdreh'n sind Sie oben.«

»Ich werde mich nicht auf einen Stuhl auf einem Tisch auf einem schrägen Wellblechdach stellen.«

»Einmal«, fuhr Mr. White fort, sich zusehends an der Erinnerung erwärmend, »habe ich eine Leiter auf einen Tisch gestellt, als ich ein Fenster im Obergeschoß von außen anmalen wollte. Der Tisch fiel um, als ich gerade mit dem Farbtopf oben angelangt war; und wissen Sie, Pat, als ich fiel – ich sehe immer noch die Mauersteine an meiner Nase vorbeiflitzen –, habe ich *mir selbst* laut ›Paß auf!‹ zugeschrien.«

»Das war nicht sehr klug«, kommentierte Pat.

»Nein.«

»Wir werden den Stuhl und den Tisch mit Zügeln zusammenbinden.«

»Nun, wenn Sie das haltbar machen können, wird es wohl genügen müssen.«

»Ob ich das haltbar machen kann, Sir? Es gibt niemand . . .«

»Ja, ja. Ich weiß, daß Sie das können. Ich weiß, daß es niemand gibt. Es fragt sich jetzt nur, sind die Muttern auf den Schrauben außen am Dach oder innen?«

Sie standen da und blickten mit zurückgebogenen Hälsen hoch und versuchten, auf mittlere Entfernung Einzelheiten der Konstruktion zu erkennen. Die große, graue Mulde wölbte sich im Zwielicht über ihren Köpfen mit regelmäßiger Riffelung, die das Auge wie eine optische Täuschung verwirrte und es erschwerte, scharf zu sehen.

»Die Verbindungsstücke von den Trägern sind von innen und die Blechbahnen von außen verschraubt.«

»Die Schrauben sind verzinkt. Sie sollten nicht verrostet sein. Und seh'n Sie, Pat, außen unter den Muttern sind verzinkte, rautenförmige Unterlegscheiben. Und jede Außenrinne einer Wellblechbahn paßt genau in die Außenrinne der anschließenden Bahn, so daß sie fast luftdicht sind. Wir werden nicht viel kalfatern müssen. Ich muß sagen, wenn man genauer hinschaut, ist es eine wunderschöne Arbeit.«

»Keine wunderschöne Arbeit, Sir. Eine Hundearbeit, möcht' ich sagen. Ich könnte die Arbeit so erledigen, wie's keine zweite im ganzen County Kildare geben wird.«

»Mit der Arche werden Sie das beweisen können, Pat. Es darf keine zweite Arche geben wie diese, Pat, in der . . .«

»Und es wird keine geben, Mr. White, Sir.«

Pat streckte feierlich die Faust in die Luft, nahm seinen Filzhut ab und sagte: »Meine Arche wird eine Arche sein, welche die Leute aus London anschauen kommen werden.«

»Das hoffe ich nicht.«

Die mißtrauisch schielenden, Beleidigung argwöhnenden Augen ließen ihn so schnell wie möglich erklären:

»Sie könnten versuchen, uns aufzuhalten, Pat. Sie könnten uns für verrückt halten. Ich meine damit, sie könnten nicht Ihre Glaubensstärke besitzen. Hören Sie, Pat, verraten Sie niemandem, was wir bauen. Sollen sie's selbst herausfinden.«

»Ich verstehe, was Sie meinen, Sir.«

Der Hut kam wieder herunter. »Und, Sir, mit Gottes Hilfe werden wir sie alle abschlagen.«

»Amen.«

Sie schüttelten sich bewegt die Hände, und damit war das Projekt besiegelt.

Kapitel 5

In der Milchküche starrten Mickey und Mrs. O'Callaghan den Deckel des Butterfasses an. Es war eine Buttermaschine, die sie jetzt seit dreiundzwanzig Jahren benutzten, aber selten ohne vorhergehenden Kampf mit dem Deckel. Den Erzengel Michael, die Arche und das ganze schienen sie völlig vergessen zu haben.

Mrs. O'Callaghan sagte fröhlich: »Sie werden sich darum kümmern müssen, Mr. White. Das braucht Ihren Kopf.«

Unter normalen Umständen hätte ihn das geärgert. Mrs. O'Callaghans Reaktion auf die allgemeine Unfähigkeit hier auf Burkestown ließ sich auf folgende Formel bringen: (1) wenn ich eine Schraube nicht aufschrauben kann, liegt es daran, daß ich keinen Verstand habe; (2) wenn Mr. White eine Schraube aufschrauben kann, liegt es daran, daß er Verstand hat; (3) Verstand haben oder nicht ist eine Gabe Gottes; (4) da diese Angelegenheit ganz von Gottes Laune abhängt, brauche ich mir keine Vorwürfe zu machen, daß ich keinen Verstand habe und keine Schraube aufschrauben kann; (5) also muß ich mir nicht die Mühe machen zu lernen, wie man eine Schraube aufschraubt.

Mr. White hatte eine Schwäche für Mrs. O'Callaghan, er hatte sie gern; ein Gefühl, das die Menschen gewöhnlich anspornt, einander zu vervollkommnen. Deshalb wurde er ärgerlich, wenn sie an seinen Verstand appellierte – weil er wußte, daß sie dies nur als Entschuldigung für ihre eigene Faulheit benutzte. Er glaubte fest, daß nur wer strebend sich bemüht, stets den Erfolg erringen wird. Er hatte kein Verständnis für den Fatalismus, der ihn von allen Seiten umgab, und dies ließ ihn, wenn er an die Iren dachte, einen Vergleich mit dem weißen Kaninchen in *Alice im*

Wunderland ziehen. Erinnern Sie sich an die Szene, als Alice im Haus des Kaninchens steckenblieb, weil sie zu rasch gewachsen war, deshalb den Arm durch das Fenster stieß und dabei das Kaninchen so erschreckte, daß es in einen glasbedeckten Frühbeetkasten für Gurken sprang?

Als nächstes erklang eine zornige Stimme – die des Kaninchens – »Pat! Pat!‹ Wo bist du?« Und dann eine Stimme, die sie noch nie gehört hatte: »Aber hier bin ich doch! Ich grabe nach Äpfeln, Euer Ehren!«
»Gräbt nach Äpfeln, ach wirklich!« entgegnete das Kaninchen verärgert. »Komm lieber her und hilf mir aus diesem Ding *heraus!« (Erneutes Klirren von brechendem Glas.)*
»Jetzt erklär mir mal, Pat, was ist das da im Fenster?«
»Zweifellos ein Arm, Euer Ehren!« (In seiner Aussprache klang es wie ›Arrem‹.)
»Ein Arm, du Esel! Wer hat schon jemals einen so großen Arm gesehen? Er füllt ja das ganze Fenster aus!«
»Zweifellos tut er das, Euer Ehren: aber deshalb bleibt es trotzdem ein Arm.«
»Auf jeden Fall hat er dort nichts zu suchen: geh und nimm ihn da weg!«

Bei dieser Gelegenheit befand sich Mr. White jedoch in ausgezeichneter Laune wegen der Arche und hatte nicht die Absicht, irgend etwas wegnehmen zu lassen. Er untersuchte das Butterfaß und stellte fest, daß das Gewinde einer der Schrauben, die den Deckel festhielten, ausgeleiert war. Eine normale Schraube aus seinem Werkzeugkasten würde als Ersatz genügen. Er ging in sein Spielzimmer, um die Schraube zu holen.
Das Schwalbenmännchen hatte es wie üblich fertiggebracht, sich zwischen den Glasscheiben des offenen Schiebefensters einzuklemmen. Mr. White befreite es, warf es aus dem Fenster und fing eine Bremse, die auf einer Fen-

sterscheibe saß. Es handelte sich um eine Fliege, die das Schwalbenmännchen selbst vor seinem Unfall gefangen und mitgebracht hatte. Er ging zum Nest hinüber, um dessentwillen er die Tür zum Werkzeugschrank nicht schließen konnte, und verfütterte die Bremse. Dann vergaß er die Schraube und verfiel in angestrengtes Nachdenken, während er vor seinem Werkzeugschrank stand und eine Bestandsaufnahme der Werkzeuge machte. Wenn man's recht bedenkt, erinnerte er einen nicht nur an das Weiße Kaninchen, sondern auch an den Weißen Ritter. Er besaß das Interesse des Letzteren an technischen Konstruktionen.

Er hatte vor, eine Arche zu bauen, die schwimmen konnte, voraussichtlich vierzig Tage lang und möglicherweise bei stürmischem Wetter.

Er besaß: die selbstgefertigte Drehbank, die nicht ganz rund lief; zwei Fuchsschwänze und eine Bügelsäge mit zwölf Metallsägeblättern; einen gewöhnlichen Hobel; zwei Nuthobel und einen vierten Hobel mit einer U-förmigen Klinge; zwei gewöhnliche Schraubenzieher und einen Klemmschraubenzieher; zwei Meißel und einen Marlspieker; einen Schusterhammer; eine Blechschere; eine Bohrleier und verschiedene Bohrer dafür, aber unglücklicherweise war es kein Ratschenbohrer; sechs Feilen; eine Holzraspel; einen Apparat zum Sägen der Winkel für Bilderrahmenleisten; eine Lötlampe und Lötmaterial; einen Winkelmesser und eine Reißschiene und ein paar geometrische Geräte; eine Wasserwaage; zwei Kittmesser oder Spachtel und eine Maurerkelle; einen Glaserdiamanten; eine Drahtzange; zwei Schleifsteine und eine Menge Schmirgel- oder Sandpapier. Außerdem besaß er einen guten Vorrat von Kleinmaterial wie Schrauben, Nägel, Türangeln und Scharnieren, Schlössern, Riegeln, Krampen, Kupfernieten, Bolzen und so weiter. In der Garage befand sich eine gewisse Menge Holz, hauptsächlich Leisten und

Bretter, fünf-mal-fünf, fünf-mal-zehn, siebeneinhalb-mal-siebeneinhalb, Latten, Fensterleisten – sowie ein paar Ersatzglasscheiben für das Gewächshaus und etwas dreilagiges Sperrholz. Dann gab es noch zwei Schrotsägen. Und schließlich das Werkzeug für sein Automobil, also Zangen, Schraubenschlüssel, Spannschlüssel und die üblichen Utensilien dafür; und dann waren da noch die Farmwerkzeuge – Brecheisen, Hartmeißel, Axt, Baumkeile und so weiter.

Er sagte zu Brownie: »Wir werden ein paar neue Seile brauchen, um die Träger zu Boden zu lassen. Es wäre zu gefährlich, sie einfach fallenzulassen.«

Der Boden des Schuppens war kopfsteingepflastert wie der Rest des Hofes.

Schließlich suchte er die passende Schraube heraus und ging hinunter zum Butterfaß.

Mickey und Mrs. O'Callaghan hatten rote Gesichter und ein bißchen zu schwitzen begonnen. Als er durch die Tür trat, hörte er Mrs. O'Callaghan sagen: »Nun, es ist nicht meine Schuld, daß ich's vergessen habe.«

Sich gegenseitig die Schuld zuzuschieben war so automatisch geworden, daß sie manchmal mit dem Beweis der eigenen Schuld ihre eigene Unschuld beweisen wollten. Mickey sagte zum Beispiel: »Warum kann ich meinen Tee nicht in einem Becher bekommen?« und Mrs. O'Callaghan antwortete darauf: »Nun, das ist schließlich nicht meine Schuld, ich hab' ihn zerbrochen.«

Er reparierte das Butterfaß.

»Was ist mit den Tieren?« fragte er.

»Tieren?«

»Für die Arche.«

»Wozu brauchen wir denn Tiere?«

»Wofür ist eine Arche denn sonst wohl da?«

»O Gott«, sagte Mickey, »müssen wir einen Tiger mitnehmen?«

»Und eins von diesen Dingern mit Ohren?«
»Was meinen Sie mit ›Dingern mit Ohren‹?«
»Wie ein Bulle, aber zehnmal so groß, und es schwimmt unter Wasser und klammert sich an Steinen fest.«
»Meinen Sie einen Elefanten?«
»Ja«, sagte Mrs. O'Callaghan, »einen Elefanten. Es hat rote Streifen und ist überall dicht behaart.«
»Aber ein Elefant . . .«
»Vielleicht ist das, was ich meine, auch ein Krümelmonster. Jedenfalls ist es so groß wie ein Haus.«
»Also . . .«
»Aber wenn wir einen Tiger mitnehmen«, sagte Mickey, der bei der Sache blieb, wenn es gefährlich wurde, »wird er uns auffressen.«
»Soweit ich sehe«, sagte Mr. White, »wäre es unvernünftig, von uns zu erwarten, andere Tiere als solche mitzunehmen, die wir hier selbst besorgen können. Wenn der Erzengel Michael einen Zoo hätte haben wollen, hätte er zu Mr. Flood in Dublin gehen müssen. Er hat es aber nicht getan. Er ist zu uns gekommen. Deshalb nehme ich an, daß wir die richtigen Leute für ihn sind – daß wir die Leute sind, die genau das beschaffen können, was gebraucht wird. Vielleicht soll die nächste Welt nach der Sintflut von Haustieren besiedelt werden. Es wäre interessant zu sehen, was das ergibt. Auf jeden Fall glaube ich nicht, daß wir etwas mitnehmen müssen, das wir nicht hier am Ort bekommen können. Erstens hätten wir keinen Platz dafür; offensichtlich kann man von keiner Arche erwarten, 275 000 Spezies aufzunehmen, selbst wenn wir die Fische überreden könnten, hinterher zu schwimmen. Und außerdem, denken Sie an das Futter, das wir dann mitnehmen müßten. Nein, ich stelle mir vor, daß wir nur aufnehmen, was wir rund um Burkestown bekommen können, und dabei werde ich auch bleiben, bis wir etwas Gegenteiliges zu hören bekommen.«

»Dann brauchen wir also keinen Tiger?«
»Nein.«
»Gott sei Dank.«
»Und Mister White«, fügte Mrs. O'Callaghan automatisch hinzu. Er hatte sich einmal darüber beklagt, daß sie sich ständig bei Gott für Dinge bedankte, die doch er für sie getan hatte, und seitdem hatte sie sich angewöhnt, diesen Zusatz zu machen.
»Müssen wir den Bullen mitnehmen?«
»Ich fürchte, ja, Mickey.«
»Und wenn er sich losreißt?«
»Wir müssen ihn so festbinden, daß es ihm nicht gelingt. Und schau'n Sie, wir werden zwei von jeder Sorte mitnehmen müssen, aber ich glaube, wir sollten darauf achten, daß das weibliche Tier bereits tragend ist. Aber übrigens – einen Augenblick – ich glaube, wir könnten eigentlich auch auf den Bullen verzichten. Es dürfte genügen, wenn wir von jeder Spezies ein erwachsenes weibliches und ein junges männliches Tier mitnehmen. Damit sparen wir Platz. Statt einen großen, massigen Bullen nehmen wir ein junges, kleines Bullenkalb mit. Nur die weiblichen Tiere brauchen voll erwachsen zu sein und sollten, damit wir eine zusätzliche Sicherheit haben, bereits trächtig sein. Wir müssen nur darauf achten, daß die Jungen, die sie tragen, eine andere Vaterschaft haben als die männlichen Jungtiere, die wir mitnehmen. Damit vermeiden wir eine Inzucht. Also . . .«
»Müssen wir auch die Bienen mitnehmen?«
»Ich werde die Arche ganz zudecken, Mickey, und auf dem Deck können wir ein paar dicke Leisten befestigen. Daran können wir dann einen Bienenkorb schrauben und alles andere, was gefährlich oder nicht so wichtig ist, ebenfalls befestigen. Wenn es über Bord gewaschen wird, können wir's auch nicht ändern. Auf jeden Fall müssen wir Platz sparen.«

»Diese Bienen ...«

»Sie werden Sie nicht stechen. Wir werden übrigens sehr aufpassen müssen, welche Tiere wir auswählen. Was für eine schwierige Aufgabe das doch ist, wenn man's recht bedenkt! Das Gleichgewicht der Natur. Man kommt sich vor wie ein Gott. Verstehen Sie, wenn wir Kaninchen mitnehmen, könnten sie sich zu rasch vermehren und das Korn auffressen, das wir säen – wir müssen allen Hafer, Weizen und alle Gerste mitnehmen, soviel wir verstauen können –, und deshalb müßten wir Füchse mitnehmen, um die Kaninchen kurz zu halten, aber die Füchse könnten die Lämmer stehlen, und so ginge das weiter. Es ist wirklich äußerst schwierig. Wenn wir nicht diverse insektenfressende kleine Vögel mitnehmen, könnte es eine Insektenplage geben, die unsere Früchte verzehrt – wir müssen von allem, was uns einfällt, Samen mitnehmen –, und wenn wir kleine Vögel mitnehmen, müssen wir auch Falken mitnehmen, um sie wieder kurz zu halten, weil sonst die unsere Früchte aufessen würden. Und was die Bienen betrifft, wenn wir die nicht mitnehmen, wird niemand Gemüse- und Obstblüten bestäuben, und wir müßten von Nüssen und Getreide leben. Ja, verflixt, da ist noch die Frage der Würmer. Ich werde nicht nur zwei Regenwürmer mitnehmen – es sind sowieso Zwitter –, ich werde eine ganze Schachtel davon samt Erde mitnehmen. Wußten Sie, Mrs. O'Callaghan, daß es in jedem Morgen Gartenerde dreiundfünfzigtausend Regenwürmer gibt, die den Boden in dreißig Jahren bis in eine Tiefe von fast achtzehn Zentimetern umwühlen? Wenn die Würmer nicht den Boden die ganze Zeit für uns umgraben würden, wäre die Erde schon längst eine sterile Schale geworden, so wie eine Tonscherbe, und nichts würde mehr auf ihr wachsen. Folglich gäbe es keine Vegetation mehr und keine Tiere, die von Pflanzen leben oder sich gegenseitig auffressen. Wirklich, wenn es keine Regenwürmer gäbe, wäre kein

Leben auf der Welt, außer im Meer. Wir müssen eine große Menge Regenwürmer mitnehmen. Alle anderen werden ertrinken. Regenwürmer sind viel wichtiger als Menschen, wie ich es Ihnen schon in meinem kleinen Buch erklärt habe.«
»Aber Mr. White«, wendete Mrs. O'Callaghan zaghaft ein, »wir wissen doch, daß Gott den Menschen nach seinem Bild erschaffen hat.«
»Ich verstehe. Nun ja, es bleibt die Frage, wie wir in der Zukunft unsere Natur im Gleichgewicht halten sollen. Meiner Meinung nach wäre das ein hoffnungsloser Versuch. Es ist viel zu schwierig.«
»Sie werden das schon schaffen, Mr. White, nur keine Angst.«
»Nein, ich werde es nicht schaffen. Kein einzelner Mensch könnte je genug dafür wissen. Es ist zu kompliziert. Ich kann nur vorschlagen, daß wir ein Paar von jeder Art, die wir erreichen können, an Bord nehmen und den Rest dem Erzengel Michael überlassen.
Ich kann mir nicht helfen«, fügte er schüchtern hinzu, »aber ich glaube, wir könnten ohne die grüne Blattlaus auskommen.
Und die Unkräuter!« rief er und schlug dabei auf das Butterfaß. »Stellt euch vor, sie werden alle ertrinken!«
»Wird Titsy ertrinken?« fragte Mrs. O'Callaghan.
Titsy war eine schwarze Katze, an deren Kräfte Mrs. O'Callaghan wegen ihrer Farbe unbedingt glaubte. Zu Mrs. O'Callaghans diversen Überzeugungen gehörten, abgesehen von Engeln und Heiligenscheinen, Wahrsager, Patentmedizin, daß man auf einer Reise keinen Wieseln, rothaarigen Frauen oder Elstern begegnen durfte, niemals drei Zigaretten mit einem Streichholz anzünden, niemals drei Kerzen in einem Zimmer brennen lassen durfte, einen Hahn, der zur falschen Zeit krähte, schlachten mußte, und außerdem noch ungefähr siebentausend weitere Aber-

glauben religiöser und weltlicher Herkunft – ein Kontinuum, in dem ihr Leben ablief. Mr. White mißbilligte alle siebentausend einschließlich Titsy. Er nannte Titsy immer spöttisch »die heilige Katze«, worüber Mrs. O'Callaghan sich jedesmal aufregte, wahrscheinlich weil es die Wahrheit war.

»Natürlich wird Titsy ertrinken. Was glauben Sie denn, was diese Sintflut bedeutet? Alles wird ertrinken. Außer, natürlich, wenn wir sie mitnehmen.«

»Wird Mrs. James aus Ecclestown ertrinken?«

»Du meine Güte, verstehen Sie mich denn nicht? Haben wir nicht die ganze Nacht über die Sintflut geredet? Selbstverständlich wird Mrs. James ertrinken, genau wie Pater Byrne und Dan Ryan und Mrs. Ryan und die ganze verdammte Bande, und gut ist das außerdem. Können Sie das denn nicht verstehen, es handelt sich um eine *Sintflut?*«

»Wird der Bischof ertrinken?«

»O mein Gott, ja! *Alle* werden ertrinken!«

»Werden wir auch ertrinken?« fragte Mickey ängstlich.

Mr. White setzte sich auf den Handgriff der Buttermaschine und fuhr sich mit den Fingern durch die Haare.

»Schau'n Sie«, sagte er, »wenn wir die Arche gebaut haben, wird es zu regnen beginnen. Vielleicht wird es auch schneien oder hageln. Oder vielleicht wird die ganze Erdkruste nachgeben. Ja, wahrscheinlich wird es das sein. Schließlich gibt es nur eine bestimmte Menge Wasser auf der Erde, und man kann auch aus dem Himmel nicht mehr davon zaubern, weil der Regen selbst ja aus dem Meer aufgesaugt wurde. Wenn also das Wasser die Oberfläche der Erde überfluten soll, muß meines Erachtens die Oberfläche der Erde sinken. Vielleicht gibt es sogar, als Folge der Atomenergie, Vulkanausbrüche. Oder der Grund der Ozeane könnte ansteigen ...

Auf jeden Fall«, fuhr er verzweifelt fort, »wird es Wasser

geben. *Wasser.* Verstehen Sie? Überall wird Wasser sein – Wasser in Dublin, Wasser in London, Wasser in Cashelmor, Wasser im Calf und Haggard und Arth Park sowie auf dem Tillage Field und dem Lawn, dem Slane Meadow und dem Back Of Kelly's.«

So hießen einige Felder von Burkestown.

»Wird auch Racecourse unter Wasser stehen?«

So hieß ein Feld der Nachbarfarm.

»*Ja!* Großer Gott, verstehen Sie kein Englisch? *Überall* wird Wasser sein. Verstehen Sie das?«

»Ja«, antwortete Mrs. O'Callaghan zweifelnd.

»Na also. Wenn dieses Wasser kommt, werden Sie und ich und Mickey und Brownie und die heilige Katze und alle Tiere in den Heuschuppen steigen, der dann auf dem Kopf stehen wird, und wir werden auf dem Wasser fortgetragen werden, während der Rest der Welt ertrinkt.

Allerdings«, fuhr Mr. White, jetzt selber zweifelnd, fort, »wenn ich's recht bedenke, was wird dann aus den Leuten auf Passagierdampfern und Schlachtschiffen? Wenn die Sintflut nicht so lange dauert, daß sie verhungern, kann ich mir nicht vorstellen, wie sie ertrinken sollten. Vielleicht wird die Sache so gelöst, daß sie keine Samen haben, wenn sie landen, und deshalb dann auf dem Schlamm verhungern müssen. Wie dem auch sei, wir müssen all das dem Erzengel Michael überlassen.

Wenn wir also in dem Heuschuppen davongeschwommen sind, wird die Oberfläche der ganzen Erde für unbestimmte Zeit unter Wasser bleiben, vielleicht für vierzig Tage, wenn wir uns nach der letzten Sintflut richten – obgleich mir das ziemlich kurz vorkommt, um ein Schlachtschiff auszuhungern –, und wenn das Wasser dann schließlich sinkt, wird da nichts sein als nasser Morast.«

»Das wird aber meine Teppiche ruinieren!«

»Sie werden Ihre Teppiche überhaupt nicht wiederfinden. Denn ich glaube keinesfalls, daß wir dort wieder herun-

terkommen werden, wo wir abgefahren sind. Im Ozean wird es Strömungen geben, auch wenn das Nachgeben der Erdkruste wahrscheinlich ihre Richtung ändern wird. Es könnte sein, daß wir in arktische Gebiete abgetrieben werden. Dabei fällt mir ein, daß wir an warme Kleidung denken müssen. Wir können sie immer noch weglassen, wenn wir in tropisches Klima kommen, aber wir können sie nicht anziehen, wenn wir sie nicht haben. Mrs. O'Callaghan, Sie müssen Ihren Pelzmantel mitnehmen.
Und, was dies betrifft, das allgemeine Absinken könnte allein schon das Klima verändern . . . Aber ich sprach gerade über den Schlamm. Also, dieser Schlamm wird vierzig Tage lang oder wie lange auch immer unter Wasser gelegen haben, und dies Wasser wird Salzwasser sein. Sie dürfen nicht denken, daß das einfach so ist wie eine Überschwemmung des Slane. Es wird eine Überschwemmung der Weltmeere über die gesamte Erde geben, und vermutlich wird das Salzwasser alles Süßwasser verschlucken.
Ich weiß es nicht, aber ich vermute, daß die Bäume und alles andere nach vierzig Tagen unter Seewasser abgestorben sein werden. Eben darum müssen wir Samen mitnehmen.
Sobald das Wasser zurückgegangen und der Schlamm fest genug geworden ist, werden wir mit der Arbeit anfangen und pflügen und säen müssen. Übrigens, wir werden einen Pflug mitnehmen, und ich werde ihn führen müssen. Nancy wird ihn allein oder mit der Kuh ziehen müssen, weil das andere Pferd ja noch ein Fohlen sein wird. Und wir werden genügend Vorräte mitnehmen müssen, um ein ganzes Jahr, bis zu unserer ersten Ernte, davon leben zu können.«

»Werden Sie meine Gummistiefel mitnehmen?« fragte Mickey.

Er und Mrs. O'Callaghan hatten anscheinend beschlossen, die Sache als eine Angelegenheit von Mr. White zu betrachten.

»Ja, wenn Sie wollen. Natürlich werden sie mit der Zeit verschleißen, und wir werden uns dann Sandalen machen müssen. Doch es hat wirklich keinen Zweck, das alles jetzt zu besprechen. Wir werden uns an den Abenden Listen machen müssen. Eigentlich bin ich ja gekommen, um einen Tisch und einen Stuhl zu holen . . .«
Er griff sich einen der Küchenstühle und ging hinaus, um Geraghty zu suchen, kam aber sofort wieder zurück, den Stuhl noch in den Händen.
»Mickey, Sie und Tommy Plunkett müssen mit der Ernte fortfahren wie üblich. Wir werden das Getreide mitnehmen müssen, ebenso etwas Grassamen. Und, Mrs. O'Callaghan, wo ist Philomena?«
»Sie macht das Wohnzimmer sauber.«
»Schicken Sie sie heute abend nach Hause. Geben Sie ihr den Abend frei. Kündigen Sie ihr mit einem Monat Frist oder so. Und reden Sie in ihrer Gegenwart nicht von der Sintflut.«
Philomena stand auf Socken draußen vor der Tür und lauschte, aber das war nur einer der Aspekte des Lebens rund um Burkestown, die Mr. White ständig in seine Erwägungen einzubeziehen vergaß. Es spielte jedoch keine Rolle, da sie nur jedes zehnte Wort verstanden hatte, und sie erzählte ihren dreiundzwanzig Brüdern und Schwestern an jenem Abend, daß die O'Callaghans vorhätten, nach Amerika zu gehen.
Er ging wieder mit dem Stuhl nach draußen.
Er kam nochmals zurück, um zu sagen: »Es tut mir leid, aber ich muß die Windlichtmaschine abnehmen. Ich werde versuchen, sie inzwischen anderswo wieder aufzustellen. Vielleicht gelingt es mir, eine Ummantelung für den Wohnzimmerschornstein zu machen und das Dreibein darauf zu befestigen.«
Bald, als Mrs. O'Callaghan durch einen Schlitz im Küchenfensterladen spähte, konnte man ihn mit Pat Ge-

raghty auf dem schön gewölbten, grauen Dach des Heuschuppens herumkriechen sehen und lautstark hämmern und werkeln hören. Die Sonne schien ausnahmsweise, und ein tiefblauer Himmel stand hinter dem säulengetragenen Grau. Ultramarin leuchtete das Emailschild, orange der Propeller der Windlichtmaschine – deren straffe Drahtverspannung den Himmel mit mathematischer Exaktheit teilte. Mathematisch exakt waren auch die Wellblechbahnen mit ihren genau abgegrenzten Schatten, und alles strahlte Sauberkeit und Sicherheit im Sonnenlicht aus.

Mrs. O'Callaghan hielt die Fensterläden halb geschlossen und arbeitete in einem unterseeischen Halbdunkel, das ihr Gliederreißen bescherte, doch sie sagte, wenn die Sonne auf den Küchenherd schiene, würde sie das Feuer erstikken.

Kapitel 6

Es war Abend. Die drei saßen unter der elektrischen Lampe um einen gescheuerten Tisch in der weißgetünchten Küche. Mr. White hatte darauf bestanden, Listen aufzustellen.

Mrs. O'Callaghan hatte ein kariertes Schulheft, einen Federhalter mit geknickter Federspitze und ein Tintenfaß mit einem Millimeter Bodensatz vor sich. Mr. White ein gewaltiges Geschäfts- oder Hauptbuch im Folioformat und einen Füllfederhalter mit grüner Tinte. Mickey hatten sie ein Stück braunes Packpapier und einen H6-Bleistift gegeben, den einzigen Bleistift, den Philomena im Haus gelassen hatte. Mickey hatte die Spitze abgebrochen, schrieb aber mit dem Holz weiter, was fast die gleiche Wirkung zeigte.

Ihre Listen trugen die Überschrift: TIERE

Mr. White hatte beschlossen, daß sie an jedem Abend eine andere Liste machen, sie miteinander vergleichen und durchsprechen sollten. An diesem Abend sollten es Tiere sein, am nächsten Werkzeug, am dritten Samen, am vierten Proviant und so weiter. Er schrieb rasch. Mrs. O'Callaghan schrieb mit Pausen und in den runden, mühsamen Buchstaben, die sie für Einkaufslisten brauchte. Mickey schrieb wie ein Künstler. Das heißt, er betupfte sein Wort ab und zu – er hatte nur ein einziges geschrieben –, machte hier einen Punkt oder einen anderen Buchstaben, oder er wechselte einen vorhandenen Buchstaben aus, indem er einen neuen darüber schrieb.

Brownie saß in einer Ecke und verzehrte den letzten Leim. Sie war ein Tier, das genauso unter verrückten Einfällen litt wie ihr Herr. Man sagt, daß kluge Männer mit der

Zeit den Tieren, für die sie sich interessieren, ähnlich werden, und daß Darwin zum Schluß wie ein Affe aussah. Das trifft allerdings auch für das Gegenteil zu, denn die meisten Tiere werden mit der Zeit den Menschen ähnlich, denen sie zugetan sind, und Brownie bildete da keine Ausnahme. Sie hatte es mit so vielen Schlangen, Falken, Hühnerhabichten, Zwergfalken, Raben, Ameisen, Weidenbohrern, Igeln und anderer, von Mr. White gesammelter, assortierter Fauna aufgenommen, daß sie schließlich selbst zu sammeln begonnen hatte. Zum Beispiel war sie scharf auf einwöchige Küken. Jedes Frühjahr, wenn sie ausgebrütet waren, kam sie zu jeder Fütterung. Sie fing sie dann und trug sie in ihrem Maul, ohne ihnen weh zu tun, ins Speisezimmer, ließ sie dort unter dem Tisch frei und beobachtete, wie sie fortliefen. Als Hennen flohen sie ihr ganzes erwachsenes Leben lang vor ihr, wenn Brownie sich nur näherte. Ein anderes ihrer Interessengebiete war die Insektenwelt. Sie verbrachte eine Menge Zeit mit Fliegenfangen, oder indem sie die Bienen im Korridor verspottete. Und sie studierte die Holzwespen, die sie den ganzen Tag lang auf dem Fensterbrett der Werkstatt beobachten konnte. Sie war stolze Besitzerin eines jungen Wildkaninchens gewesen, das sie jeden Abend ins Bett – ihres Herrn Bett – mitgenommen hatte, ebenso ein noch nicht einjähriges kleines Häschen. Keines von beiden hatte es besonders schön gefunden, mit Brownie und mit Mr. White schlafen zu müssen, und besonders das junge Kaninchen hatte angesichts der Perversität dieser Situation oft einen Wutanfall bekommen und die beiden gebissen. Anscheinend glauben die Leute, Wildkaninchen seien bezaubernde kleine Flaumbällchen, aber in Wirklichkeit sind sie sehr cholerische Tiere ohne jede Toleranz. Zu anderen Spieltieren, die Brownie sich hielt, gehörten Enten, Truthennen und ein verwaistes Lamm. Sie interessierte sich für die Schwalben auf der Tür vom Werkzeugschrank und war ganz hingerissen von Igeln, für die sie ein spezielles Bellen hatte. Junge Hunde mochte sie nicht.

Diese Manie für das Studium der Natur war jedoch nicht ihre einzige. Mr. White verfolgte die verschiedenartigsten Interessen, und sie tat es ihm gleich. Da war zum Beispiel das Zimmerhandwerk, vielleicht die jüngste seiner Abschweifungen zum Zeitvertreib. Die arme Brownie konnte schwerlich sägen oder hämmern, aber sie sammelte wenigstens die Holzabfälle und hütete sie unter dem Eßzimmertisch. Was die Gartenarbeit betraf, so sammelte sie die meisten Wurzelgemüse und Knollengewächse, die sie ebenfalls unter dem Tisch verstaute. Außerdem besaß sie noch einen Gummiball.

Ihr Herr war ein mittelmäßiger Schriftsteller, und damit verdiente er sich das Leben, das er hier führte. Es war die einzige Tätigkeit, die sie nicht mit ihm teilen konnte. Wenn er an der Schreibmaschine saß und tippte, saß Brownie neben ihm und knurrte anhaltend – vielleicht tat sie ihr Bestes, die Maschine zu imitieren. Wenn er im Lehnstuhl saß und mit einem Bleistift schrieb, saß sie auf seinem Schoß und winselte, um so weit wie möglich daran beteiligt zu sein.

Der Leim sollte wohl schon für die Arche sein. Er wurde beim Bau benötigt. Mr. White hatte ihn versuchsweise in einer Konservendose gekocht, weil er keinen richtigen Leimtopf besaß, und sie hatte ihn in hart gewordenem Zustand als Rest am Boden der Dose entdeckt. So tief unten war er fast außer Reichweite für ihre Zunge, und sie hatte rundherum schon Dellen in die Dose gebissen; aber etwas von dem Kleister konnte sie doch erreichen, und davon schäumte nun ihr Maul.

Fairerweise muß man sagen, daß sie auf ihrem ureigensten Gebiet gut war. Sie war das seltenste, kostbarste aller Geschöpfe, ein zuverlässig apportierender Setter. Alle hatten Mr. White erzählt, daß es völlig unmöglich sei, einem Set-

ter das Apportieren ohne Verlust seiner Zuverlässigkeit beizubringen, und das hatte ihm genügt, die Sache um so entschlossener in Angriff zu nehmen. Und er hatte es geschafft; wenn man davon absieht, daß es in Wirklichkeit natürlich der Hund ist, der seinen Herrn ausbildet, nicht etwa umgekehrt.
Mr. White hatte einen anstrengenden Tag verbracht. Die Windlichtmaschine war abgebaut und ein Teil der Ummantelung des Wohnzimmerschornsteins bereits verschraubt. Sie hatte vier Befestigungspunkte. Die Batterien hatten genügend Ladung für hundert Betriebsstunden einer Zwölf-Watt-Birne.
Auf seiner Liste stand:

Nancy und Hengstfohlen, nicht von ihr.
Friesische Kuh und Bullenkalb, dito.
Nellie und Eberferkel, dito.
Brütende Truthenne mit Gelege.
Dito Henne.
Dito Ente.
Mutterschaf mit einjährigem Lamm, Bergschafe.
Diamond und Tiny (die Hofhunde).
Brownie.
Titsy, glaube ich.
Item, wir sollten eine Taube mitnehmen. Ich glaube, es muß damals wirklich eine Brieftaube gewesen sein, denn sonst hätte sie sich auf den Zweig gesetzt, statt ihn zurückzubringen. Sie wird einen Täuberich oder Eier brauchen.
Sind Ratten wirklich notwendig?
Mäuse, dito.
Was ist mit Flöhen?
Haben Läuse irgendeinen Nutzen?
Fledermäuse . . .

Doch es wäre zu ermüdend, die Liste in voller Länge wiederzugeben. Sie setzte sich über fünfzehn Folioseiten fort und enthielt solche Raritäten wie Marienkäfer – um die Blattläuse zu verzehren; Libellen – um die Schildläuse zu verzehren; Möwen – um die Schnaken zu vertilgen; Spitzmäuse – um die Gartenschnecken zu fressen; und Wiesel – um die Kaninchen kurz zu halten. Auf die Frage, woher denn das Ungeziefer kommen sollte, hätte Mr. White geantwortet, daß er keinerlei Risiken mit blinden Passagieren eingehen wollte. Er hätte noch hinzugefügt, daß er es möglicherweise selbst mitnehmen würde, um irgend etwas anderes kurz zu halten.
Mrs. O'Callaghans Liste lautete:

Mr. White	Nely
Miky	Magy
Titsy	Dimon
Browny	Tinny
Nancy	Der Bischschoff

Außer den ersten beiden und dem letzten waren es die Namen von verschiedenen Kühen und anderen Tieren auf der Farm. Mr. White strich mit fester Hand den Bischof durch.

Mickeys Liste lautete einfach:

ROOCKTABBAKKO

»Ich glaube fast, Sie halten Tabak für ein Tier?«
Mickey blickte schuldbewußt, aber widerspenstig drein. Ihm gefiel's so.
»Wieviel rauchen Sie die Woche?«
»Vier Unzen.«
»Dann müßten wir ja wohl zweihundert Pfund oder mehr

mitnehmen, um Sie für die nächsten zwanzig Jahre zu versorgen. Wissen Sie, wieviel das kosten würde?«

»Das würde ein oder zwei Pfund kosten.«

»Es würde kosten«, erwiderte Mr. White, fieberhaft auf dem Rand seiner Liste 240 mit 16 multiplizierend, »genau einhundertundzweiundneunzig Pfund zu einem Shilling die Unze, und Sie wissen, daß Sie's dafür nicht bekommen.«

»O Gott!«

»Obschon – einen Augenblick – wir wissen ja gar nicht, in welcher Klimazone wir landen werden. Sie könnte zur Tabakpflanzung geeignet sein. Erinnern Sie mich, daß ich auch diverse tropische Samen aufführe, wenn wir die nächste Liste beginnen.«

Mrs. O'Callaghan fragte in ernstem Ton: »Wofür ist diese Sintflut eigentlich?«

»Wofür?«

»Nun ja, warum eigentlich?«

»Ich vermute, Gott hat die Nase voll von der menschlichen Rasse – oder dem Teil des Tierreichs, das wir mitzunehmen vergessen sollen. Er will wohl reinen Tisch machen und neu anfangen, nehme ich an.«

»Es hat wohl nicht viel Sinn, mit uns neu anzufangen.«

Dies war ein Punkt, den unser Held während des Tages auf dem Dach zu vermeiden gesucht hatte. Mr. und Mrs. O'Callaghan waren kinderlos und über das Alter zum Kinderkriegen hinaus.

Er erklärte fest: »Vielleicht möchte der Erzengel Michael die menschliche Rasse nicht fortführen. Vielleicht schickt er absichtlich gerade uns hinaus, weil er nicht möchte, daß die Menschen sich vermehren. Wir werden gebraucht, um die Arche zu bauen, sie zu navigieren und uns in der ersten Zeit danach um die Tiere zu kümmern, dann aber sollen wir vielleicht aussterben.«

»Sie sollten heiraten, Mr. White.«

»Wenn der Erzengel Michael einen verheirateten Mann gewollt hätte, warum hat er dann keinen solchen ausgewählt?«

»Denken Sie nur an all die kleinen Babies«, sagte Mrs. O'Callaghan.

Er dachte an sie. Nach den Schwalben und den übrigen Tieren hätte ihm das nichts ausgemacht. Es war die Ehefrau, die ihm Angst einflößte.

Kapitel 7

Die Windlichtmaschine wurde auf die Ummantelung des Wohnzimmerschornsteins transportiert, in dem die Dohlen jegliches Feuermachen verhinderten.
Im Wohnzimmer gab es: ein wunderschönes Klavier, was das Holz anging, denn es war seit dreiundzwanzig Jahren nicht mehr gestimmt worden und die Mauern von Burkestown bestanden aus Steinen, die leicht schwitzten und das Außenklima großzügig nach innen weitergaben; einen ausgestopften Dachs in einer Glasvitrine; zwei ausgestopfte Fasanen und einen Brachvogel, die auf dem Klavier in rosa Glasbehältern in Nestern aus staubigem Pampasgras saßen; eine Etagere mit drei schwarzen Samtkatzen und einigen Dutzend Nippesfigürchen aus Porzellan; neun Photos, hauptsächlich von verstorbenen Geistlichen, in Rahmen aus Seemuschcln *(chenopus pes-pelicanus);* eine Stickerei, ähnlich einem Stichmustertuch, datiert 1889 und mit einer schwarzen Borte zur Erinnerung an einen entschlafenen Bischof versehen; ein Grammophon mit scharlachrotem Schalltrichter und vierzehn Schallplatten, einschließlich *Phil the Fluter's Ball* und *Angelus,* gesungen von Clara Butt; ein Sofa und zwei Polstersessel; ein mit Wolle bestickter Ofenschirm, eine wunderschöne Handarbeit einer Tante von Mickey; eine Papiermaché-Uhr, mit Goldbronze bemalt, deren Zeiger standen; ein Kaminsimsspiegel, dessen Rahmen mit verblichenem Samt bezogen war, bemalt mit Malvenblüten und einem apportierenden Hund, ebenfalls von Mickeys Tante; ein Satz Beisetztischchen, auf denen Glückspantoffeln, Porzellankatzen, Hufeisen etc. standen und lagen; ein ovaler Tisch, auf dem ein Topf in rotem Kreppapier mit

einer eingegangenen Primel stand; ein Rundspiegel mit Adler aus dem Zweiten Kaiserreich; sechs Amateur-Ölbilder von Pferden und Mondlandschaften, eins davon gut; ein gewaltiger, billiger Druck von Jesus Christus, auf das Herz Jesu deutend; ein schlichter Mahagonitisch, der als Altar gedient hatte, als sie einmal eine Stationskirche besaßen; und ein Kartentisch, an dem *Spoil Five* gespielt wurde. Die Tapete hatte Stockflecken wegen der schwitzenden Steine, aber man hatte entdeckt, daß sich Stockflecken an den Bildern vermeiden ließen, wenn man Korken aus Whiskyflaschen zwischen Bild und Wand klemmte.

Da wir schon bei den Möbeln sind, sollte man fairerweise auch die Zimmer beschreiben. Sie waren zu verschiedenen Perioden möbliert worden, so daß eines davon, zur Zeit wenigstens, zu jung war, um so geheiligt zu erscheinen wie die anderen.

Im Eßzimmer, das zum Alter des Hauses paßte, gab es eine ruhige, konventionelle Tapete sowie eine unbezahlbare Nelson-Anrichte mit passendem Tisch samt Stühlen. Außerdem ein wunderschönes Schreibpult, kombiniert mit Bücherregalen, die Geheimfächer hatten (für Mrs. O'Callaghan immer noch ein Geheimnis) und Türen mit ovalen Glasscheiben, von denen die meisten zerbrochen waren; etliche Gegenstände aus Neusilber, Hochzeitsgeschenke für Mickey und seine Braut; drei attraktive Porzellanteller als Erinnerung an einen eucharistischen Kongreß, deren Herzen Jesu flammend wie Bombarden explodierten; ein Satz Queen-Anne-Teelöffel, die Mr. White aus der Küche gerettet hatte, wohin sie seit dem Kauf einiger Woolworth-Löffel verbannt worden waren; ein Radioapparat auf einem guten Beisetztisch aus dem neunzehnten Jahrhundert; eine verwelkte Hortensie auf einem minderwertigen runden Tisch aus dem zwanzigsten Jahrhundert; ein Selbstporträt von Mr. White vor dem Wohn-

zimmerspiegel, dem blumenbemalten; eine imposante schwarze Marmoruhr, kaputtrepariert von Mickey wie alle Uhren hier auf Burkestown, die er gewöhnlich zuerst überdrehte, um darauf nach seiner Methode eine Truthahnfeder durch irgendeine erkennbare Öffnung nach innen zu stecken und hin und her zu zwirbeln; ein ausgezeichneter Teppich, Feuerböcke und Kaminrost aus dem Neunzehnten Jahrhundert; fünf Mezzotinto-Stiche nach Morland und Constable; Büchergestelle mit der gesamten *Everyman Library*, die Mr. White mitgebracht hatte; ein in strengen, grauen Marmor gefaßter offener Kamin; und, auf der Nelson-Anrichte, das *Kind von Prag*.
Das Haus selbst stammte aus dem späten achtzehnten Jahrhundert. Es hatte einem kleinen Gutsbesitzer gehört, der jedes Jahr auf seine Einladung nach Dublin Castle gewartet hatte, und mit einem sagenhaften Iren namens Major Sirr befreundet gewesen war. Das Haus war nach den Vorstellungen des achtzehnten Jahrhunderts ausgerichtet, also nicht genau nach irgendeinem Punkt der Windrose. Die Gesellschaftszimmer lagen nach Norden, so daß sie in ständigem Halbdunkel waren, aber nicht genau nach Norden, aus Furcht, daß sonst eine der anderen Wände genau nach Süden liegen könnte. Die Wand, die eigentlich nach Süden hätte gehen sollen und an der das Gewächshaus lag, war in Wirklichkeit leicht nach Südost versetzt, so daß die Sommersonne sie nur bis vier Uhr nachmittags bestrahlte. Überdies hatte man in diese Beinahe-Südwand keine Fenster eingebaut, aus Furcht, daß eines der Zimmer im Haus dann vielleicht sonnig oder gar trocken sein könnte. Der Stein, aus dem die Wände bestanden, machte Trockenheit zwar unmöglich, aber die Ausrichtung des Hauses sorgte in dieser Hinsicht für doppelte Sicherheit.
Das Versetzen der Windlichtmaschine an ihren vorübergehenden Standort auf der Ummantelung des Wohnzimmerschornsteins brauchte zwei Tage. Glücklicherweise

war die Entfernung vom Dach des Heuschuppens zum Kabeleintritt ins Haus die gleiche wie vom Wohnzimmerschornstein, so daß am Kabel nichts geändert werden mußte. Die Aufstellung dauerte zwei Tage, weil es sich um eine konstruktive Arbeit handelte und Pat in diesem Falle alles zweimal machen mußte.

Der Abbruch des Heuschuppens ging rascher vonstatten, weil dies destruktiv war. Destruktive Arbeit hatte den Vorteil, daß Geraghty sie nicht zweimal machen konnte. Sobald eine Wellblechbahn unten war, war sie unten. Selbst wenn Mr. White sie abmontiert hatte, konnte Pat sie wohl kaum wieder anbringen, um dasselbe noch einmal zu machen. Sie begannen am fernen Ende bei den Kuhställen, um sich nicht den Rückzug über die Garage abzuschneiden.

Brownie bejammerte den Heuschuppen. Sie konnte nicht über Tisch und Stuhl auf das geriffelte Dach klettern und saß die meiste Zeit mißbilligend knurrend auf dem Hof. Mrs. O'Callaghan schickte Mr. White alle paar Stunden frischen Tee aufs Dach.

Mickey fuhr mit dem zweirädrigen Ponywagen nach Cashelmor zum Einkaufen. In Wirklichkeit wollte er sich vor der Ernte drücken.

Philomena wandte ihre Aufmerksamkeit Mr. Whites Krawatten zu, die er an Sonntagen mit eigentümlichen viktorianischen Krawattennadeln trug und die ihre dreiundzwanzig Brüder und Schwestern sich als spezifischen Schutz vor Hexenschuß um die Bäuche banden.

Tommy Plunkett führte die Farm, so gut er konnte.

Wenn eine Blechbahn abgeschraubt war, wurde sie auf Slane Meadow hinuntergelassen, das Feld hinter dem Heuschuppen. Das Flüßchen Slane floß am unteren Ende dieses Feldes entlang, und Mr. White sagte, selbst wenn die Flut durch ein allgemeines Absinken der Erdkruste verschlimmert werden würde, könnte sie doch, zumindest in ihren Anfangsstadien, vom Bett des Slane ihren Ausgang nehmen. Dieses Feld war auch frei von Bäumen, war also der geeignete Ort zum Bau der Arche und zum Aufschwimmenlassen.

Das Dach war nicht mit den Dachträgern verschraubt, sondern durch verzinkte Klemmen mit ihnen verbunden. Zusammen mit den Schrauben und Muttern wurden sie für den Wiederzusammenbau beiseitegelegt.

Zum Abbau des Daches brauchten sie nur einen Tag. Das nächste Stadium war die Demontage der bogenförmigen Dachträger, deren es vier gab.

Zu diesem Zweck verflochten sie mit einer Seildrehmaschine starke Heuballenseile, da der Eisenwarenhändler in Cashelmor nichts stärkeres als Zaumzeugseile am Lager hatte. Sie begannen mit den beiden mittleren Trägern, weil die beiden äußeren für sie ein natürliches Gerüst abgaben, von denen man sie herunterlassen konnte. Als die mittleren Träger unten waren, verblieben noch die äußeren vom Rechteck des Dachgerippes, und diese bildeten ihre nächste Aufgabe.

Diese waren schon schwieriger. Sie mußten die verbliebenen Träger – an den Seiten und Enden – an den Stützpfeilern festbinden, ehe sie sie losschraubten. Danach mußten sie ein Ende losbinden und mit Heuseilen absenken, dann dasselbe mit dem anderen Ende. Die Träger wogen gut einen Zentner und konnten von Hand zum Bauplatz Slane Meadow getragen werden.

Zum Schluß mußten die Stützpfeiler abgesägt werden, ohne daß sie umfielen und dabei womöglich denjenigen, der sie umgesägt hatte, töteten. Die Vorstellung, über fünf Meter hohe Gußeisenpfeiler auf Kopfsteinpflaster fallen zu lassen, behagte ihnen gar nicht. Es war eine harte Nuß, wie man die Dinger absägen und umlegen sollte.

Am Ende mußten sie den mühsamsten Weg wählen und den Heuschuppen völlig demontieren, die Stützpfeiler mit

Schlingen von einem zum andern und die letzten vom Kuhstall aus umlegen und am Boden zersägen. Sie brauchten dazu zwei Tage zusätzlich, doch es war der Mühe wert. Sie erkannten, daß sie früher oder später doch gezwungen gewesen wären, das ganze Ding zu demontieren, um die Verschalung von den unteren Seitenwänden abzunehmen, die sie später für das Deck der Arche brauchen würden.

Die ersten paar Tage sah der Heuschuppen wie ausgebombt aus. Später wirkte es dann von Tag zu Tag weniger, als wäre er jemals ein Heuschuppen gewesen. Eines Tages war er ganz verschwunden, und der Hof zeigte ein anderes Gesicht. Er war eigenartig leer und luftig. Etwas fehlte darin, wie ein ausgezogener Zahn, in dessen Lücke der ehemalige Besitzer verwundert seine Zungenspitze schiebt.

Kapitel 8

Es hatte keinen Sinn, die Werkzeugliste mit Mickey und Mrs. O'Callaghan zu besprechen. Ihr Horizont zum Thema Werkzeug war begrenzt von dem einzigen, das sie besaßen; eine Art Stemmeisen, das sie die meiste Zeit dazu benutzten, den Deckel der Buttermaschine aufzukriegen. Sein Handgriff war schlüpfrig von Milchprodukten, Truthahnfutterbrei und dem natürlichen Dreck von Mickey. Offensichtlich würden sie den Inhalt des Werkzeugschrankes mitnehmen müssen. Sie sollten eine neue Welt aufbauen.

Das eigentliche Problem aber stellten die Landmaschinen dar, weil sie viel Platz brauchten.

Ein Pflug war unverzichtbar, ebenfalls eine leichte Egge nebst dem Geschirr für beide. Er hielt es für besser, keine Federzahnegge mitzunehmen, weil er fürchtete, daß sich die Zähne verklemmen könnten. Dann gab es noch andere Geräte, wie den Pferderechen und die Mähmaschine, die aber sehr sperrig und möglicherweise überflüssig waren. Schließlich waren da noch Dinge wie die Pferdewalze, die man zurücklassen mußte, es sei denn . . . Mr. White entschied sich, die Mähmaschine auseinanderzunehmen, so daß man sie ohne Platzverschwendung unterbringen könnte. Dann fiel ihm ein, daß er einen Schmiedeamboß, Blasebalg und Schraubstock würde mitnehmen müssen. Als nächstes beschloß er, als Ballast für die Arche, Eisenstäbe, Alteisen, Reserveräder verschiedener Größen und weiteres Material dieser Art einzuladen. Abschließend erklärte er, daß sie genauso gut auch den Pferderechen auseinandernehmen und als Ballast verwenden könnten. Auch angesichts der Walze wurde er schwach.

»Wenn die Arche gelandet ist«, sagte er, »werden wir sie wieder umdrehen und als Haus benutzen. Das heißt, daß wir den Ballast verschieben müssen, sobald wir Grund berühren, damit sie sich von selbst auf die Seite legt. Dann sollte es nicht zu schwierig sein, sie zu kippen, besonders wenn wir an einem Hang landen können. Wir werden sie anpflocken müssen. Sie wird ein großartiges Haus abgeben. Wir könnten kein besseres haben. Ich kann eine oder zwei Blechbahnen als Fenster oder Türen herausnehmen. Glas können wir wohl nicht mitnehmen . . .

Eine Pumpe!« rief er aus. »Während der Reise werden wir eine Pumpe brauchen, falls die Arche lecken sollte, und hinterher wird sie sehr nützlich sein, wenn wir einen Brunnen graben. Eine einfache, transportable Handpumpe wird nicht genügen, fürchte ich. Ich werde eine normale Brunnenpumpe mit Schwengel besorgen und im Achterschiff befestigen. Können Sie Wasser entdecken, Mrs. O'Callaghan?«

»Pardon?«

»Sind Sie ein Wünschelrutengänger? Ein Mann, der einem sagt, wo man nach Brunnen gräbt?«

Sie war amüsiert und leicht geschmeichelt. Als ob sie sagen könnte, wo man einen Brunnen graben soll! Wo doch jedermann wußte, daß sie kaum überhaupt irgend etwas herausfinden konnte. Und sich vorzustellen, daß sie ein Mann wäre!

»Also gut«, sagte Mr. White, »Sie sind einer, Sie wissen's bloß nicht. Jeder kann das. Man muß es Ihnen nur zeigen.«

Draußen heulte der Sturm, und es wurde schon dunkel. Doch um ihn aufzuhalten, hätte es schon schlimmer kommen müssen. Er raste den kleinen Hügel hinauf, wo die Haselsträucher wuchsen, und begann mit seinem Taschenmesser einen Y-förmig gegabelten Zweig abzusäbeln; er bedauerte, daß er kein Buschmesser mitgebracht hatte.

(›Wir müssen ein Buschmesser mitnehmen!‹)
Als er zurückkam, tat Mrs. O'Callaghan so, als hätte sie die Sache mit dem Wünschelrutengehen vergessen. Sie wußte, was ihr bevorstand. Um ihn von diesem Thema abzulenken, in dem sie Unheil drohen sah, hatte sie mit größtem Eifer ihre Werkzeugliste fortzuführen begonnen und dreimal hintereinander »Schraubenschlisel« geschrieben.
Er ließ sich nicht darauf ein.
»Nun dann, Mrs. O'Callaghan, kommen Sie mit auf den Rasen, dort werde ich Ihnen beibringen, wie man Wasser findet.«
»Es fängt gleich an zu regnen.«
»Nein, es wird nicht. Kommen Sie schon. Es ist ganz leicht.«
»Meine Schuhe . . .«
»Das Gras ist trocken.«
»Geht's nicht auch morgen? Wenn wir Licht haben?«
»Nein, nein, nein. Es dauert nur einen Augenblick. Jeder kann das, Sie wissen nur nicht, wie Sie's anfangen müssen.«
Mrs. O'Callaghan hatte eine fatale Lernschwäche, die sie auch jetzt wieder überwältigte. Sie konnte sich selbst den Glauben hypnotisieren, daß so etwas unmöglich zu erlernen sei.
Einer der schrecklichsten Abende, die sie je auf Burkestown verbracht hatten, war vor etlichen Jahren gewesen. Damals war Mr. White gerade erst angekommen und hatte begonnen, ihnen Zauberkunststücke vorzuführen. Er kannte nur vier von der einfachsten Art. So hielt er beispielsweise seinen Füllfederhalter bei aneinandergelegten Handflächen zwischen Daumen und Zeigefinger der beiden Hände. Mit einer plötzlichen Drehbewegung zeigte er dann den Füllhalter in derselben Position, aber mit nach unten gehaltenen Daumen. Damit es auch schwierig aus-

sah, mußte er dabei herunterleiern, daß er »seine Daumen durch den Füllhalter geschoben hätte«. Da die O'Callaghans sich überhaupt nicht vorstellen konnten, was zum Teufel er da mit dem Füllhalter anzustellen versuchte, und da sie darüber hinaus blind glaubten, *daß* er seine Daumen durch ihn geschoben hatte, hatte sich die Situation allmählich immer weiter von der Realität entfernt; besonders, als Mr. White versuchte, Mr. O'Callaghan das Kunststück beizubringen. Zuerst hatte er es einfach ein bißchen langsamer gemacht, damit sie den Trick erkennen sollte. Und dann hatte er es wirklich sehr langsam vorgeführt, zwanzig- oder dreißigmal hintereinander. Mit wachsender Hartnäckigkeit und entschlossen, zu unterhalten, zu belehren oder zu amüsieren, hatte er den elenden Federhalter in Mrs. O'Callaghans Hände geschoben, diese in seine eigenen genommen und sie in jede nur mögliche Position gerückt und gedrückt und verdreht, um ihr die Sache verständlich zu machen. Mrs. O'Callaghan wußte nicht, wie sie es anstellen sollte, weil ihr erstens nicht klar war, *was* sie versuchen sollte, und weil sie zweitens in ihrer charakteristischen Selbsthypnose schon weit fortgeschritten war, sie hatte zu schwitzen begonnen. Schweißperlen hatten sich über ihren Augenbrauen gesammelt und rollten beiderseits ihrer Nase hinunter, während Mr. White ihr mit grimmigen Witzeleien die Handgelenke verdrehte und die Finger ausrenkte und dabei erzählte, wie einfach es doch sei. Ab und zu hatte er eine Pause gemacht, nach Luft geschnappt und einen Schluck Whisky genommen, um sich zu erfrischen und dann mit neuer Energie auf seine Aufgabe zu stürzen. Es war immer komplizierter geworden. Es hatte sich herausgestellt, daß Mrs. O'Callaghan zwar wohl ihre rechte von ihrer linken Hand unterscheiden konnte, dergestalt, daß eine davon auf ihrer einen und die andere auf ihrer anderen Seite war – aber selbst dies entschwand rapid ihrer Erinnerung –, daß sie jedoch, wenn verwirrt oder aufgeregt, nicht in der Lage war, sie korrekt zu benennen. Anscheinend hatte sie irgendeine Gedächtnisstütze besessen, so wie Landratten, wenn sie sich den Unterschied zwischen Steuerbord und Backbord merken wollen, konnte sich aber unter Streß nicht daran erinnern, was sie jetzt als Zauberlehrling schwer behinderte. Während die beiden sich durch die Stunden einer Nacht kämpften, die für sie überhaupt nie mehr zu enden schien, und Mrs. O'Callaghan inzwischen völlig verängstigt, halb von Sinnen und mit einer Mischung von Tinte und Schweiß bedeckt war, sprang Mr. White, der von Augenblick zu Augenblick immer betrunkener und verzweifelter wurde, mit verwirrender Geschwindigkeit von einem zum andern der vier Zaubertricks, um wenigstens einen zu entdecken, den er ihr beibringen könnte. Aber vergebens. Er hatte erklärt, er hätte seine Daumen nicht wirklich durch den Füllhalter gezogen, was sie so sehr durcheinander gebracht hatte, daß sie von da an keiner seiner Erklärungen zu diesem Thema mehr Glauben schenken wollte. Sie hatten einander gegenüber gestanden wie Bild und Spiegelbild, mit Korken, Streichhölzern und Füllfederhalter manipuliert, die Mr. Whites Werkzeug waren, und wenn er die Hand bewegte, hob sie die gegenüberliegende Hand, und wenn er die Stellung wechselte und selbst Spiegelbild war, begriff sie seine Absicht und behandelte ihn auch so. Sie hatte gesagt, wie dumm sie doch sei, wie wunderbar das wäre, wie klug Mr. White sei, und ob man so etwas denn glauben könnte? Der Schweiß war ihr ausgebrochen, sie hatte Dinge fallen lassen, sich mit ihren Fingern verfangen und in wilder Opferbereitschaft gelacht wie eine ältliche Ophelia, gezwungen, mit Rosmarin und Gartenraute, Streichhölzern, Korken und Füllfederhalter zu hantieren. Mickey hatte gegen sie Partei ergriffen und ärgerlich gefragt, warum sie denn nicht täte, was der Gentleman von ihr verlangte, und ihre Daumen durch den Halter schöbe?

Plötzlich – und wie eigenartig doch in dieser Welt manchmal auf einen Schlag Komödie in Tragödie mündet – hatte Mr. White gesehen, daß ihre Hände zitterten. Diese armen, langen, roten Finger, die so viele Jahre lang so viele Küchentische so fruchtlos geschrubbt hatten, zitterten vor Angst und Elend und Demütigung. Im nächsten Augenblick hätte sie zu weinen angefangen.

Dinge wie diese waren es, weswegen er sie so sehr ins Herz geschlossen hatte.

Sie wiederum, so komisch das auch klingen mag, liebte Mr. White wegen seines Backenbarts. Er sah damit aus wie der heilige Joseph, meinte sie.

Und jetzt sollte sie also Wasser finden.

Sie stand da im sturmdurchtosten Zwielicht und rang die Hände unter der Schürze, während Mr. White einen kurzen Einführungssermon hielt und eine Demonstration gab.

»Wir werden nicht in die Nähe des Brunnens gehen – denn das wäre nicht fair –, sondern dort hinüber zu den Buchen und probieren, ob wir da etwas finden können.«

Dreiviertel der Farm befand sich über einem breiten Streifen gelben Lehms, der ungefähr fünfundvierzig Zentimeter unter der Oberfläche lag wie eine Untertasse, so daß Mr. White praktisch überall, wo er stand, Wasser finden konnte, was diesen Ort besonders geeignet zum Wünschelrutengehen machte.

»Also, zuerst werde ich Ihnen zeigen, wie man das macht. Sie nehmen diesen Zweig fest in beide Hände, so, und legen die Daumen fest auf die Enden des Y, so wie ich. Dabei strecken Sie die Arme waagerecht nach vorn von Ihrem Körper weg. Dann geben Sie dem Zweig aus den Handgelenken heraus eine Drehung nach oben, so etwa, bis der Fuß des Y senkrecht hoch zum Himmel weist. Seh'n Sie, so.

Jeder kann das«, fügte er ermutigend hinzu. »Die Leute

glauben zwar, daß nur besonders begabte Rutengänger das können, aber die Fähigkeit dazu ist universell. Sobald man es ihnen richtig zeigt, stellen sie fest, daß sie's auch können. Ich habe es Dutzenden von Leuten beigebracht. Bisher habe ich noch bei niemandem versagt.
Und jetzt kommt es darauf an, ruhig und gesammelt geradeaus zu gehen und die Füße fest auf die Erde zu setzen, damit die Kraft durch sie hochfließen kann, die Daumen fest auf die Enden der Rute gepreßt, sich zu konzentrieren und nicht schnell zu gehen.«
»Bei mir«, erklärte Mr. White, während er in die Dunkelheit hinausschritt, seine Aufmerksamkeit konzentrierte, die Daumen fest auf den Zweig preßte, die Füße fest auf den Boden setzte und langsam in Dunkelheit und Sturmwind entschwand, »bei mir biegt sich die Rute immer nach innen. Bei anderen Leuten biegt sie sich manchmal vom Körper weg. Sie können sie so fest halten, wie Sie wollen, je fester, desto besser, aber der Zweig wird sich biegen, selbst wenn er sich dazu die eigene Rinde abschälen muß. Seh'n Sie, er beginnt bereits zu arbeiten. Und Sie seh'n auch, daß ich ihn so fest wie möglich halte. Sehen Sie, wie meine Hände zittern! Passen Sie genau auf, und Sie werden erkennen, daß ich ihn gar nicht selbst biegen kann. Es ist kein Trick. Es geschieht wirklich, und man kann nichts dagegen tun. Achtung, Sie können schon kleine Falten in der Rinde sehen, wo er sich gegen meinen Griff sträubt. Sehen Sie?«
Er drehte sich um wie ein Wetterhahn, die Arme steif ausgestreckt, die Astgabel aufgerichtet und eifrig bestrebt, Mrs. O'Callaghan von seiner artigen Vorstellung profitieren zu lassen.
Sie war geflohen.
»Gütiger Gott!« rief Mr. White, seinen Zweig auf die Erde schmeißend, »sie will nicht einmal versuchen, Wasser mit der Wünschelrute zu finden!«

Dann hob er die Rute wieder auf und machte sich daran, selbst Wasser zu entdecken.
Als er im Mondlicht zurückkam, durch die Pforte, die Mickey gewöhnlich überklettern mußte, mochte er den Haselnußzweig nicht fortwerfen und hängte ihn über den Hakenverschluß der Pforte, während er hoffnungsvoll dachte: vielleicht möchte Pat Geraghty es ja gern lernen?
In der Küche brannte Licht, und Mrs. O'Callaghan schrieb an ihrer Schraubenschlüsselliste. Sie hatte sich ein Stück rotes Flanell um den Hals gebunden und hoffte, ihr Verhalten damit erklären zu können, daß sie plötzlich Halsschmerzen bekommen hätte. Jede Erklärung blieb ihr jedoch erspart, denn Mr. White hatte im Hereinkommen das Geräusch eines Traktors gehört, der wegen der dringenden Ernte bei Mondlicht arbeiten mußte.
»Wie schade, daß wir keinen Traktor mitnehmen können! Wir könnten ihn für eine Sägemühle und zum Dreschen benutzen, ja sogar, um Strom für elektrisches Licht zu erzeugen. Aber das ist eine Frage des Treibstoffs. Wir können unmöglich erwarten, auf einer Ölquelle zu landen, und wir hätten auch keine Zeit, nach einer zu suchen, und außerdem wüßte ich auch nicht, wie man eine Ölquelle unter Kontrolle hält oder das Öl raffiniert. Aber, zum Donnerwetter, wir werden die Windlichtmaschine mitnehmen! Wind wird es auch dann noch geben, und es wird ein großartiger Spaß für unsere Kinder . . .«
Er unterbrach sich unvermittelt.
»Auf jeden Fall wird es eine große Sache sein, elektrisches Licht von der alten in die neue Welt hinüberzubringen. Wir werden sie auf der Arche montieren, damit wir während der Reise Licht haben, und selbst wenn sie mit der Zeit verschleißt, wird sie als Studienobjekt für künftige Generationen dienen, die mehr Muße haben werden, sie zu kopieren oder wiederherzustellen. Dabei fällt mir ein, ich habe ja etwas Geld auf der Bank, das nach der Sintflut

vollkommen nutzlos sein wird, und deshalb kann ich es genauso gut vorher ausgeben. Ich werde einen neue Windlichtmaschine kaufen, die stärkste, die wir bekommen können, und die alte zur Reserve mitnehmen. Die neue werden wir dann auf der Arche montieren und einen Kühlschrank anschließen. Mit welcher Spannung werden die eigentlich betrieben? Ein Kühlschrank wird für uns von enormem Wert sein, um tote Fische und so weiter aufzubewahren – wir werden während der Fahrt sicher Fische fangen können –, und wir müssen uns daran erinnern, daß wir bis zur nächsten Ernte nichts weiter zum Leben haben werden als unsere eigenen Vorräte. Und, wenn wir schon davon reden, wir müssen eine Menge Angelhaken, Angelschnüre und Blinker mitnehmen, außerdem auch unbedingt ein Fischnetz. Wir könnten ja nahe am Meer landen. Und falls wir nicht in der Nähe des Meeres landen, dürfte es in der Tat recht schwer werden, bis zur nächsten Ernte zu überleben. Wir müssen ja nicht nur uns selbst, sondern auch die Tiere ernähren. Ich frage mich, ob die Erdbeernetze aus dem Garten genügen, oder ob ich ein richtiges Wurfnetz kaufen sollte?«

Mickey fragte: »Ist es schwer, Wasser zu wünschen?«

»Wasser zu wünschen?«

»Na, was Sie gesagt haben.«

Blitzartig erinnerte er sich wieder an alles. Anklagend sah er Mrs. O'Callaghan an, bemerkte ihr rotes Flanelltuch – erkannte instinktiv aus langer Praxis dessen Zweck –, zählte in Gedanken bis zehn und beschloß, sie ihren eigenen Gewissensbissen zu überlassen. Außerdem hatte er jetzt ja Mickey.

»Nein, Mickey«, sagte er, »es ist furchtbar einfach. Morgen früh werde ich es Ihnen beibringen.«

»Tut es weh?«

»Überhaupt nicht. Im Gegenteil. Sie werden schon sehen. Sie sind genau der Richtige für diese Aufgabe.«

Mickey wurde rot vor Freude.
»Ich habe ›Schraubenschlüssel‹ aufgeschrieben«, erklärte er stolz.
»Gut gemacht. Wir werden den Schraubenschlüssel auf alle Fälle mitnehmen. Haben Sie auch noch etwas anderes aufgeschrieben?«
Mickey hatte sich selbst übertroffen und wußte das auch.
»Ich habe Butterfaß und Separator und Schleifstein und Brecheisen und Hartmeißel und Garbenseile und Krampen und Maschendraht und Forken und Spaten und Schaufeln und Pferdegeschirr und Hinterzeug und Kupfernieten!«
»Nun mal eins nach dem andern, damit wir's besprechen können.«
Bald hatte sogar Mrs. O'Callaghan wieder sein Wohlwollen zurückerobert, indem sie Nähnadeln vorschlug, und alle drei wühlten tief in einer wahren Mine von zusammengewürfelten Geräten und Hilfsmitteln, aus denen Mr. White gelegentlich so kuriose Dinge wie elektrische Lampen, Nachttöpfe, Dosenöffner, Rückstrahler, Taschenfeuerzeug, Schafscheren, Ersatzbrillen und Zahnpaste hervorzog.
Mickey hatte, nebenbei bemerkt, sich noch nie in seinem Leben die Zähne geputzt; und trotzdem hatte er noch fünf braune Hauer in Betrieb, von denen nur ein einziger wakkelte.

Kapitel 9

Da das Dach des Heuschuppens umgekehrt wieder zusammengesetzt und der Kiel an der Unterseite befestigt werden mußte, und da es unvermeidlich auf die Seite kippen würde, wenn man es nicht abstützte, weil es wannenförmig war – und da die Wellblechbahnen jetzt unter den Trägern abgeschnitten werden mußten –, erwies es sich als notwendig, ein einfaches Gerüst zu errichten. Sie nahmen die siebeneinhalb-mal-siebeneinhalb-Zentimeter-Pfähle aus der Garage, um Stützpfosten für die Bogenträger in der richtigen Höhe über dem Boden unter Berücksichtigung des Kiels anzufertigen. Der Kiel mußte aus den übrigen oder abgesägten Enden der Tragpfeiler des Schuppens gemacht werden, die etwa dreißig Zentimeter breit waren, und diese legten sie zwischen den Stützpfosten auf den Boden. Sie hatten beschlossen, den Kiel mit verzinkten Klammern anzubringen, um keine Schraubenlöcher bohren zu müssen, die womöglich Wasser durchgelassen hätten. Dann wurden die Wellblechbahnen, eine nach der anderen, an den Kiel geklammert und an den Seitenträgern zusammengeschraubt, mit den Muttern nach innen. Je schwerer die Konstruktion wurde, um so selbsttragender wurde sie, so daß die Stützpfosten siebeneinhalb-mal-siebeneinhalb schließlich nur noch stehenblieben, um sie nicht zur Seite rollen zu lassen.

Die Bleche an einem Ende wurden nicht angeschraubt, da dort die größeren Tiere im letzten Moment, ehe die Arche zu ihrer Reise startete, über eine Rampe hineingeführt werden müßten.

Diese Arbeiten brauchten länger, als es Zeit zum Erzählen braucht – denn die Schiffbauer waren wieder in jenem

Konstruktionsstadium angelangt, wo alles zweimal getan werden mußte – und Mr. White hatte Zeit für geistige Dinge.

Ein Augenblick ruhiger Überlegung hatte ihn erkennen lassen, daß es nutzlos wäre, Mickey das Wünschelrutengehen beibringen zu wollen, wie universell diese Fähigkeit auch sein mochte, weil der letztere überhaupt kaum irgendwelche Fähigkeiten besaß, weder universelle noch sonstige. Er würde Geraghty nehmen müssen.

Schuldbewußt holte er den Haselnußzweig und versuchte den Anschein zu erwecken, daß er niemandem irgend etwas zu zeigen vorhätte.

»Haben Sie schon mal gesehen, wie man mit einer Wünschelrute Wasser findet?«

»Nein, Sirr«, sagte Geraghty. »Das ist nicht möglich.«

»Aber es ist möglich. Ich selbst kann es. Also können . . .«

»Sie glauben, Sie könnten's, Sirr, weil Sie ein Gintleman sind, aber genau da hat man Sie angeschmiert.

Kein Mensch«, fügte Geraghty ergeben hinzu, die Augen zum Himmel erhoben, »nur der Herr über uns kann seine Hand auf Wasser legen. Und ich will Ihnen sagen, wieso . . .«

»Aber ich kann es. Ich weiß das. Ich habe es schon hundertmal getan. Ich kann Ihnen zeigen . . .«

»Sie glauben, Sie könnten's mir zeigen, Sirr, ohne Zweifel. Ich würde das Wort eines Gintleman nie anzweifeln.

Aber der Heilige Geist Gottes hat es anders bestimmt, Sirr, als ein Gintleman von Ihrer Bildung das wissen kann. Die Rache ist mein, spricht der Herr, Ich werde Vergeltung üben. Auch soll kein Mensch Glauben schenken falschen Propheten.

Sie sollen sitzen«, fügte Geraghty hinzu, »ein jeder Mann unter seinem Weinstock und unter seinem Feigenbaum.«

»Ja, ja. Aber was hat das alles mit Wünschelrutengehen zu

tun? Ich sage Ihnen, mit dieser Rute hier in meiner Hand kann ich Wasser finden. Sie könnten's genauso. In einer Minute könnt' ich's Ihnen beibringen.«

Geraghty schüttelte nachsichtig den Kopf. In seinem gegenwärtigen Lebensabschnitt genoß er die Arbeit für Mr. White, mit dem er als einzigem Menschen zusammenzuarbeiten fähig war. Der Grund dafür lag in der oft wiederholten Überzeugung, daß Mr. White ein ›Gintleman‹ sei. Gintlemen aber waren nach allgemeiner Erkenntnis in handwerklicher Hinsicht kindisch, so daß Geraghty seinem Arbeitgeber gegenüber ohne weiteres nachsichtig sein konnte, wenn der unbedingt etwas selbst tun wollte, und ihn auch nicht ständig dafür tadeln mußte, wenn er etwas falsch machte. Er erwartete einfach nicht, daß ein Gintleman etwas richtig machte.

»Sicher«, sagte er deshalb, »warum sollten Sie's auch nicht können mit Ihrem kleinen Stöckchen? Geh'n Sie nur damit spielen, während ich meine Träger anklamm're.«

Mr. White stampfte mit dem Fuß auf.

»Ich möchte nicht mit irgendwelchen Stöckchen spielen! Ich sage Ihnen, daß dieser Ast in meiner Hand sich nach unten biegt, wenn ich über Wasser gehe, und genau das würde er auch in Ihrer Hand tun, wenn Sie das täten!«

»Warum sollt' ich den ganzen Tag mit so 'nem Stöckchen rumlaufen? Ich muß mein Brot, Sirr, wenn Sie gestatten, im Schweiße meines Angesichts verdienen. Aber da Sie ein Gintleman . . .«

»Oh, zum Teufel mit diesen Gintlemen!« schrie Mr. White wütend. Er warf die Haselrute auf den Misthaufen und ging los, um Mrs. O'Callaghan zu suchen.

Er fand sie in der Küche.

Er öffnete automatisch den Fensterladen und ließ das Licht auf den Herd fallen, wie er das jedesmal beim Betreten der Küche tat: ein Vorgang, den sie jedesmal wieder rückgängig machte, wenn er den Raum verließ.

»Mrs. O'Callaghan«, sagte er, »ich werde einen elektrischen Kocher kaufen, der von der neuen Windlichtmaschine gespeist werden wird. Dadurch sparen wir den ganzen Platz, der sonst von anderem Brennstoff verbraucht würde, wenn wir in der Arche auf andere Weise zu kochen versuchten. Ich möchte, daß Sie sich jetzt vorstellen, Sie gingen zu Ihren wöchentlichen Einkäufen nach Cashelmor, aber statt nur für eine Woche, müßten Sie für ein Jahr einkaufen. Verstehen Sie? Stellen Sie sich vor, Sie müssen für ein Jahr in Cashelmor einkaufen. Machen Sie eine Einkaufsliste. All die Dinge schreiben Sie auf, die Sie in der Küche brauchen, um ein Jahr damit auszukommen. Salz, Tee, Pfeffer, Zucker, Seife, Mehl und so weiter. Aber nicht nur ein Pfund davon, oder wieviel Sie gewöhnlich holen, sondern genug von allem für ein ganzes Jahr. Wir werden vielleicht nicht alles mitnehmen können, aber wenn Sie die Liste fertig haben, gehen wir sie gemeinsam durch und streichen sie zusammen. Glauben Sie, daß Sie das können?«

»Ich kann's aber erst, wenn ich das Abendessen fertig gekocht habe«, erklärte Mrs. O'Callaghan, ziemlich beunruhigt.

»Es eilt nicht so. Es genügt, wenn Sie Zeit haben.«

»Muß ich auch Kohle aufschreiben?«

»Nein«, erwiderte er, »nicht für einen elektrischen Kocher!«

Er trat düster brütend ans Fenster, fühlte sich plötzlich alt und überflüssig. Sie wird alles verkehrt machen, dachte er. Sie wird zuviel Tee und zuwenig Salz nehmen, und das Salz wird sie, wie üblich, verklumpen und matschig werden lassen. Keiner von ihnen kann auch nur ein bißchen rechnen. Wieso mühe ich mich eigentlich ab? Was hat es für einen Zweck, sich wegen dieser elenden Arche und Schrauben und Kramzeug abzustrampeln, wenn doch alles schiefgeht? Was hat es für einen Zweck, auf Mickey herumzuhacken, daß er die Ernte einbringt, oder auf Mrs. O'Callaghan, daß sie die Fensterläden aufläßt. Sie sind beide viel zu alt, um sich noch zu ändern. Und was das betrifft, was kann man denn überhaupt mit Iren anfangen, die nicht einmal versuchen wollen, Wasser mit der Wünschelrute zu finden? Was sind sie schon? Ein bunter Abfallhaufen von Angehörigen aller geschlagenen Nationen, seit prähistorischen Zeiten an die Küsten dieser verfluchten, regenwolkenverhangenen Insel als letzter Zuflucht für Unfähige getrieben. Sie glauben, daß die Sonne Feuer auslöscht und der Mond das Wetter ändert und Gott weiß was noch. Wahrscheinlich halten sie den Mond für eine Art phosphoreszierenden Ballon, der langsam aufgeblasen und wieder entleert wird. Sie wissen nicht die Bohne vom Erdschatten oder von Geographie oder sonst etwas. Das einzig Gute an ihnen ist, daß sie einander in großer Zahl umbringen. Wieviel Morde hatten wir letzten Monat? Da war der Mann, der seine Frau samt einem Truthahn in einen Brunnen geworfen hat, und der Mann, der seinen Bruder zerstückelt und im Moor vergraben hat, und der Mann, der seine Großmutter mit einem Beil enthauptet hat, und . . . und . . . Alles so sinnlos und so stümperhaft ausgeführt. Die ganze Insel ist übersät mit stumpfen Mordinstrumenten, die der Mörder zu verstecken vergessen hat. Berufsmäßige Meuchelmörder sind in der ganzen Welt entweder Iren oder Italiener. Überall Chicago. Wahrscheinlich werden sie mich auch noch ermorden. Für eine Schachtel Zigaretten oder sowas. Ein Glück, daß Mickey ängstlich ist. Er würde Angst haben, beim ersten Mal daneben zu schießen und selbst verletzt zu werden. Nicht, daß er mich nicht mag. Es würde wie gewöhnlich aus einer plötzlichen Laune heraus passieren . . .

Was hat es für einen Sinn, gegen all das anzukämpfen? Es sind nicht nur die O'Callaghans, es ist die ganze Insel. Genauso gut könnte man versuchen, die Alpen umzuformen.

Und warum überhaupt versuchen, die Leute zu ändern? Warum überhaupt menschliches Leben in dieser lächerlichen Arche hinüberretten? Warum es nicht einfach auslöschen lassen?

Warum, dachte Mr. White in diesem Zusammenhang, leben wir überhaupt? Bestimmt wissen wir gar nicht, warum wir uns so abmühen, am Leben zu bleiben. Es setzt sich doch nur aus Rheumatismus und dem Ausfüllen von Formularen zusammen.

Er ging in den Garten hinaus.

Mickey wartete auf ihn in sicherer Entfernung von den Bienenstöcken. Er hatte die Haselrute gefunden und war stumm vor Verlangen, Zweifel, Bescheidenheit oder sorgenvoller Erwartung. Er ließ den Kopf hängen, spähte schüchtern über seine rote Nase zur Seite wie ein Papagei, der am Hinterkopf gekrault werden möchte, lächelte einfältig, scharrte mit der Fußspitze am Boden, steckte einen Finger in den Mund, drehte sich auf dem Absatz herum, klopfte sich auf die Rockschöße und brachte errötend die Haselrute zum Vorschein.

»Nun, Mickey?«

Mickey kicherte.

Mr. White wußte genau, wo sie Mißerfolg haben würden. Und zwar beim Hochstellen des Astgabelendes, wozu eine einfache Verdrehung der Handgelenke notwendig war. Aber der kleine Mann wollte es versuchen, und das allein war eine Tugend, die man ermutigen sollte. Und außerdem war er wie ein Kind, das um eine Belohnung bettelte. Wünschelrutengehen hatte sich, wie das Stricken, als ansteckend erwiesen.

»Also schön«, sagte er betrübt. »Wir wollen zu den Buchen hinübergehen und einen Versuch machen.«

Als der erste Teil der Demonstration vorbei war, ging Mr. White zur doppelten Kontrolle über.

»Jetzt, Mickey, wollen wir es gemeinsam machen. Fassen

Sie diesen Arm des Y mit Ihrer linken Hand an. Nein, mit der anderen. Legen Sie den Daumen fest auf den Anschnitt am Gabelende. Nein, den Daumen. Nein, den anderen Daumen. Nun, lassen Sie mich das machen.«

Er nahm alle Finger und Daumen von Mickey und begann sie entschlossen auseinander zu sortieren, den einen hier, den anderen dort anlegend, um den Zweig drehend und in verschiedene Richtungen ziehend wie Ausleger einer Schlingpflanze. Sie waren rot und klebrig.

»So ist's recht. Jetzt halten Sie die Rute so fest, mit Ihrer linken Hand an der linken Gabel. Ich werde die rechte Gabel in meine rechte Hand nehmen, und dann geben wir uns unsere anderen Hände, um den Kreis zu schließen. Sie und ich halten dann also jeder eine Seite der Astgabel, und ich halte mit meiner linken Ihre rechte Hand, damit der Stromkreis ganz geschlossen ist. Nein, die andere Hand. Richtig.«

Mr. White ergriff mannhaft die feuchte Pfote – er hatte einmal eine Kröte im Haus gehalten –, und die beiden standen Seite an Seite, Hand in Hand und hielten die Haselrute ausgestreckt zwischen sich.

»Und nun müssen wir das Ende der Rute senkrecht in die Luft richten, Mickey. Dazu müssen Sie eine Drehung im Handgelenk ausführen, so wie ich.«

Mr. White verdrehte sein Handgelenk, aber da Mickey natürlich sein Handgelenk *nicht* verdrehte – um sich erst einmal vorzustellen, wie man sein Handgelenk verdreht –, blieb die notwendige Schwenkung auf halbem Wege in der Luft hängen, und sie standen starr ineinander verschlungen da wie eine Laokoongruppe.

»Warten Sie einen Moment. Halten Sie die Rute weiter fest, Mickey, aber lassen Sie meine Hand los. Nein, loslassen. Nein, den Zweig festhalten. So ist's richtig. Nun also.«

Nachdem Mr. White seine linke Hand befreit hatte, drehte

er das Ende der Astgabel damit gewaltsam nach oben. Er und Mickey drehten sich dabei ein wenig im Kreis, wie Schwerttänzer unter ihren Klingen, und blieben nach einer halben Pirouette Seite an Seite stehen, den Zweig senkrecht nach oben haltend. Sie gaben sich erneut die Hände. Während der ganzen Zeit hatte Mickey stumm den Zweig angeschaut, ohne irgendetwas anderes zu beachten.
»So. Nun bleiben Sie eine Minute still stehen und erfühlen Sie sich. Erfühlen Sie den Boden unter Ihren Füßen und die Kraft, die durch meine Hand in Ihre fließt, und denken Sie an den Zweig. Halten Sie ihn fest. Denken Sie an nichts anderes. Spüren Sie nur uns beide und die Erde unter uns und den Zweig vor uns. Spüren Sie das?«
»Ja«, flüsterte Mickey.
»Dann wollen wir langsam vorangehen, nur ein paar Schritte. Nein, langsam. Setzen Sie die Füße fest auf und gehen Sie mit mir.«
Ein wenig ruckweise und in einer Art Paradeschritt, wie Wettkämpfer bei einem Dreibein-Wettlaufen, denen jeweils die inneren Beine zusammengebunden sind, marschierten sie los.
»Halt. Wir gehen zu schnell. Stolzieren Sie nicht so, Mikkey. Gehen Sie gleichmäßig und ruhig und denken Sie nicht so viel an Ihre Füße. Denken Sie an meine Hand und an die Rute. Und jetzt, langsam und gleichmäßig . . .«
Wie Indianer auf dem Kriegspfad, leicht vornübergebeugt, schritten sie verstohlen hinter ihrer Rute her, starren Blickes, die Hände von Mickeys Schweiß zusammengeklebt und ohne an etwas anderes auf der Welt zu denken.
»Es fängt an. Stehenbleiben, Spüren Sie es?«
Mickey konnte nur nicken.
»Noch drei Schritte. Ganz ruhig. Jetzt geht's los. Halten Sie die Rute so fest Sie können. Nicht loslassen, Mickey! Festhalten! Sie sehen doch, daß nicht ich sie bewege. Noch

einen Schritt. Festhalten! Jetzt noch einen. Stehenbleiben. Gleich sind wir über Wasser, Mickey. Nur nicht loslassen. Noch einen Schritt. Jetzt!«
Die Rute drehte sich im Halbkreis und deutete auf den Boden. »Sie hat sich gedreht«, sagte Mickey.
Er benahm sich wie ein Mann in der Kirche.
»Ja.«
»Ich konnte sie nicht aufhalten.«
»Nein.«
»Sie hat sich von selbst gedreht.«
»Ja.«
»Himmel!«
»Jetzt müssen Sie's alleine machen, Mickey. Kommen Sie mit zurück, wo wir losgegangen sind.«
Mr. White war entschlossen, das Eisen zu schmieden, solange es noch heiß war.
»Diesmal nehmen Sie beide Arme der Rute fest in die Hände. Richtig so. Nein, nicht die Spitze. So ist's besser. Schauen Sie, Mickey, Sie müssen die Rute irgendwie mit dem Ende nach oben kriegen. Achten Sie darauf, was immer Sie tun, und bei Gott, ich werde das Ende für Sie hochrichten, und wenn ich dabei umkomme! Halten Sie die Ellbogen gerade, Mickey. Strecken Sie die Arme aus. Während ich sie anhebe, drehen Sie die Handrücken nach innen, zueinander. Ganz locker kommen lassen. Nein, die Handrücken. Festhalten. Nicht loslassen. Die Daumen nach unten, Mickey. So geht es. Richtig. Weiter so. Wir schaffen's. Bei Gott, das Ende ist oben!«
Vorsichtig trat er zurück, bereit zum sofortigen Eingreifen, falls Mickey Ermüdungserscheinungen zeigen sollte; doch Mickey hielt aus.
»Sie schaffen es!«
Mickey stand da – steif, rot im Gesicht, unfähig zu atmen, an seine Rute gekreuzigt und entschlossen, zu siegen oder zu sterben.

»Gut. Und nun stehen Sie weiter still und denken an die Rute. Denken Sie an die Erde unter Ihren Füßen. Denken Sie an nichts anderes. Spüren Sie nur sich selbst.«
Sie warteten.
»Fühlen Sie sich sicher?«
Ein Nicken.
»Dann gehen Sie langsam voran. Nur ein paar Schritte. Denken Sie an die Rute. Nicht zu schnell. So ist's richtig. Mickey, Sie werden es schaffen. Halt jetzt. Nun einen Schritt. Geh'n Sie jetzt einfach los, Mickey, wenn Sie sich gut fühlen. Achten Sie nicht weiter auf mich. Geh'n Sie weiter. Geh'n Sie allein!«
Schritt für Schritt, Stück um Stück, Mickey wie ein Schlafwandler und Mr. White mit ungeheurer Konzentration auf Mickey (dabei nur mit den Ballen auftretend, als wollte er jeden Moment losspringen), näherten sie sich den Buchen.
Mickey Mund ging auf.
Die Haselrute neigte sich.
Mickey meinte, er hätte etwas gesagt, aber keiner hatte ein Wort hören können.
Sie atmeten geräuschvoll.
Sie blieben stehen.
Sie gingen weiter.
Die Haselrute beschrieb einen Abwärtsbogen.
Mickeys Handgelenke zitterten.
Sie blieben stehen.
Die Rute kippte über und zeigte auf die Erde.
Mr. White nahm ihm die Astgabel ab und schüttelte ihm die Hand. Er pumpte sie rauf und runter, immer wieder, und klopfte Mickey, mit Tränen in den Augen, auf die Schulter. Er drehte sich um und schnaubte sich die Nase. Es war geschafft. Es war vollbracht. *Ite, missa est.* All die Stunden mit Stricknadeln und Schürhaken und Streichhölzern und Füllhaltern und Gott weiß was noch – *nunc*

dimittis . . . Er hatte Vertrauen gehabt und gewonnen. Er hatte den O'Callaghans etwas beigebracht. Streben, suchen, finden und nie nachgeben.
Mickey begann wie aufgezogen zu reden. Er war wie verwandelt.
»Sie hat sich gedreht.«
»Ja.«
»Ich hab's geschafft.«
»Ja.«
»Sie hat sich einfach umgedreht.«
»Ja.«
»Man kann nichts dagegen tun.«
»Nein.«
»Das Wasser hat's gemacht.«
»Ja.«
»Jeder kann das.«
»Ja.«
»Ich kann das.«
»Ja.«
»Ich hab's ganz allein getan.«
»Ja.«
»Haben Sie's auch gesehen?«
»Ja.«
»Kann ich's noch einmal machen?«
»Ja, Mickey, viele hundert Mal. Machen Sie's gleich nochmal, rasch, damit Sie's nicht mehr vergessen.«
Sie machten es noch einmal und noch einmal und noch einmal.
Nach dem dritten Mal konnte er das Ende selbständig nach oben drehen. Sie waren im siebten Himmel.
Als es Zeit zum Abendessen wurde, fragte Mickey schüchtern: »Darf ich die Rute für mich behalten?«
»Sie gehört Ihnen, Mickey, für immer. Und nach dem Abendessen schneide ich Ihnen noch zwanzig als Reserve.«

Kapitel 10

Mrs. O'Callaghan sagte: »Diese Pianorosen sind aber schön.«

Brownie hatte die Geduld mit den Listen verloren und hatte sich auf Mr. Whites Liste auf dem Küchentisch gesetzt, um ihn am Schreiben zu hindern. Er suchte mit der Spitze seines Füllhalters ihr Fell nach Flöhen ab.

Er erwiderte: »Ich weiß nicht, ob Bauernrosen aus Samen oder Knollen gezogen werden. Knollen nehmen zuviel Platz weg. Aber Sie haben ganz recht, Mrs. O'Callaghan, Blumen müssen auch sein. Ich bin froh, daß Sie sie vorgeschlagen haben. Schließlich, zum Kuckuck, müssen wir die neue Welt nicht nur nach dem Nützlichkeitsprinzip gestalten. Es wäre eine armselige Aussicht für unsere Kin . . . Ich meine, es wäre eine armselige Aussicht, wenn sich alles nur um Hafer oder Kohl drehte. Ich sehe überhaupt keinen Grund, warum wir nicht auch etwas Farbe mit hinübernehmen sollten, ein bißchen Schönheit und Kultur, wenn wir sie haben können, besonders da Samen so wenig Platz einnehmen. Ich werde an Sir James Makkey's Laden schreiben und darum bitten, daß sie für uns ein Sortiment Blumensamen aller Arten zusammenstellen. Und was die Kultur betrifft, ich habe letzte Nacht darüber nachgedacht, welche Bücher wir mitnehmen sollten. Leute, die an einer einsamen Insel stranden sollen, nehmen gewöhnlich die Bibel und Shakespeare mit, glaube ich; doch da wir ein gut katholischer Haushalt sind, besitzen wir keine Bibel, und im übrigen glaube ich, daß die *Encyclopaedia Britannica* nützlicher sein wird. Um eine Kultur neu aufzubauen, brauchen wir sie, und ich frage mich, ob wir es wagen sollten, statt Shakespeare das *Dictionary of*

National Biography mitzunehmen . . .«
Er klopfte eine Zeitlang mit dem anderen Ende seines Füllhalters gegen seine Zähne und erklärte dann entschlossen: »Ich kann nicht glauben, daß der Erzengel Michael sich nur für Windlichtmaschinen interessiert. Wenn wir die ganze *Everyman's Library* und die ganze *Penguin Library* mitnähmen, könnten wir sie wahrscheinlich in zwei Teekisten unterbringen. Übrigens glaube ich nicht, daß ich, alles in allem, mehr als zweitausend Bücher besitze. Was ist nun wichtiger: ein Pferd oder die Bücherei von Alexandria? Wahrscheinlich ein Pferd. Aber zum Kukkuck, wir werden die Bücher außerdem mitnehmen.« –
»Mrs. O'Callaghan«, sagte er etwas später, seine Liste auf Brownies Rücken balancierend, da sie ihn nirgendwo anders schreiben lassen wollte, »wissen Sie, diese Aufgabe wird wohl doch härter, als es zu Anfang ausgesehen hat. Glauben Sie, wir könnten lernen, Gras zu essen?«
Mrs. O'Callaghan kam sich schäbig vor, daß sie sich von Mickey im Wünschelrutengehen hatte übertrumpfen lassen, und sie war entschlossen, einen neuen Lernvorschlag anzunehmen – aber Gras . . . Sie würgte und rang krampfhaft die Finger.
»Wir könnten ja mit jungem Gras anfangen«, meinte er entgegenkommend, »in Salaten und so weiter. Wir könnten uns stufenweise heranarbeiten, meinen Sie nicht?«
»Nichts als Gras?«
»Nur für eine gewisse Zeit.«
»Aber mein Magen . . .«
»Die Lage ist doch so: unsere Arche wird nur 14,60 Meter lang und 7,30 Meter breit sein. Innen werden wir Platz zum Stehen oder gerade etwas mehr haben, weil wir beschlossen haben, die Seitenbleche zu verkürzen. In diesen Innenraum müssen wir nun an großen Tieren wenigstens eine Stute und eine Kuh und eine Sau packen, dazu ihre männlichen Jungtiere, uns selbst und diverse Kleintiere,

unsere Gerätschaften für eine neue Welt, unsere Farmmaschinen sowie Proviant für uns alle für ein ganzes Jahr. Dies verdammte Pferd wird sehr viel davon verschlingen. Nun ist es doch offensichtlich, je früher wir eine Ernte aus diesem Schlamm erzeugen können, desto früher sind Pferd und Kuh mit Futter versorgt, und das bedeutet, daß wir Platz an eben diesem Futter sparen können. In jedem Fall wird es ein höchst riskantes Unternehmen werden, auch wenn man an unsere Verpflegung denkt. Ich habe nun darüber nachgedacht, welche Ernte am schnellsten und mit dem größten Ertrag reifen würde, und ich habe das Gefühl, daß Gras die Antwort darauf ist. Von Senf und Kresse allein könnte man wohl kaum leben. Mir scheint, daß Gras schneller als alles andere wächst und daß wir deshalb eine enorme Menge Grassamen mitnehmen und sofort nach unserer Landung aussäen sollten. Mit etwas Glück könnten wir Nancy und die Kuh schon nach zwei Monaten mit dem Fressen davon beginnen lassen, was die Zeit für das Leben von Vorräten ganz wunderbar verkürzen würde. Eben darum habe ich mich auch gefragt, ob wir nicht ebenfalls Gras essen könnten.

Wenn wir uns bis zur Ernte nur ein bißchen von Gras ernähren könnten, würden wir um so mehr Platz für künftigen Luxus in der Arche bekommen. Mir ist die Tatsache bekannt, daß etliche Leute von Gras gelebt haben . . . Haben Sie«, verlangte er plötzlich von ihr zu wissen, indem er sie ansah, »eigentlich dieselbe Anzahl von Mägen wie eine Kuh?«

»Mein Magen . . .«

»Es hängt alles davon ab, wieviele Mägen man hat. Ich erinnere mich ziemlich sicher, daß ein Pferd einen mehr – oder einen weniger hat, so genau weiß ich das auch nicht mehr. Es ist einfach eine Sache der Verbrennung. Ich muß das herausfinden. Natürlich«, fügte Mr. White großzügig hinzu, »werden wir nicht regelrecht grasen müssen. Wir könnten es zuerst pflücken und, wenn Sie wünschen, sogar ein wenig kochen.«

»Nesseln«, warf Mrs. O'Callaghan schwach ein.

Sie hatte oft Brennesseln gegessen, die, wie sie behauptete, gut für ihr Blut seien.

»Das ist eine gute Idee. Ich frage mich . . . sie wachsen schnell. Aber es könnte gefährlich sein, Unkraut in die neue Welt hinüberzunehmen. Wenn wir jedoch äußerst vorsichtig sind und sie jung ernten, bevor sie eine Chance zur Versamung haben, und wirklich alle abernten . . . Wissen Sie, Mrs. O'Callaghan, da ist etwas an dieser neuen Welt, was mir Sorgen macht, und das sind die Haustiere und Zuchtgemüse. Alles Gezüchtete ist viel weniger widerstandsfähig als die wilden Tiere und Pflanzen. Wir werden eine Welt voller Kohl und Kühe haben, in der es weder Disteln noch Tiger geben wird; aber die Gefahr liegt darin, daß die zahmen Geschöpfe, die wir mitnehmen, zu schnell wegsterben könnten . . . Wo ist Mickey?«

»Zu Jimmy Murphy hinuntergegangen mit seinem Zweig.«

»Wieso?«

»Sicher will er ihm zeigen, wie man Wasser wünscht. Er hat den ganzen Nachmittag für sich allein Wasser gewünscht. Die Gerste hat schon die Körner abgeworfen und der Hafer tut's gerade, hat Tommy Plunkett gesagt; aber Sie seh'n ja, Mr. White, was kann ich dagegen tun? Es ist der Heilige Wille Gottes.«

»Abgeworfen!«

»Abgeworfen, Mr. White.«

Mrs. O'Callaghans eiserner Grundsatz bei Unglücksfällen und Katastrophen auf der Farm war, sie zu ignorieren, wenn man sie kurieren oder abstellen konnte, sich aber aufgeregt flatternd im Kreis zu drehen, wenn dies nicht möglich war. Wenn etwa Mickey beabsichtigte, ein ›siebenjähriges‹ Pony zu kaufen, unbesehen, kurzatmig, dreiunddreißig Jahre alt, lahm auf einem Bein, und ohne Widerspruch den fünffachen Preis dafür zu zahlen bereit war, weil er vor dem Händler Angst hatte, nahm Mrs. O'Callaghan das ruhig hin, weil man es ändern konnte oder hätte ändern können. Aber wenn es während der Ernte ununterbrochen regnete, was gewöhnlich der Fall war, und was auch niemand auf dieser Erde ändern konnte, dann lief Mrs. O'Callaghan die ganze Zeit herum wie ein Huhn, dem man den Kopf abgeschlagen hat, und schob Mickey die Schuld daran zu. Ihre regelmäßig wiederkehrende Erregung drehte sich dann gewöhnlich in folgendem Kreis: »Mir dreht sich der Magen um – Ich bin eine Sklavin – Die Leute nutzen Mickey nur aus – Ich werde das Land bestellen – Mir dreht sich der Magen um.« Diesem Verhalten mußte der Gedanke zugrunde liegen, daß ein abwendbares Unheil nach Abwendung verlangte – und deswegen ignoriert werden mußte, weil man sich sonst womöglich selbst damit zu befassen hatte –, während ein unabwendbares Unheil keine Gegenmaßnahmen herausforderte und deshalb gefahrlos beim Namen genannt werden durfte. Vielleicht hatte Mrs. O'Callaghan auch das Gefühl, daß irgendwelche Gegenmaßnahmen von ihr, im Gegensatz zum aufgeregt Herumflattern im Kreis, das Unglück womöglich noch vergrößern könnten, weil der Mangel an klugen Köpfen schließlich auf Gottes Heiligen Willen zurückzuführen war.

Das Abfallen der Körner war eine abwendbare Katastrophe gewesen.

»Du großer Gott!« schrie Mr. White, der sich aus entgegengesetzten Grundsätzen aufregte. »Und dabei brauchen wir das Getreide zum Mitnehmen! Was, zum Teufel, hat Mickey die ganze Zeit getrieben? Ich hatte ihm doch gesagt, er sollte mit Tommy weiter die Ernte einbringen. Hat er schon mit jemand abgemacht, uns einen Garbenbinder zu leihen?«

»Er wollte sich am Dienstag darum kümmern, bloß mußte er da einkaufen.«

»Und Mittwoch und Donnerstag? Und am Freitag haben wir Wünschelrutengehen gemacht. Und selbst wenn er morgen geht, werden wir bis zum Wochenende warten müssen!«

»Seh'n Sie, da haben wir's. Meine Schuld ist das nicht, Mr. White. Was kann ich da schon machen?«

»Mein Gott! Ich glaube, ich werde die Arbeit an der Arche einstellen und selber den Weizen einbringen müssen. Der hat die Körner doch noch nicht verloren, oder?«

»Ich hab' jedenfalls nichts davon gehört.«

»Mickey muß morgen Francey fragen, ob er am Montag kommen kann. Wenn er Francey nicht dazu bewegen kann, muß er jemand anders besorgen. Sagen Sie ihm, daß er gar nicht erst nach Hause zu kommen braucht, wenn er niemand kriegen kann.«

»Wer so etwas nicht selbst durchgemacht hat«, erklärte Mrs. O'Callaghan geduldig, »weiß nicht, wovon er spricht.«

»Was das betrifft, könnte er genauso gern in diesem Augenblick versuchen, einen Garbenbinder zu besorgen ... Aber nein, er muß herumlaufen und mit Haselruten spielen.«

»Das ist der Lauf der Welt, Mr. White. Ich nehme an, das ist der Heilige ...«

»Ja, ja. Es ist der Heilige Wille Gottes. Auf jeden Fall können wir doch nichts tun, ehe Mickey zurück ist. Deshalb lassen Sie uns mit dieser Liste weitermachen ...

»Abgeworfen!« fuhr Mr. White fort. »Die Gerste hat schon und der Hafer ist dabei, und niemand schert sich einen Dreck darum ... Aber die Liste, die Liste! Wie weit waren wir damit gekommen?«

»Wir haben das Gartengemüse aufgeschrieben und das Paket Blumen und Gras und Nesseln ...«

»Und dann wäre da noch die Frage der Tabakzucht für Mickey, falls wir in einem geeigneten Klima landen. Was dies betrifft, werde ich wohl an den Botanischen Garten in Kew schreiben und bitten, ob sie uns nicht eine Auswahl seltener Samen schicken können. Nach allem, was wir wissen, können wir genauso gut in einer Eiszeit landen, wo nichts anderes gedeiht als Torf- oder Sumpfmoos. Ich wünschte, wir hätten ein Rentier . . .
Das wird Geld kosten«, rief Mr. White. »Für alles, was wir brauchen, werden wir bezahlen müssen. Glücklicherweise kann ich das bißchen Geld, das ich besitze, ausgeben, da es nach der Sintflut keinerlei Nutzen mehr bringen wird; aber mein Gott, warum verkaufen wir nicht die Farm? Danach werden wir nichts mehr von ihr haben, selbst wenn wir sie wiederfinden sollten, und wenn wir sie wiederfinden, wird sie uns auch wieder gehören, ob wir sie nun verkauft haben oder nicht, weil niemand anders mehr da sein wird, der auf sie Anspruch erheben könnte. Mrs. O'Callaghan, glauben Sie, es wäre unfair, jemandem eine Farm zu verkaufen, wenn man weiß, daß sie ein paar Wochen später von der Sintflut vernichtet werden wird?«
»Aber ich glaube nicht, daß Mickey die Farm verkaufen möchte. Er hat sie von seinem Tantchen.«
»Was das betrifft«, sagte Mr. White, diesem Unsinn keinerlei Beachtung schenkend, »dürfte der Käufer ebenfalls von der Flut vernichtet werden. Sein Geld wird ihm dann nichts mehr nützen. Er kann es genauso gut uns für die Farm geben und ertrinken, wie es behalten und trotzdem ertrinken. Ich meine, in den paar Wochen, die ihm noch bleiben, wird er mit der Farm genauso glücklich sein wie mit dem Geld, wenn er es behielte . . . und außerdem, was bedeutet eigentlich verkaufen? Es ist ein Vertrag, der vermutlich nur solange gilt, wie der Gegenstand des Verkaufs existiert . . .«
»Aber wir können die Farm nicht verkaufen, Mr. White.

Wenn die Sintflut nun nicht kommt?«
»Unsinn. Warum hat der Erzengel sie uns denn angekündigt, wenn sie nicht kommen soll? Sie müssen glauben, Mrs. O'Callaghan, *glauben.* Und der Grund, warum wir das Geld brauchen, ist folgender: wir müssen das beste erhältliche Material für die neue Welt haben. Wenn wir beispielsweise ein paar tausend Pfund mehr hätten, könnten wir uns zwei oder drei erstklassige Windlichtmaschinen leisten, die eine elektrische Sägebank und alle möglichen Maschinen für uns antreiben könnten. Außerdem zwingt der Platzmangel uns, alles in seiner konzentriertesten Form mitzunehmen, und das kostet nun einmal viel Geld. Nehmen Sie nur einmal die Kuh, oder Nancy. Wir müßten Ölkuchen mitnehmen, um sie zu füttern und dabei Platz zu sparen, aber wir können keinen kaufen. Na schön, dann müssen wir eben irgendwelche andere konzentrierte Nahrung machen, auch wenn es etwas kostet. Was ist die konzentrierteste Nahrung? Kühe käuen wieder, Pferde dagegen nicht. Für die Kuh muß also etwas zum Kauen darin sein. Glauben Sie, wir könnten so eine Art Sandwich aus Heu, Schokolade, geschroteten Karotten, Dorschleberöl und so weiter machen? Wir könnten das Zeug über das Heu verteilen und das Ganze pressen . . . ich wünschte, ich wüßte mehr über Vitamine. Anscheinend gibt es eine ganze Menge davon, und ich glaube, sie vertragen kein Sonnenlicht; aber wie dem auch sei, ich nehme an, man wird bald etwas anderes erfinden. Es könnte mit Zukker überzogen sein, um das Sonnenlicht fernzuhalten. Vermutlich in Laboratorien hergestellt. Sehr teuer. Ich bin froh, daß Sie vorgeschlagen haben, die Farm zu verkaufen. Und auf Polarexpeditionen nehmen sie immer Pemmikan mit. Wir müssen auch etwas Pemmikan mitnehmen. Was ist Pemmikan?«
»So 'ne Art heiliger Vogel, glaub' ich.«
»Ja. Aber die Hauptsache ist, daß wir soviel Geld wie

möglich haben, damit wir komprimierte Nahrung und bestes Werkzeug mitnehmen können. Nach Qualität müssen wir streben, da wir keinen Platz für Quantität haben, und eben da kommt es aufs Geld an.

Und was das betrifft«, fuhr Mr. White lebhafter fort, »spielt es keine so große Rolle, wenn die Ernte verdirbt, weil wir ja mit dem Geld für die Farm Getreide kaufen können. Und übrigens, Getreide ist auch ein sehr voluminöses Nahrungsmittel. Wir dürfen nur soviel davon mitnehmen, wie wir tatsächlich zum Aussäen brauchen, und den Rest in Form von Mehl, das stärker komprimiert ist. Glauben Sie, daß wir von Mehl und Lebertran, in einer Art Breiform, leben können?«

Er war so angetan von all seinen Ideen, daß er, ohne auf eine Antwort zu warten, ein Spielchen mit Brownie zu spielen begann, in dem er die Rolle eines Flohs übernahm. Er senkte den Kopf tief über den Küchentisch, auf dem sie lag, den Rücken ihm zugewandt, und schob behutsam seine Nase vor, bis er mit der äußersten Spitze ihre seidigen Rückenhaare berührte. Da das eine ausgezeichnete Imitation war, zuckte Brownie beim ersten Mal zusammen, und Mr. White jubelte: »Ich bin ein Floh! Ich bin ein Floh!« Brownie machte das ebenfalls Spaß, und sie spielten eine Zeitlang so weiter, bis beide zufällig im selben Moment zusammenzuckten und mit den Köpfen zusammenstießen. Etwas benommen fiel Mr. White auf seinen Stuhl zurück. Doch der Zusammenstoß hatte auch sein Gehirn wieder in Rotation versetzt.

»Wir müssen auch etwas Reis mitnehmen. Ich nehme an, daß ein gutes Ergebnis der Flut ein ungewöhnlich fruchtbarer Schlamm sein wird, so wie am Nil, und deshalb müssen wir unbedingt Reis mitnehmen. Ob vierzig Tage unter Meerwasser auch die Bäume vernichtet oder nicht, weiß ich nicht. Aber wir sollten auf jeden Fall auch Schößlinge oder Samen von Bäumen mitnehmen. Glücklicherweise werden die Stämme von alten Bäumen stehenbleiben, ob sie nun abgestorben sind oder nicht, so daß wir sie während vieler Generationen als Brennstoff werden nutzen können, während die neu gesetzten oder gesäten Bäume aufwachsen, weil es ja nur so wenige Menschen geben wird, die sie verbrauchen.«

»Da gibt es aber den James Rafferty in Cashelmor«, warf Mrs. O'Callaghan hoffnungsvoll ein, »der hat sieben Töchter, die alle die Schreibmaschine und die Violine gelernt haben.«

Die Antwort blieb ihm erspart durch den wahrhaft sensationellen Auftritt von Mickey.

Mit blutender Nase, ohne Rock, bitterlich weinend und eine zerbrochene Haselrute umklammernd, stolperte Mickey herein und begann, über einem der Küchentische sein Blut tropfen zu lassen.

Aus einem geheimnisvollen Grund gab es in der Küche fünf Tische, und Mrs. O'Callaghans Hauptlebenszweck bestand darin, diese Tische zu schrubben, den Steinboden aufzuwischen oder den Kaminrost mit Spucke und Asche zu putzen. Sie hatte selten Zeit für andere Interessen.

Sie gab Mickey einen Suppenteller zum Hineinbluten und legte ihm den gewaltigen Spülküchenschlüssel aufs Genick.

Es dauerte Stunden, ehe er die ganze Geschichte hinausgeschluchzt hatte, doch nachdem die Stücke schließlich zusammengesetzt waren, kam etwa folgendes heraus:

Anscheinend hatte Mickey den Nachmittag mit Wünschelrutengehen auf der Farm verbracht – während das Getreide die Körner abwarf. Er hatte jede Wiese aufgesucht und jede Menge Wasser in jeder entdeckt, bis er schließlich nach dem Tee den Drang verspürt hatte, so wie vor ihm Mr. White, diese Begabung mehr öffentlich darzustellen – indem er sie jemand anderen lehrte. Entweder war es so gewesen oder weil sich das Lehren genau wie

Stricken und Wünschelrutengehen als ansteckend erwiesen hatte.
Mickey war deshalb zur Slane Meadow hinuntergegangen, nicht zu Murphy, weil er dort einen Briefträger namens Vincent Quin zu treffen gehofft hatte. Er hatte deshalb erwartet, ihn dort zu finden, weil dieser Vincent ein begeisterter Angler war, der unverdrossen bis zum Ende der Saison dem widerspenstigen Lachs im Slane nachstellte.
Mickey hatte ihn, wie erhofft, dort unten angetroffen, wo er versuchte, einen ganz bestimmten Lachs mit der gefetteten Schnur zu fangen.
Wenn man's recht bedenkt, muß Mr. White einen umstürzlerischen Einfluß in ziemlichem Umkreis rund um Burkestown ausgeübt haben, denn er war es, der dem Briefträger beigebracht hatte, mit der gefetteten Schnur zu angeln. Mr. White hatte zwar selbst keinerlei praktische Erfahrung darin, aber er hatte ein Buch über dieses Thema gelesen. Vincent übte diese Kunst also in dreifachem Abstand von der Wirklichkeit aus. Er war jedoch ein unternehmerischer, begeisterungsfähiger Mensch, in mancher Hinsicht seinem Lehrer nicht unähnlich, und es machte ihm Spaß, mit der gefetteten Schnur zu angeln; er war also ein geeigneter Kandidat für die Kunst des Wünschelrutengehens. Er trug eine Brille und hatte ein Holzbein.
Mickey hatte sich mit dem Zweig in der Hand dem Briefträger genähert und respektvoll zugesehen, während der zum fünfzehnten Mal seine drei Fliegen über die fast bewegungslose Oberfläche des Slane navigierte. Der Lachs, den Vincent zu amüsieren versuchte, war wie die meisten Lachse im Slane ein hartgesottener Veteran, der auf seinem Weg flußaufwärts schon an die sechzehn Mal von einem Haken geritzt worden war, und weder er noch Vincent hatten zu dieser Zeit eine besondere Meinung voneinander.
Infolgedessen hatte Mickey die Idee, Wasser mit der Wün-

schelrute zu finden, leicht an den Mann bringen können. Mr. Quin hatte seine Angelrute in ein Weidengebüsch gestellt, damit die gefettete Schnur nicht ins Gras geriet, und das extralange Wurfende, das Mr. White für ihn geknüpft hatte, mit den drei Haken in der Luft baumeln lassen. Mickey hatte zwei oder drei Vorstellungen gegeben und dabei fertiggebracht, jedesmal das Vorhandensein des Flusses Slane zu entdecken; und danach, unter Umgehung des Stadiums der Doppelkontrolle, hatte er Vincent gedrängt, selbst etwas Wasser zu entdecken.
Unglücklicherweise wollte es Vincent, vielleicht wegen seiner schlechten Augen, vielleicht auch aufgrund einer rassischen Benachteiligung, die er mit Mickey teilte, nicht gelingen, die Rute aufzurichten. Mickey hatte es ihm mehrere Male gezeigt, und in diesem Stadium schien er den fatalen Schritt unternommen zu haben, Vincent *erklären zu wollen,* wie man die Rute aufrichtet. Während die Ausführung irgendwo in einer unbewußten Schicht von Mickeys Intelligenz lagerte, hatte sie sich gewissermaßen verselbständigt; doch die Anstrengung, sie sich gewaltsam ins Bewußtsein zu rufen, hatte verhängnisvolle Folgen gezeigt. Die Fähigkeit war Mickey mit zunehmender Geschwindigkeit abhanden gekommen. Je mehr er Vincent erklärt hatte, um so weniger hatte er schließlich selbst verstanden.
Mit wachsender Unsicherheit, ja zunehmendem Entsetzen, hatte Mickey sich an das Kriterium der Doppelkontrolle erinnert und törichterweise ausgerechnet in diesem Stadium versucht, Vincent gemeinsam mit ihm selbst die Rute aufrichten zu lassen. Sie hatten eine Zeitlang wie uneinige siamesische Zwillinge miteinander gekämpft, sich Anweisungen zugeschrien, Ermutigungen oder Ermahnungen, und sich in der Erregung dieser Auseinandersetzung Schritt für Schritt der Angelrute genähert. Schließlich, nach vier oder fünf ungewöhnlich heftigen *gargouil-*

lades und einem *tour en l'air,* waren sie nach einem halben Doppelnelson genau unter der Angelrute aufgetaucht und hatten, Rücken an Rücken und ziemlich benommen, immer noch die Astgabel fest umklammernd, wie zwei Ticktack-Männer in einer Katalepsie dagestanden. Vincent hatte als erster erkannt, daß sie es fertiggebracht hatten, sich in dieser Stellung mit den drei Lachsfliegen aneinanderzuhaken, und sofort warnend ausgerufen: »Halt still! Beweg dich nicht!« Das war allerdings unnötig gewesen, da sie sich sowieso nicht bewegen konnten. Die Fliegen hatten sich fest in ihre beiden Jacken gehakt, hoch oben zwischen den Schulterblättern an einer Stelle, die keiner von beiden ohne Hilfe erreichen konnte. Und da sie beide Rücken an Rücken klebten, konnte natürlich auch keiner diese Stelle beim andern erreichen. Eine Zeitlang waren sie so stehengeblieben, immer noch den Haselzweig festhaltend, aber langsam die Beherrschung verlierend und sich mit steigender Heftigkeit wegen allgemeiner Dinge beschimpfend. Mickey hatte den Briefträger einen Holzkopf genannt, möglicherweise in Anspielung auf sein Holzbein, und der Briefträger hatte ihn einen verdammten Stümper genannt. Der Briefträger hatte als erster die Idee, sich durch Ausziehen der Jacke zu befreien, aber ihre freien Arme – mit den anderen hielten sie immer noch die Astgabel fest – waren von einem der Senkhaken zusammengehalten, und das bedeutete, daß Mickey seinen Arm nach rückwärts hätte bewegen müssen, damit Vincent seinen Arm vorwärts bewegen und seine Jackenknöpfe hätte erreichen können. Doch es hatte sich als unmöglich herausgestellt, Mickey mit noch so guten Worten zu überreden, dies zu tun, da er den Unterschied zwischen rückwärts und vorwärts vergessen hatte und überdies den Verdacht hegte, daß ihm bloß der Arm ausgerenkt werden sollte. Im Verlauf des anschließenden Ringens waren sie übereinander gefallen, hatten die Angelrute zerbrochen und Vincents Holzbein gelockert. In diesem Stadium war Vincent stumm geworden. Er hatte mit grimmiger Entschlossenheit an seiner Befreiung gearbeitet und sich auf seine Jackenknöpfe konzentriert, mit einem solchen Ingrimm, daß Mickey darüber anscheinend die Nerven verloren hatte und bei jedem Umeinanderwälzen weinerlich blökte wie ein Schaf. Beide waren sich darüber klar gewesen – auch eines der Dinge, die Mr. White mit Vorliebe anderen Leuten erklärte –, daß der einzige Punkt am eigenen Körper, den man nicht mit der rechten Hand berühren konnte, der rechte Ellbogen ist. Und beide schienen gleichermaßen entschlossen gewesen zu sein, diese Leistung zu vollbringen.

Als der Briefträger schließlich aus seiner Jacke in die Freiheit entronnen war, hatte er Mickey aufgehoben, ihn sich passend zurechtgestellt und auf die Nase geboxt. Mickey hatte einen durchdringenden Schrei ausgestoßen und sich auf die Brille des Briefträgers gesetzt, die dieser schon lange zuvor verloren hatte. Und als Mickey sah, daß er wieder aufgehoben und geboxt werden sollte, hatte er sich so schnell wie möglich aufgerappelt und Fersengeld gegeben, und die Schnurrolle hatte gequietscht, weil die Jacke des Briefträgers immer noch an seinem Rücken hing. Der Briefträger hatte auch einen durchdringenden Schrei ausgestoßen, wegen seiner Rolle, die zerbrochene Angelrute gepackt und verzweifelt versucht, Mickey durch Nachlassen der Schnur wie einen Lachs auszappeln zu lassen. Dann war er aus Angst um seine Schnur, die ihm praktisch als Letztes noch geblieben war, mit der zerbrochenen Rute hinter Mickey hergelaufen, um den Zug von der Rolle zu nehmen.

Sie waren so über zwei Weiden gelaufen, wie Königliche Hoheit und Schleppenträger zu einer etwas überstürzten Krönung, aber Mickey hatte zwei gesunde Beine und kein Interesse an der Schnur gehabt. Außerdem hatten die

Schreie des Briefträgers ihn vorwärts getrieben, da er nicht merkte, daß ihm vergeben war und der Briefträger nur hinter ihm herschrie, um ihn anzuhalten und seine Rolle zu retten. Er hatte den Mann geschlagen, wie er später erklärte, als sie den Stacheldrahtzaun hinter Kellys Grundstück erreichten; die Angelrute und der Briefträger hatten sich in der Lücke zwischen den Drähten verfangen, die Schnur hatte sich abgerollt, überdehnt, gesungen, und war in der Mitte zerrissen; Mickey, endlich frei, war zur Dorfallee gerast; und Vincent war zurückgeblieben und hatte gebrochenen Herzens die Reste seines Angelzeugs eingesammelt.

Sicher auf der Allee nach Burkestown, war Mickey für einen Augenblick stehengeblieben, um sich der beiden Jakken zu entledigen, wie ein urzeitlicher Biber sich die Hoden abbeißt, um der Verfolgung zu entgehen, und hatte beide auf der weißen Pforte liegenlassen, damit der Briefträger sie dort finden sollte, da ihm die Zeit fehlte, mit den Angelhaken zu kämpfen.

Schließlich hatte er sein Zuhause erreicht, immer noch die zerbrochene Wünschelrute umklammernd, und es war das Zusammentreffen all dieser Erlebnisse, das Mickey in den Suppenteller schluchzen ließ.

Einige von Mickeys Tränen galten der Kunst des Wünschelrutengehens. Ob es nun an dem Versuch der Erklärung oder den nachfolgenden Erschütterungen lag, er wußte, daß die geheimnisvolle Kraft ihn verlassen hatte: er konnte die Astgabel nicht mehr aufrichten.

Mr. White versprach ihm, den ganzen Sonntag dafür zu opfern, es ihm wieder beizubringen.

Als der Sonntag kam, erwähnte Mickey dies Thema jedoch mit keinem Wort, so daß man es fallenlassen konnte. Die einzige Kunst, die er je erlernt hatte, hatte sich als gefährlich erwiesen; deshalb beschloß Mickey, sich für die Zukunft mit dem, was er war, zufriedenzugeben.

KAPITEL 11

Ehe die Stützpfeiler des Heuschuppens an Punkt A, wie vor einiger Zeit erwähnt, abgesägt wurden, hatte es eine Diskussion über die Proportionen der Arche gegeben, die damit endete, daß sie schließlich doch an Punkt B durchgesägt wurden. Dies sparte ihnen nicht nur die Mühe, die Seitenbleche passend zu schneiden, da sie jetzt in ihrer ganzen Länge benutzt werden konnten, es verlieh der Arche auch mehr Inhalt und Fassungsvermögen. Je deutlicher Mr. White erkannte, wieviel verschiedene Dinge mitgenommen werden mußten, um so mehr strebte er danach, die Arche so tief wie nur möglich zu bauen. Er erklärte, damit sie nicht zu hoch über die Wasserlinie ragte, würde man sie mit all den metallenen Geräten beschweren, wie etwa der pferdegezogenen Rasenwalze und, wenn nötig, sogar mit einem demontierten Garbenbinder – wenngleich er im stillen daran zweifelte, ob er den Mechanismus, der den Knoten schürzt, wieder zusammensetzen können würde –, und daß sie eine große Menge Trinkwasser, in Teerfässern untergebracht, für vierzig Tage brauchen würden – wenn man sowohl ihren Eigenbedarf als auch den der Tiere in Betracht zöge –, so daß es auf jeden Fall besser wäre, den Innenraum wie die Ballastkapazität zu vergrößern. Er erklärte, er würde die Arche nicht nur wasserdicht, sondern auch luftdicht machen, und wenn er dabei stürbe, und daß sie dann in der Sintflut liegen und schwimmen würde wie eine dreiviertel mit Wasser gefüllte, verkorkte Flasche, und sie würden um so mehr Material für die neue Welt mitnehmen können.

Die restlichen Endstücke der Tragpfeiler waren für den Kiel verwendet worden. Folglich blieben keine Träger-

stücke übrig, um das Gerippe der Arche zu vervollständigen. Sie sah inzwischen fast aus wie ein umgekehrter Tisch, dessen Beine in die Luft ragten – nur war die Tischplatte wannenförmig, und er hatte acht Beine. Die Füße, jetzt zuoberst der acht Beine, mußten miteinander verbunden werden, um das Gerippe fertig zu bauen, und es gab nichts mehr, womit man sie verbinden konnte.
Ursprünglich war beabsichtigt worden, sie mit den Vierkanthölzern aus dem Vorrat in der Garage zu verbinden. Doch dagegen gab es nun drei Einwände. Erstens müßte das Holz für die Schrauben durchbohrt werden und würde damit geschwächt. Zweitens waren sie nicht sicher, wie gut sich das Holz unter Belastung durch rauhes Wetter mit dem Metall vertragen würde. Und drittens würde es, wie Mr. White erklärte, in der neuen Welt jede Menge Holz, aber nicht unbedingt schon bearbeitetes Metall geben. Je mehr verschiedenes Metall es in der Arche selbst gab, um so besser würden sie dastehen.
Er und Pat Geraghty fuhren mit dem Rollwagen nach Cashelmor und verbrachten den Tag damit, sämtliche Läden auf der Suche nach Trägern abzuklappern. Da alle Läden Gemischtwarenläden und all die Gemischtwarenhändler gleichzeitig Gastwirte waren, wurden die beiden Einkäufer zusehends heiterer und hatten auf dem Heimweg eine religiöse Diskussion.
Im Gegensatz zu vulgären Vorstellungen über Religion im Umkreis von Burkestown resultierte diese Diskussion nicht in Blutvergießen. Mr. White war nämlich so beschwipst, daß er aus lauter Höflichkeit gegenüber Geraghty zum entschiedenen Anhänger des Papstes wurde, und Geraghty, der sich für Heinrich VIII. stark machte, hatte keine Fakten über ihn parat. Der letztere wurde überdies unerklärlicherweise vom Alkoholgenuß besänftigt statt erregt. So begannen sie statt zu diskutieren zu singen – sie konnten sich darauf verlassen, daß das Pony

sie sicher nach Hause bringen würde –, und Mr. White stimmte ein Lied an, daß er für *Fill Every Glas* hielt, während Geraghty eine Art Rezitativ über den irischen Parteiführer Parnell sang – es konnte jedoch auch über Nappy Tandy sein. Sie hatten etwas Mühe, ein Lied zu finden, das sie gemeinsam singen konnten, kamen aber schließlich auf *Adeste Fidelis,* das sie während der ganzen Fahrt die Burkestown-Allee hinauf aus vollem Halse schmetterten.

Mr. White hinderte Mrs. O'Callaghan und Mickey bis halbvier Uhr morgens am Zubettgehen, indem er ihnen erklärte, daß Hadrian IV. kein englischer Papst gewesen und Mr. De Valera der ungebildetste Mann sei, von dem er je gehört hätte, weil er seine vagen Vorstellungen über Geschichte aus dem Geschreibsel in einem Buch von A. M. Sullivan bezogen habe. (Mrs. O'Callaghan verlor nie die Geduld, wenn dergleichen Dinge passierten – ja, sie genoß sie sogar, denn sie waren eine Abwechslung. Sie stimmte voll mit Mr. White über den alten De V. überein. Mr. White, so erklärte sie, müsse Gott für seinen Kopf danken.)

Der interessante Teil der ganzen Angelegenheit kam, als sie zwei Tage darauf ihre Einkäufe sortierten. Mr. White hatte einen Kinderwagen gekauft, ein Kaleidoskop – was so etwas in Cashelmor zu suchen hatte, wußte niemand –, einen Goldfisch, einen safrangelben Kilt und ein halbes Dutzend gebrauchte Teppiche aus einem Sonderverkauf. Glücklicherweise hatten sie aber auch fünfundvierzig Meter Winkeleisen, in mehrere Stücke unterteilt, mitgebracht. Es war nicht viel stärker als der Rahmen eines eisernen Bettgestells, aber etwas anderes hatten sie nicht bekommen können, und deshalb mußte es genügen.

Mr. White hatte es sich seit seinen Tagen als Zauberkünstler zum Grundsatz gemacht, nie zu Hause zu trinken. Infolgedessen neigte er dazu, von seinen zweimal im Jahr stattfindenden Besuchen in Cashelmor mit ungewöhnlichen Einkäufen zurückzukommen, und da er sich an diesen Tagen gewöhnlich überreden ließ, seine Rechnungen zweimal zu bezahlen, war er bei den Händlern der Stadt höchst beliebt.

Die L-förmigen Winkeleisen wurden also dazu benutzt, die Tischbeine mit Schrauben miteinander zu verbinden, und diese Verbindungen sahen so aus:

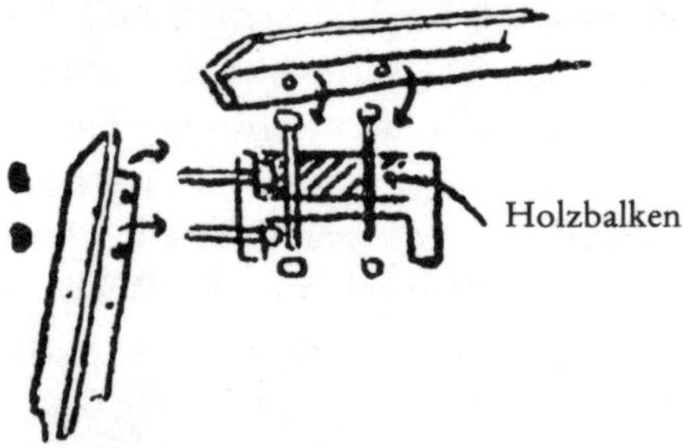

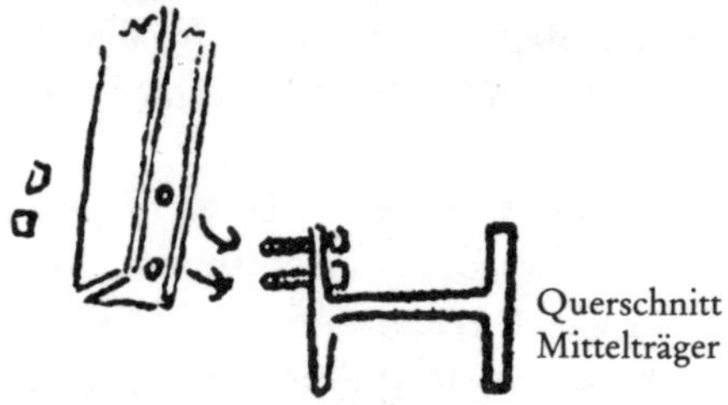

Im Werkzeugschrank gab es zwei Bohreinsätze, mit denen man Metall bohren konnte, aber unglücklicherweise nur eine Zimmermanns-Bohrleier. Sie präparierten diese Bohrleier zum Bohren der Winkeleisen, indem sie den Knopf der Leier quadratisch zuschnitten und ein entsprechendes Quadrat in ein Brett von 1,80 m Länge einmeißelten, aber nur bis knapp zur Hälfte der Dicke des Brettes, so daß der Knopf in dieses Quadrat paßte wie in einen kleinen Bilderrahmen. Dann steckten sie das Ende des Brettes unter den Querbalken eines Zaunes oder was sonst gerade zur Hand war, und Mr. White setzte sich auf das andere Ende, um Druck auf die Bohrleier in der Mitte auszuüben, während Geraghty sie drehte.

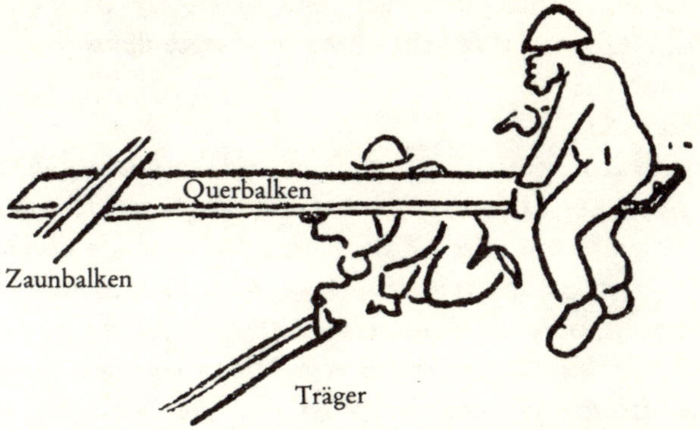

Es war eine mühsame Arbeit, die starken Winkeleisen derart zu durchbohren, da der Bohrer dazu neigte, zur Seite zu wandern, bis er sich einen Angriffspunkt geschaffen hatte, aber die Wellblechbahnen ließen sich später leichter bohren.

Als das ganze Gerüst schließlich verschraubt war, sah es so aus:

Inzwischen wurden die Listen abendlich fortgesetzt, und die Reaktionen der Nachbarn erzeugten ein paar äußere Komplikationen. Pat Geraghty hatte zuerst offen jedem, dem er begegnete, von der Arche erzählt; Philomena hatte genügend beim Aufstellen der Listen erlauscht, um seine Geschichten bestätigen zu können; und die Arche selbst begann Gestalt anzunehmen. Als erstes kamen die anonymen Briefe, die bei landwirtschaftlichen Streitfragen in Cashelmor und Umgebung üblich waren. Der erste – er war von Geraghty sclbst geschrieben, dessen Beziehungen zu seinem Arbeitgeber sich, wie später erklärt werden wird, stufenweise verschlechterten – sagte deutlich:

Wehrter Sir
wir sind acht Mihter in Cashelmor und wir haben gehöhrt das sie Mikey O'Callaghans Schupen an James Heraghty und Pat Donohue und Frau verkaufen weil die Unglick haben mit eim wakelichen Haus Aber er will nich die Mihte zalen und die Rahten führ den Man der es ihm gahb so schaffen sie Platz führ uns acht Mihter irgend wo unser Vieh nich Eingeht oder Verrekkt Aber sie werden sie mit dem Hund hetzen wen sie ihm besitz verschaffen von Mikey O'Callaghans schupen werden wir führ weitere vorfälle sorgen Also Nemen Sie Sich In Acht

Ihre Ergebenen Acht
Mihter
Cashelmor

Der zweite lautete:

mister Whyte
Sie ham mir main Haus fasst genslich apgerissen Aber wen sie nich soforrt zurikkmachen Werrden Sie Zunder Bekomen

Ein Freund

Dieser kam von Mickey. Mrs. O'Callaghan stellte es an der Handschrift fest und zwar zornig mit ihm. Sie erklärte ihm, wenn Mr. White den Heuschuppen abzureißen wünschte, hätte sich eine Person mit einem Verstand wie Mickey nicht einzumischen.

Der dritte Brief lautete:

Euer Ehrn
Wir wissen was sie vorhabn Sir und wehrden wen Nöhtich jehde weihtere Beleihdigung unsrer Religion mit Bluht Auslöschen Glauben sie ihren sie liebenden

Christen

Dieser Brief stammte von Philomenas dreiundzwanzig Brüdern und Schwestern.

Der vierte lautete:

Mr Whyte Esq.
Ich habe main Heu seit 23 jaaren von Mikey O'Callaghan Gekauft und Frein Durchgang wen die Kuh ühber slane meadow verirrte Aber jetz Reissen Sie ihn ab one ein gedanken für Arme Leuthe und Nachtbahrn wie ein Wandahle was ein begriff is führ ein Grohsen Babar Aber Die Gerechtikeit Wird Siegen

Ein Rebäll

Niemand fand je heraus, wer dies geschrieben hatte, denn Mrs. O'Callaghan konnte es kaum gewesen sein. Vielleicht war es Tommy Plunkett.
Abgesehen von diesem literarischen Geplänkel gab es aber zur Zeit kaum ernsthafte Reaktionen auf den Bau der Arche. Gewisse Buhlaute erklangen, und des Nachts wurden Steine gegen das Schiff geworfen; aber da es nicht brennbar war, wurde kein Schaden angerichtet.
Das Buhen war ein Brauch, der nach örtlicher Absprache gegen Witwen eingesetzt wurde, die sich wieder verheirateten. Man schlug dazu einer Glasflasche den Boden aus und tutete nachts vor dem Brautzimmer hindurch. Der dabei entstehende Lärm war dem eines Signal- oder Ne-

belhorns nicht unähnlich. Damit und mit dem Gerassel von Steinen auf Wellblech sowie mit dem ununterbrochenen Gebell von Diamond oder Tiny war es auf Burkestown für ein paar Nächte aus mit der Ruhe.
Der Grund, warum man der Arche mit soviel Toleranz begegnete, war ein doppelter. Zunächst einmal wurde fast alles rund um Burkestown mit Toleranz aufgenommen, und zwar wegen der Atmosphäre. Die von Südwesten herangleitenden Regenwolken mit ihrer Fracht bleischwerer Feuchtigkeit, die sie während ihrer Reise dreitausend Meilen über den Atlantik gesammelt hatten, bedrückten die Einwohner mit solchem Gewicht, daß es schon schwer genug war, sich um seine eigenen Angelegenheiten zu kümmern, ohne sich auch noch die anderer Leute aufzuladen. Der zweite Grund war, daß außer den wildesten Heißspornen und Agitatoren nach kurzem Nachdenken alle erkannt hatten, wie einfach man die O'Callaghan-Arche später zerstören könnte. Laßt uns zunächst einmal, sagten sie, daraus machen, was wir können. Wir können Mr. White später, wenn sich kein finanzieller Profit mehr herausschlagen läßt, immer noch zu Tode rösten oder lebendig in einer Dornengrube begraben.
Nachbarn in großer Zahl begannen sich im Haus einzufinden und Paare verschiedenster Tiere für das Unternehmen anzubieten. Jungen, die sich darauf spezialisiert hatten, Zaunkönige und andere Vögel lebendig zu Ehren des heiligen Stephan zu fangen, indem sie ihnen nachliefen, bis sie zu erschöpft zu weiterer Flucht waren, brachten nicht nur Zaunkönige an, sondern auch Amseln, Drosseln, Rotkehlchen und anderes wehrloses Getier, die sie für einen Apfel und ein Ei zu verkaufen bereit waren, solange das Ei nicht von eben diesen Vögeln geliefert wurde. Diverse »Hirten« boten die Schafe, Kälber und anderes Nutzvieh an, das ihren Herren gehörte. Siebenundzwanzig Ziegen und dreizehn Esel waren unter dem Angebot, zumeist

männlichen Geschlechts. Verkäufer von Torf, Messingbettgestellen, Klavieren, zerbrochenen Fahrradrahmen, Strickmaschinen ohne die wesentlichsten Bestandteile, Schalltrichtern von Grammophonen, altersschwachen Rennpferden, Eiern, Photographien des vorletzten Papstes, noch nicht gefällten Bäumen, leeren Flaschen, Paaren von verkehrten Schuhen und überalterten Dreschmaschinen drängten sich auf der Zufahrt zum Haus und weigerten sich, mit jemand anders als Mr. White zu sprechen. Sie schüchterten ihn ein, indem sie ihn mit Eu'r Ehren anredeten, einer Phrase, die außer als Vorspiel zu einem Zermürbungskrieg nie angewendet wurde. Sie schrien vor Wut, wenn er irgend etwas zum doppelten Preis kaufte, weil sie gehofft hatten, ihm den dreifachen aus der Nase ziehen zu können.

Die Bauern aus der Nachbarschaft, die gewöhnlich eine gegenseitige Besuchsrunde zu Weihnachten machten und es dabei beließen, begannen jeden Abend mit ihren Frauen hereinzuschauen, saßen im feuchten Wohnzimmer auf harten Stühlen herum und warteten darauf, daß ihnen jemand etwas erzählte. Sie waren zu höflich, um Fragen zu stellen.

Pater Byrne kam nicht vorbei. In diesem Stadium glaubte man, daß Mr. White, der ja Engländer war, der Katholischen Kirche wahrscheinlich eine Falle gestellt hatte, in die man besser nicht hineinstolperte.

Auf Grund der Störungen wurde es unmöglich, an den Abenden weiter an den Listen zu arbeiten, weshalb sie die Zeit zum Listenaufstellen auf den Vormittag verlegten, während Mickey Milch zentrifugierte, um Sahne zu gewinnen, oder butterte.

Ein Schlechtwettereinbruch zerstörte den Rest der Ernte. Tommy Plunkett und das Hausmädchen Philomena kündigten, aber das war nichts Ungewöhnliches. Mickey und Mrs. O'Callaghan hatten sich längst auf einen Kompromiß in ihrer Führung des Hofes geeinigt, wonach die Schuld an allen Katastrophen – die von ihnen beiden letzten Endes abgelehnt wurde – auf die Lohnarbeitskräfte abgewälzt wurde. Das Ergebnis war, daß von diesen nur wenige länger als drei Monate blieben.

Übrigens gehörte es zu den Eigenarten der auf Burkestown vorherrschenden Katastrophen, daß Mrs. O'Callaghan und Mickey sie durch Kooperation verschlimmern konnten. Genau wie Monsieur und Madame Curie bei der Entdeckung des Radiums zusammenarbeiteten, gingen Mr. und Mrs. O'Callaghan gemeinsam vor in ihrem Bestreben, jede Verwirrung noch verwirrender zu machen. Wenn Mrs. O'Callaghan zum Beispiel plötzlich den Entschluß gefaßt hatte, den Küchenherd frisch zu weißen, mischte sie mit Sicherheit die Kalkfarbe in einer der emaillierten Sahneschalen, die sie in der Küche stehenließ. Dann mußte natürlich Mickey kommen, die Kalkfarbe zu der in dieser Woche gesammelten Sahne gießen und diese Mixtur den ganzen Vormittag lang buttern. Oder wenn Mickey sich plötzlich entschlossen hatte, Ratten auf dem Haferboden zu vergiften, konnte man sich darauf verlassen, daß er das Päckchen mit dem Phosphor neben dem Mostrich auf der Küchenanrichte liegenließ; aber dann mußte natürlich Mrs. O'Callaghan es finden und unter dem Eindruck, es handle sich um Bücklingspaste, dem Collie eine gute Portion davon geben. Wenn Mrs. O'Callaghan allein arbeitete, brachte sie es fertig, Mr. Whites Sonntagsanzug zum Lüften in den Backofen zu packen, etwas anderes anzufangen und ihn zu vergessen, bis er zu Asche gebacken war; sie brachte es weiter fertig, die verkohlten Reste des Anzugs zusammen mit ein paar Glasscherben in einen der Melkeimer zu werfen. Aber es brauchte schon Mickey dazu, mit diesem Eimer in den Stall zu gehen, ohne sich die Mühe zu machen, ihn zu spülen, die Kühe dahinein zu melken und anschließend diese wundervolle Mischung

durch den Separator zu drehen, bis er völlig verklemmt war. All diese Überraschungen wirkten, als stellten die O'Callaghans einander ununterbrochen Fallen.
Außerdem sorgten diese Vorfälle für verstärkte Anstrengungen zur Verteilung der Schuld.
Die Schuld für einfaches Mißgeschick konnte mit Gedankenschnelle von einem zum andern abgewälzt werden. Bei komplizierten Katastrophen, die durch Zusammenarbeit bewirkt worden waren, wurde die Belastung größer. Mrs. O'Callaghan mußte sagen, daß der Separator kaputt gegangen war, weil Mickey die Melkeimer nicht gespült hatte, worauf Mickey erwidern mußte, daß er kaputt gegangen sei, weil Mrs. O'Callaghan Anzüge und Glas hineingeschüttet hätte, worauf Mrs. O'Callaghan wiederum zu entgegnen hatte, daß es nicht ihre Schuld sei, weil sie ja nicht in einem kalten Ofen backen könnte, so daß Mr. Whites Anzug geröstet werden mußte, um Mickey mit frischem Brot zu versorgen, und sie sei eine Sklavin, und zentrifugieren und Brot und Anzüge und Kalkfarbe und Sklavinnen und Sahne und Schuld und alles andere verknoteten sich zu einer Art Verkehrsstockung gleich der Verstopfung in der Milchzentrifuge, aus der man schwer einen Ausweg finden konnte, zumal Mrs. O'Callaghans Erfahrungen mit Verkehrskontrolle sich auf das Karussell beschränkten.
Da keiner von beiden einen Gedanken an die Zukunft verschwendete oder an die Dinge, die vielleicht dringend im kommenden Jahr zu bewältigen sein würden, sondern es vorzogen, über Gesetzesvorlagen zu brüten, die seit zwei Jahren außer Kraft waren, und sich gegenseitig die Schuld für eine Panne mit dem Butterfaß im Jahre 1936 zuzuschieben, war diese Zusammenarbeit im Schaffen von Verwirrung ein Segen für beide. Es gab ihnen etwas, in dem sie herumstochern konnten, und es beschäftigte ihre Phantasie.

Mickey hatte eine persönliche Verteidigung entwickelt, die aus einem »Hwrrk?« bestand. Wenn ihm nicht aufgefallen war, daß eine Kuh kurz vor dem Kalben stand, und als Folge davon die Kuh oder das Kalb oder beide bei der Geburt verendeten; wenn er absichtlich die Pflügequote mißachtet hatte und von einem durchreisenden Landwirtschaftsinspektor erwischt wurde; wenn er mit der Ablieferung der Zuckerrübenernte gewartet hatte, bis die Fabrik nach einer Reihe schriftlicher Mahnungen geschlossen war; wenn er die Hofhunde drei Tage lang zu füttern vergessen oder in einem Winter fünf Kühe hatte verhungern lassen, um sich die Mühe zu sparen, ihnen Heu bringen zu müssen, oder wenn er zugesehen hatte, bis die Schafe so viele Sommermaden hatten, daß sie von ihnen halb aufgefressen waren, pflegte jemand, gewöhnlich Mr. White, eine Untersuchung in Gang zu setzen. Bei solchen Gelegenheiten pflegte Mickey dann »Hwrrk?« zu machen, während er sich ein *tu quoque* ausdachte.

Kapitel 12

Mr. White wechselte die Hände am Hebel der Buttermaschine, ohne die Bewegung zu unterbrechen.
»Schreiben Sie Medizin auf«, sagte er.
Mrs. O'Callaghan schrieb »Mehdiziehn« in ihr Schulheft und wartete auf weitere Anweisungen.
»Wir werden ein wenig Morphium und vielleicht zwei Zangen zum Zähneziehen und ein paar Sulfonamide oder Ähnliches und einen Erste-Hilfe-Kasten und ein paar Pakkungen von Carter's Kleinen Leberpillen mitnehmen – vielleicht könnten wir Rhizinusöl aus Samen gewinnen –, und wir müssen feststellen, was am besten gegen Rheumatismus ist. Ich glaube, es ist Phenyl-chinolin und Karbonsäure. Soweit ich das sehe, läßt sich die ganze medizinische Wissenschaft auf Abführmittel, Anaesthetika, Knocheneinrichten und drei oder vier echte Heilmittel wie Insulin reduzieren. Ich frage mich, ob ich impfen lernen könnte? Wir müssen uns unsere Bruchschienen selber machen.«
Ker-lum, ker-lump, ker-lump: die Buttermaschine rettete Mrs. O'Callaghan davor, diese Angaben zu buchstabieren.
»Was die Grassamen und all dies betrifft«, sagte Mr. White, plötzlich weit vom Thema abschweifend, »müssen wir alles in Teekisten verstauen, damit es nicht umherrutscht. Getreide ist eine gefährliche Ladung, wenn man es nicht fest verstaut.«
Mrs. O'Callaghans Lieblingsmedizin war Aspirin. Schuldbewußt schrieb sie es ohne Anweisung auf, und ebenfalls »Roten Flanell«.
»Welch ein eigenartiges Gefühl das ist«, bemerkte Mr. White, während er in das Guckloch spähte, um zu sehen,

ob sich schon Butter sammelte, »Treuhänder einer zukünftigen Welt zu sein. Wir haben es zum Beispiel in der Hand zu entscheiden, ob die Zukunft abstinent leben soll oder nicht. Wenn wir einen Destillierapparat mitnehmen, nehmen wir das Geheimnis des Alkoholbrennens für unsere Kinder mit hinüber. Sollen wir einen Destillierapparat mitnehmen?«

»Alles, was Sie wollen, Mr. White.«

»Die Kenntnis der Destillation wird in der *Encyclopaedia Britannica* niedergelegt sein, so daß eine zukünftige Generation sie erlernen kann, wenn sie es will, so daß unsere Überlegung dazu eine rein akademische Frage ist. Ich schlage nicht vor, daß wir die Enzyklopädie zensieren sollten. Wir könnten die von Alkohol, Explosivstoffen, schädlichen Drogen, Giften usw. handelnden Seiten ausreißen, aber es wäre eine schwere Aufgabe, das ganze Werk wirkungsvoll zu zensieren, und ich bin nicht sicher, ob Zensur in irgendeinem Falle moralisch vertretbar ist. Was ist, ist. Ich bin dagegen, die Wahrheit in irgendeiner Form zu unterdrücken, wie gefährlich sie auch sein mag. Wir werden folgendes tun: die Enzyklopädie mitnehmen, aber keinen Destillierapparat. Schließlich gibt es wichtigere Dinge, für die wir Platz brauchen. Wenn sich die Menschen in der neuen Welt erst einmal eingerichtet haben, können sie selbst entscheiden, ob sie Destillierapparate bauen wollen.

Und nun zur Frage der Sprengstoffe: sollen wir meine beiden Gewehre mitnehmen oder nicht? Zweifellos werden sich viele Vögel während unserer Reise auf der Arche niederlassen wollen, und wir könnten unseren knappen Proviant ergänzen, wenn wir einige davon erlegten. Andererseits sind Gewehre und Munition umfangreicher und schwerer, als es sich die Leute vorstellen. Eine Schrotpatrone braucht genauso viel Platz wie das Fleisch an einer Krickente. Wenn wir die Gewehre nicht mitnehmen, werden wir übrigens auch keine Gelegenheit haben, uns in einem Augenblick heftiger Erregung gegenseitig totzuschießen. Ich selbst bin dieser Erfindung von Friar Bacon gründlich überdrüssig und stimme dafür, keine Gewehre mitzunehmen, auch wenn das ein paar kleine Unannehmlichkeiten für uns mit sich bringt. Und sollten unsere Nachkommen sich entscheiden, das Schießpulver wieder einzuführen, steht alles dafür in der Enzyklopädie. Wir wollen ihnen wenigstens, soweit wir das können, ein menschenwürdiges Vorbild sein.«

»Wir könnten etwas Weihwasser mitnehmen.«

»Ein ganzes Faß davon, solange niemand etwas dagegen hat, es auch zu trinken. Wir werden Pater Byrne bitten, die Fässer zu segnen.«

»Können wir das *Kind von Prag* mitnehmen?«

Mr. White war eine Seele von Mensch. Er hatte fast ebensoviel gegen das *Kind von Prag* wie gegen Titsy, aber er war aus Prinzip dafür, daß jeder nach seiner eigenen Fasson glücklich werden sollte. Schließlich nahm er ja zu seinem eigenen Vergnügen auch Windlichtmaschinen und Zangen zum Zähneziehen mit.

»Sie können eine Teekiste mit Ihren eigenen Sachen pakken, Mrs. O'Callaghan, genau wie Mickey. Ich meine mit Sachen, die nicht auf einer Liste stehen. Legen Sie das *Kind von Prag* in Ihre. Mickey wird seine Kiste wahrscheinlich mit Tabak füllen, wenn er genügend Geld dafür auftreiben kann. Haben Sie übrigens schon den Auktionstermin für die Farm festgelegt?«

»Noch nicht so ganz genau.«

Ein fürchterlicher, plötzlicher, brennendheißer Verdacht schoß ihm blitzartig durch den Kopf und veranlaßte ihn dazu, das Buttern einzustellen.

»Wer wird die Auktion durchführen?«

»Das haben wir noch nicht genau . . .«

»Werden Sie die Farm verkaufen?«

»Ich glaube nicht, daß Mickey sie verkaufen will, weil er sie doch von seinem Tantchen hat.«
»Gütiger Gott!« schrie Mr. White, butternd und anhaltend und erneut butternd und endgültig aufhörend, »was spielt es für eine Rolle, ob Mickey die Farm von seiner Tante hat oder nicht? Wenn die Sintflut sie erst einmal davongeschwemmt hat, wird er sie von niemandem mehr haben!«
»Aber seine Tante hat sie ihm doch vererbt.«
»Das ist mir schnurzegal, und wenn seine Großmutter sie ihm vererbt hätte. Die Sache ist doch die, daß wir jetzt eine Farm haben, die wir verkaufen können, und sobald die Sintflut kommt, werden wir überhaupt keine Farm mehr haben, und sie folglich auch nicht verkaufen können. Wir brauchen aber das Geld.«
»Aber wenn nun keine Sintflut kommt?«
Wie gewöhnlich machte er jetzt den fatalen Fehler, ihr alles noch einmal von Anfang an erklären zu wollen. Das war fatal, weil er um so mehr Stellungen zu verteidigen hatte, je weiter er zurückging und folglich Mrs. O'Callaghan um so mehr Gelegenheit gab, mit ihren bevorzugten Steckenpferden dagegen anzureiten, als da waren Tanten, Magen, Göttliche Allmacht, Wahrsagungen und der Heilige Wille Gottes. Sie hatte eine wirkungsvolle, wenn auch unbewußte Technik der Argumentation. Ihre Verteidigungslinien waren elastisch, und sie verließ sich auch nie auf eine einzige. Es war mehr das Labyrinth ihrer Gräben, die Vielzahl der Bastionen, mit denen sie ihre Abwehrschlachten gewann.
Als erstes pflegte sie eine Scheinbastion zu errichten, einen Wall aus Schaum und Pappe, um ihrem Gegner etwas »zum Spielen« zu geben, wie die Militärs das ausdrücken würden. Und Mr. White, gleich dem Stier in der spanischen Arena, verbrauchte jedesmal enorme Energien beim Anrennen gegen dieses rote Tuch, das sie vor ihm wedelte,

ohne das Geringste dabei zu erreichen, und, um ehrlich zu sein, ohne genau zu wissen, was er eigentlich wollte. Im vorliegenden Fall war die Scheinbastion natürlich die Tante. Mrs. O'Callaghan glaubte nicht ernstlich an Mickeys Tante, aber sie verließ sich darauf, mit ihr soviel von Mr. Whites Stoßkraft wie möglich im Vorgeplänkel zu vernichten. Als die Tante erschöpft war – und sie hatte für Mrs. O'Callaghan keinerlei Bedeutung, so daß sie schließlich ohne Bedauern zurückgezogen werden konnte –, breiteten sich erstmals die nachfolgenden Feldschanzen, Rauchschleier, Spanischen Reiter, zurückspringenden Winkel und so weiter einer elastischen Rückwärtsverteidigung vor dem Eindringling aus – der bereits von seinem Anrennen gegen die Tante geschwächt war.

Da dies die Geschichte einer Arche ist, sollte man vielleicht fairerweise sagen, daß Mr. White den Elefanten und Mrs. O'Callaghan das Känguruh verkörperte.

»Wenn«, sagte er, »es keine Sintflut geben soll, warum hat der Erzengel sie uns dann angekündigt?«

»Vielleicht hat sie sich ja geirrt?«

»Wie kann ein Erzengel sich irren? Ein Erzengel ist ein Bote Gottes, nicht wahr? Und Gott ist allmächtig und allwissend und allgegenwärtig und all das andere Zeug, das Sie mir zweimal die Woche vorbeten. Wenn er allwissend ist, wie kann er sich da irren?«

»Aber Mister White, wir wissen doch, daß *jedermann* sich einmal irren kann.«

»Was bedeutet allwissend?« fragte er mit tödlicher Ruhe.

»Im Augenblick kann ich mich nicht so genau daran erinnern.«

»Es bedeutet, *alles* zu wissen.«

»Ich weiß, daß es so etwas bedeutet. Ich hatte es bloß vergessen.«

»Also gut, wenn er nun alles weiß, wie kann er sich dann irren?«

»Das können wir nicht wissen, Mister White. Es ist der Heilige . . .«

». . . Wille Gottes!« schrie Mr. White, die Handkurbel der Buttermaschine ergreifend und wie ein Derwisch herumwirbelnd.

Mrs. O'Callaghan betrachtete ihn mitleidig und schrieb »Magnesiamilch« auf ihre Liste (falls sich ihr Magen umdrehen sollte). Die erste Runde war klar zu ihren Gunsten ausgegangen.

»Falls«, sagte er, erschöpft eine Kampfpause einlegend, »falls Sie eine Christin sind (wie Sie immer vorgeben, obgleich, Gott weiß, ich manchmal glaube, aber nein, ich will nicht auf Nebenschauplätze ausweichen), falls, wie ich schon sagte, Sie eine Christin sind (und nicht Baal anbeten, oder wen auch immer die alten Iren anzubeten pflegten, ich muß das einmal nachschlagen, obschon, natürlich, unter anderen die Göttin Diana), falls Sie also (oder es zu glauben vorziehen) eine Christin sind (abgesehen von schwarzen Katzen, denn die wurden von den Ägyptern verehrt), und falls Sie keine unaufgeklärte, vom Aberglauben der Vorzeit verwirrte Kannibalin sind . . .«

Er ergriff mit abwesendem Blick erneut die Handkurbel und begann friedlich und mit der richtigen Geschwindigkeit weiter zu buttern.

»Ich konnte nie verstehen«, bemerkte er, »was man gegen einen Kannibalen einzuwenden hat. Seine Mitmenschen zu töten, das halte ich für unmoralisch. Aber wenn man ihn schon getötet hat, warum soll man ihn dann nicht auch essen? Zumindest verwertet man ihn dann nutzbringend, statt ihn vollständig zu verschwenden ...«

Er warf, auf der Suche nach Butter, einen Blick hinein.

»Wenn Sie, Mrs. O'Callaghan, eine Christin sind, müssen Sie daran glauben, daß Gott allwissend ist. Wenn Gott allwissend ist und sagt, es wird eine Sintflut geben, dann wird es auch eine Sintflut geben. Habe ich recht?«

»Vielleicht wird es irgendwo anders eine Sintflut geben, in Deutschland vielleicht oder sonstwo.«

»Wenn es in Deutschland eine Sintflut geben soll, warum kommt dann der Erzengel hierher, um es uns zu sagen?«

»Vielleicht wollte sie, daß wir es wissen.«

»Aber warum wir statt die Deutschen? Wenn die Sintflut schließlich in Deutschland stattfinden sollte, wäre es doch wahrscheinlich vernünftiger . . .«

Er unterbrach sich hastig. Er konnte schon den Heiligen Willen Gottes drohend vor sich aufragen sehen.

»Mrs. O'Callaghan«, sagte er, »glauben Sie, daß es eine Sintflut geben wird?«

»Ja«, antwortete sie, leicht schwitzend. »Glauben Sie, daß es ein Erzengel war?« – »Ja.«

»Und der Erzengel hat uns beauftragt, eine Arche zu bauen?«

»Ja«, sagte Mrs. O'Callaghan zweifelnd.

»Also gut, wenn der Erzengel uns beauftragt hat, eine Arche zu bauen, weil es eine Sintflut geben wird, warum sollen wir dann nicht die Farm verkaufen, die sowieso vernichtet wird, wenn uns das hilft, die Arche zu bauen?«

»Sie hat uns nicht gesagt, daß wir die Farm verkaufen sollen.«

»Ja, aber sie – Er – hat uns beauftragt, die Arche zu bauen. Den Rest hat er uns überlassen. Und in der Tatsache, daß wir beauftragt wurden, die Arche zu bauen, ist *stillschweigend inbegriffen*, daß wir dazu die Farm verkaufen sollen.«

»Sie haben gesagt, Mister White, daß sie Ihnen nicht befohlen hat zu heiraten.«

»Das hat doch hiermit nichts zu tun.«

Nach kurzem Nachdenken fügte er hinzu: »Die beiden Fälle liegen nicht parallel.«

Schließlich, da er ein ehrlicher Mensch war, hörte er zu buttern auf und ging hinaus, um Mickey zu suchen.

Kapitel 13

Brownie hatte den ganzen Kleister aufgefressen; die Schwalben, die noch einige Wochen über den verregneten Feldern gejagt hatten, waren in freundlichere Klimazonen abgeflogen; die Buher hatten das Interesse verloren; selbst die anonymen Briefeschreiber hatten sich, bis auf einen letzten Beitrag über Angelzeug vom Briefträger, der mit »Zwei Katholische Mütter« unterzeichnet hatte, der Lethargie ergeben. Der Bau der Arche hatte gute Fortschritte gemacht.

In erreichbarer Nähe von Burkestown gab es zwei Hufschmiede. Von dem einen bestellten die Schiffbauer ein Gros Winkelklammern in der üblichen Form:

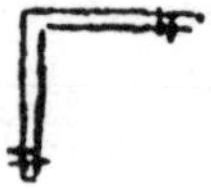

Von dem anderen Hufschmied orderten sie ein Gros Klammern in dieser Form:

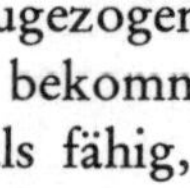

Dies waren die einzigen Befestigungsteile der Arche, die nicht im Eigenbau hergestellt wurden, und die beiden Schmiede wurden hinzugezogen, um die Metallteile so rasch wie möglich zu bekommen. Keiner der beiden Schmiede erwies sich als fähig, Zeichnungen oder Beschreibungen der benötigten Klammern zu verstehen; deshalb mußten zwei Musterstücke aus Blech in voller Größe angefertigt und jedem Schmied das Muster des benötigten Teils mit der Bestellung übergeben werden.

Diese Klammern sollten ihnen die Mühe sparen, durch die oberen Horizontalträger Löcher für Schrauben zu bohren, um die Zinkbleche der Seitenwände und des Daches (oder Decks) zu befestigen.

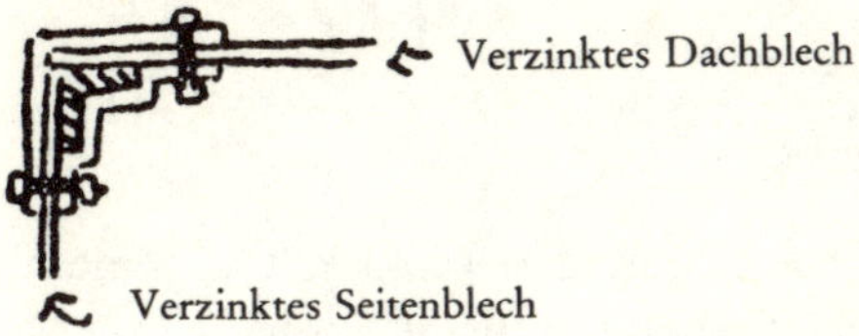

Da es sich um Wellbleche handelte, konnten sie nur in den Wellentälern mit den Klammern verschraubt werden. Folglich waren die Verbindungsstellen der Bleche an der Oberkante der Arche nicht wasserdicht. Jede Kante hatte eine Reihe klaffender, halbkreisförmiger Öffnungen:

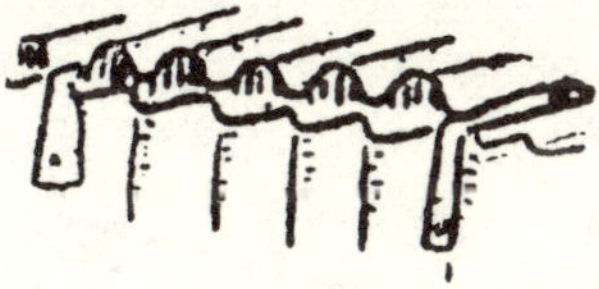

Aber nachdem die Seiten und das Deck verschraubt worden waren – die Bleche dazu stammten zum Teil von der Garage und zum Teil von den Originalseitenwänden –, wurden diese Öffnungen entlang den Trägern so flach wie möglich zusammengehämmert. Es sah nicht besonders ordentlich aus und war auch nicht wasserdicht, stellte aber einen Schritt in die richtige Richtung dar.
Die während der Zechtour in Cashelmor gekauften gebrauchten Teppiche wurden jetzt in dreißig Zentimeter breite Streifen geschnitten und geteert. Diese Streifen wurden nun so um die flach gehämmerte Kante gelegt, daß die Hälfte an Deck lag, die andere Hälfte an der Seite herunterhing:

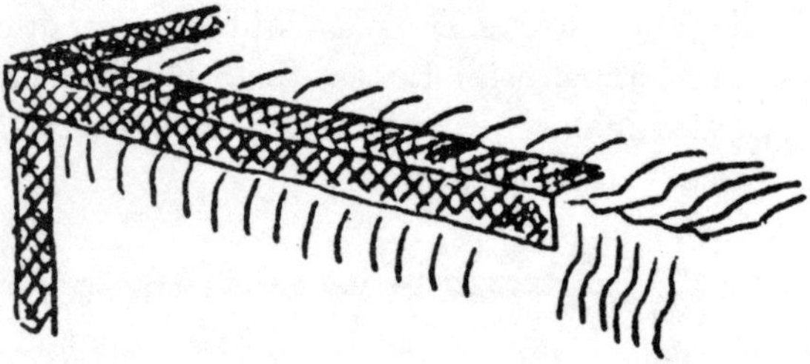

Dasselbe wurde mit den senkrechten Kanten gemacht, wodurch das Gebilde so aussah, als hätte man es in ein Passepartout gerahmt.
Zum Schluß wurde über die geteerten Teppichkanten ein Winkelbandeisen festgehämmert und dicht verschraubt, mit geteerten Unterlegscheiben unter den Schraubenköpfen. Zu diesem Zweck wurden einzelne Rinnen von den restlichen Wellblechbahnen der Garage mit dem Kaltmeißel abgetrennt und anschließend mit dem Schmiedehammer auf dem zurechtgesägten Ende eines Baumstumpfes in Form gehämmert. Sie sahen so aus:

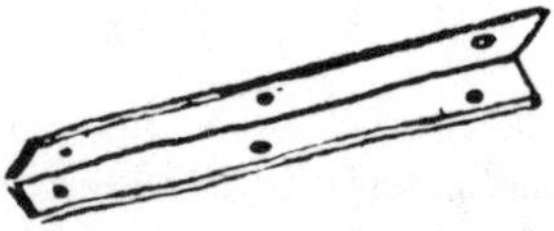

und paßten genau über Teppicheinfassung oder Passepartout.
Die Arche sah jetzt aus wie eingerahmt, nicht mit einem Passepartout, sondern – wie es auch der Fall war – mit grauem Metall. Äußerlich gesehen war sie komplett, bis auf die Eingänge. Sie hatten während des Baus beschlossen, nicht das eine Ende ganz offen zu lassen – wie ursprünglich beabsichtigt, um die Tiere hineinführen zu können –, sondern nur drei Bahnen an diesem Ende wegzulassen, wodurch auch ein genügend breiter Einstieg blieb. Später, während des Andrangs und der Anspannung

der Einschiffung, hätte man dann nur noch drei Bahnen zu verschrauben, statt das ganze Ende dicht machen zu müssen. Der zweite Eingang sollte eine Falltür im Deck werden.

Ehe sie an den Bau der Falltür und an die Inneneinrichtung herangingen, hielten sie es für besser, die Außenseiten der Arche mit Teer, Baumwollumpen, Kaltmeißel und Hammer abzuschreiten. Die geteerten Lumpen wurden mit der Meißelspitze an jeder Stelle eingehämmert, deren Wasserdichtigkeit zweifelhaft schien. Die erforderlichen Lumpen verschaffte Mr. White selbst, indem er die meisten von Mrs. O'Callaghans besten Bettlaken und seine sämtlichen Taschentücher zerriß.

Während des Kalfaterns änderten sich jedoch die Beziehungen zwischen den Schiffbauern.

Der Ärger zwischen Mr. White und Pat Geraghty war, daß der eine der alpinen, der andere der mediterranen Rasse angehörte. Geraghty, obgleich in kaum erkennbarem Maße verrückt, war in anderer Beziehung ein normaler Bürger von Cashelmor. Er hatte sein Leben in der Umgebung von Burkestown verbracht. Alle seine Nachbarn waren immer entweder Diebe, Betrüger oder Meuchelmörder gewesen. Er glaubte genau wie sie und die O'Callaghans, daß der Mondwechsel das Wetter änderte; daß Sonnenstrahlen Feuer auslöschten; daß das beste Mittel gegen Keuchhusten darin bestand, den Kranken unter dem Bauch eines Esels hindurchzuführen; daß es in der Hölle ein echtes, greifbares Feuer gab, in dem Mr. White von einer wohlwollenden Gottheit für den Rest der Ewigkeit geröstet werden würde, ohne dabei zu verbrennen; daß es regnen würde, wenn man einen Brachvogel rufen hörte; er glaubte, daß das Fegefeuer, wohin er selbst kommen würde, auch ein Ort mit richtigem, aber nicht ewigem Feuer sei; daß »Frost Regen bringt« – kein unnatürlicher Glaube, wenn man bedenkt, daß es im Winter mit Sicherheit naß und regnerisch ist, wenn nicht Frost oder Trockenheit herrscht; daß Bachstelzen Todesboten seien wie der Chaladrius; daß drei Kerzen in einem Zimmer noch vor Ende des Jahres einen Todesfall bringen würden; daß Frauen Männern nicht die Haare schneiden dürften; daß es in der Nähe von Burkestown eine »Irrläufer-Grasscholle« gäbe, und wenn ein Wanderer darauf träte, würde er für den Rest der Nacht die Orientierung verlieren, es sei denn, er würde geistesgegenwärtig seine Jacke umdrehen und mit dem Rücken nach vorn anziehen; daß man ein Wiesel, dem man begegnete, anspucken müsse; daß der Banshee, ein todverkündender Geist in Gestalt einer jammernden Frau, so ähnlich heule wie eine verliebte Katze; und daß Irland das Land der Heiligen und Gelehrten sei, deren heilige und gelehrte Taten nur durch die barbarische Einmischung solcher englischer Kannibalen wie Mr. White behindert würden. Dies alles und noch eine Menge mehr glaubte Pat so selbstverständlich, wie man anderenorts daran glaubt, daß morgens der Milchmann kommt. Da praktisch nichts davon auch von seinem Arbeitgeber geglaubt wurde, stand zwischen ihnen natürlich eine Schranke.

Den Zwiespalt bewirkte jedoch nicht so sehr, was Geraghty glaubte, als vielmehr, was er als Produkt seiner Umwelt zu verstehen gewohnt war. Nach seiner persönlichen Erfahrung hatten alle Menschen nur das eine Ziel, einander auszunützen. Die Erkenntnis dieser Tatsache begründete vielleicht in der Tat seinen und seiner Nachbarn häufigsten Anspruch, über größere Klarsicht zu verfügen als die Kannibalen jenseits des Wassers.

Er begann sich nun, aus rein äußerlichen Gründen zunächst, Sorgen wegen seiner Beschäftigung durch einen boshaften Engländer zu machen. »Vier Dingen sollst du nicht trauen«, sagte ein Sprichwort in Cashelmor: »dem Zahn eines Hundes, dem Huf eines Pferdes, dem Horn einer Kuh und dem Lachen eines Engländers.« Geraghty begann sich einzubilden, daß er sich in einer gefahrvollen Lage befände.

Und zu allem Überfluß war da noch die Arche.

Zu Beginn hatte es ihm in seiner Unschuld Spaß gemacht, das Ding zu bauen, genauso wie es ihm Spaß machte, mit Mr. White zu arbeiten, der ihm so bedacht seinen Willen ließ. Doch dann hatte es das Gebuhe und andere örtliche Reaktionen gegeben, die ihn zum ersten Mal die Natur seiner Beschäftigung hatten erkennen lassen.

Der arme Mann wollte wissen, was, zum Teufel, Mr. White eigentlich im Schilde führte.

Er hatte gearbeitet, ja, seine Arbeit sogar während der ganzen Zeit genossen; er hatte seinen Herrn auf Burkestown im Auge behalten und gehofft, dessen Tricks zu durchschauen und dessen unvermeidlichen Versuch, seinen Angestellten übers Ohr zu hauen, zunichte machen zu können. Doch kein Versuch war gemacht worden; kein Trick hatte sich erkennen lassen. Das genügte, jeden Gälen zum Wahnsinn zu treiben.

Pat Geraghty hatte kürzlich die Lage seit dem Gebuhe und seit einigen anderen Entwicklungen in ganz Kildare, von denen später die Rede sein wird, so sorgfältig wie möglich überdacht und sich dabei bemüht, seinem Arbeitgeber nicht sein selbstloses, gütiges, schlichtes, wahrheitsliebendes Verhalten oder eine jener angeblichen Tugenden anzurechnen, von denen man in Cashelmor nichts hielt. Die einzige Erklärung, die er aus dieser Sachlage konstruieren konnte – da sein Herr ihn ja offensichtlich auf die eine oder andere Weise hinters Licht führte, wenn er auch nicht erkennen konnte wie, und da die beiden Eigenschaften, die alle Gälen hochhielten, unermüdliches Ränkeschmieden und Mißgunst hießen –, war die, daß die Arche nur gebaut wurde, *um einen Narren aus ihm zu machen*. Und das war das einzige Verhängnis, das im ganzen Land gefürchtet wurde. Es war möglich, ja sogar üblich gewesen, den Gälen auszupeitschen, zu ruinieren, verhungern zu lassen, zu deportieren, mit Teer zu bestreichen und anzuzünden, auf seinem Genick herumzutrampeln oder ihn in großer Zahl aufzuhängen. Er hatte es beinahe genossen. Aber wenn man eine Satire über ihn schrieb, wenn man ihn als Dummkopf hinstellte, klappte er auf der Stelle zusammen und gab seinen Geist auf.

Natürlich hatte Pat geschworen, sich dafür zu rächen.

Er mußte auch nicht nur wegen der grausamen Beleidigung mit der Arche Rache üben. Ihm hatte zu dämmern begonnen, daß es da noch das Unglück von James Heraghty und Pat Donoghue nebst Frau wegen des wakelichen Hauses gab, das er so deutlich in seinem anonymen Brief erklärt hatte, und daß außerdem auch das komplizierte Unrecht an der taubstummen Schwester mit ihren zweieinhalb Paar Socken plus Keil zu sühnen war, was alles, wie er endlich klar sah, nur von Mr. White ausgetüftelt sein konnte.

Kurz gesagt, Mr. White hatte ihm den Lohn für zwei Jahre gezahlt, weil er ihn in bezug auf den Keil nicht für schuldig hielt, was für Geraghty genügend Grund für die Annahme war, daß Mr. White selbst ihm den Keil untergeschoben hatte; er hatte sein Bestes getan, ein hilfsbereiter Arbeitgeber zu sein, was Geraghty genügend Grund für die Annahme bot, daß man ihn von vorn bis hinten beschwindelte; und er hatte erkannt, daß Geraghty als einziger Arbeiter am Ort klug genug war, beim Bau der Arche zu helfen, was Geraghty als Grund für die Annahme genügte, daß diese Arche eben nur gebaut wurde, um ihn als Dummkopf hinzustellen.

Schließlich muß man sich daran erinnern, daß es natürlich unerträglich ist, überhaupt einen Herrn über sich zu haben, und doppelt unerträglich, wenn man zufällig an Größenwahn leidet.

Dies war die Seite der Angelegenheit, die Pat verwirrte. Es war jener Teil der Konfusion, der aus Mr. Whites Gewohnheit entsprang, die Wahrheit zu sagen. Die andere Seite der Angelegenheit war Mr. Whites Gewohnheit zu glauben, was man ihm erzählte; er war in der Tat der Realität seiner Umgebung gewöhnlich weit entrückt, denn was er sagte, wurde von seinen Zuhörern instinktiv nicht geglaubt –, was sie verwirrte, da er die Wahrheit sagte –, und alles was sie sagten, wurde instinktiv von Mr. White geglaubt –, was ihn verwirrte, da sie nicht die Wahrheit sagten. Im Endergebnis mußte er sich gewöhnlich den Weg durch eine eigene Phantomwelt bahnen: als eine Art intellektueller Fliegender Holländer auf einsamer Reise durch fremde Gedankenmeere.

Denn Geraghty, der ein ureigenes Produkt von Cashelmor war, hatte unverzüglich seinen Entschluß, sich fürchterlich an seinem Verfolger zu rächen, in die Tat umgesetzt, indem er sich jetzt so verhielt, als liebe er ihn mehr als sein eigenes Leben. Er hatte damit angefangen, Mr. White nach jedem zweiten Atemzug zu beteuern, daß er der gütigste Gintleman sei, dem er je begegnet wäre.

Mr. White, der persönlich keinen Grund sah, dies zu bezweifeln, erklärte Mrs. O'Callaghan, daß die große Tugend der Iren ihre Fähigkeit zur Dankbarkeit sei: das, und Gastfreundschaft. Und Unkompliziertheit, hatte er hinzugefügt.

Mrs. O'Callaghan sah ihn verblüfft an.

Pats erste Versuche, Gerechtigkeit zu erlangen, waren unwirksam geblieben. Er hatte etliche neue Briefe geschrieben, mit I.R.A. unterzeichnet und einen blutigen roten Dolch mit roter Tinte darunter gemalt. Sein gefühlloser Korrespondenzempfänger, der selbst schon in der Vorschule häufig solche Briefe verschickt hatte, klebte sie jedoch bloß mit törichtem Vergnügen in ein Sammelbuch. Pat hatte dann Brownie zu vergiften versucht, indem er ihr ein paar verschimmelte, mit Strychnin getränkte Knochen anbot; aber da Brownie außer Mr. Whites Abendessen selten etwas fraß, hatten seine liebevollen Bemühungen keinerlei Erfolg gezeitigt. Als nächstes hatte er dann direkt an die I.R.A. geschrieben sowie an Pater Byrne, wobei er seinen Unterdrücker bei der einen als russischen Spion und bei dem anderen als Mormonen denunzierte. Die I.R.A. war zu sehr mit dem Schmuggel der für Meuchelmorde geeigneten Waffen beschäftigt, um sich die Köpfe wegen eines exzentrischen Briefeschreibers zu zerbrechen, und Pater Byrne kümmerte es momentan nicht die Bohne, ob Mr. White ein Manichäer war, solange er keine Komplotte gegen die rechtmäßigen Interessen der Mutter aller Kirchen schmiedete.

Am Ende blieb nur noch die nationale Lösung übrig. Pat Geraghty hatte sich entschlossen, Mr. White von einem Versteck hinter einer Hecke aus mausetot zu schießen – um der Ehre Irlands willen.

Kapitel 14

Am Abend seiner Ermordung war unser Held leidenschaftlich mit einem seiner Ablenkungsmanöver beschäftigt. Möglicherweise brauchte er eine geistige Erholung von den Problemen der Arche; aber er war schon immer ein überzeugter Anhänger von Scheinmanövern gewesen, dessen Interessen selten eine besondere Rechtfertigung brauchte. Er hatte zum Beispiel in jugendlicher Unbekümmertheit ein Flugzeug führen gelernt, nur um das Fliegen unverzüglich aufzugeben, sobald er den Flugschein gemacht hatte; er hatte alle europäischen Beizvögel abgerichtet, sogar vierzehn Tage lang einen Gerfalken besessen, nur um ihnen die Freiheit zu schenken, sobald sie abgerichtet waren; er hatte herausgefunden – und wieder vergessen –, wie man korrekt ein durch Ruhmestat erworbenes Wappenschild beschreibt; er hatte ein Buch über Admiral Byng geschrieben, das niemand verlegen konnte, weil es hauptsächlich von »Festzurren« und verschiedenen Anweisungen der Admiralität handelte, die jeder andere genauso wenig verstehen konnte wie der arme Byng; er war versehentlich wegen versuchten Mordes an Mussolini verhaftet und wieder entlassen worden; er hatte zwei Jahre damit verbracht, außergewöhnliche Portraits in Öl anzufertigen, die mit Glaserkitt aufgeklebte Glasaugen trugen, um sie später alle zu vernichten; während einer Pilgerfahrt hatte ein Erzbischof ihn irrtümlich für den Heiligen Patrick gehalten, mit dem Erfolg, daß er anschließend zum Freidenker wurde; er hatte drei Seiten eines Bestiariums aus dem zwölften Jahrhundert übersetzt, aber dann das Interesse daran verloren; er hatte die Führerschaft über eine Meute Hasenhunde angenommen, die, wie es sich herausstellte, nicht zum Jagdausschuß gehörte; er hatte versucht, Irisch zu lernen, jene Sprache, in der er immer noch so fortgeschrittene Unterhaltungen führen konnte wie: Konus Thaw Thu? Thaw May GoMoy, Gorrer Mealy Moy Agot; und vor einiger Zeit hatte er aus Furcht, daß er irgendwann einmal Blinddarmentzündung bekommen könnte, seinen Blinddarm entfernen lassen. Er hatte sich jedoch niemals tätowieren lassen.

Nun also hatte Mr. White Mrs. O'Callaghan unvermittelt darüber aufgeklärt, daß es drei Dinge gebe, die jeder unbedingt über sich selbst wissen müsse: die Blutgruppe, zu der er gehöre; die Eigenart seiner Fingerabdrücke; und die eigenen Schädelmaße.

Gesagt – getan. In der ersten Begeisterung war er die Treppe zu seinem Spielzimmer hinaufgestürmt und hatte eine lang vergessene Tube mit Druckerschwärze ausgegraben, die er für Linolschnitte gebraucht hatte, um anschließend Mrs. O'Callaghan und Mickey und sich selbst eine großzügig bemessene Schicht davon zur Abnahme der Fingerabdrücke auf die Hände zu schmieren. Da er nicht die notwendigen Apparaturen zur Bestimmung der Blutgruppe besaß, war er wieder zurückgeeilt, um für alle Fälle einen Greifzirkel zur Schädelmessung zu basteln.

Er fertigte ihn aus Sperrholz, sägte die Arme wie die Teile eines hölzernen Zirkels für die Schultafel aus und fügte sie mit einer Kupferniete zusammen.

Dann, ein paar Minuten vor den Neun-Uhr-Nachrichten der B.B.C., hastete er in die Küche hinunter, um Mickey und Mrs. O'Callaghan zu messen. Mickeys Schädelindex war sechzig, Mrs. O'Callaghans zweiundsechzig, und anschließend stürmte Mr. White in großer Form zum Radio ins Eßzimmer, knipste beim Hineineilen das Licht an und kam gerade noch rechtzeitig zu den Nachrichten.

Geraghty hatte draußen vor dem Fenster gewartet.

Er hatte sich, eine Beute abergläubischer Angst, in dem

von Mrs. O'Callaghan Rosy-Dendrums genannten Gebüsch versteckt. Von Mr. White hatte er eine B.S.A.-Magnum-Büchse geklaut – die dieser einst, ehe er zum Gegner blutiger Sportarten wurde, zur Jagd auf Wildgänse benutzt hatte – und in einem Laden in Cashelmor sieben Patronen irischer Herstellung gekauft, die keinen Firmennamen trugen. Erst heute morgen hatte Geraghty einen letzten Versuch gemacht, sich an seinem Herrn zu rächen, ohne ihn tatsächlich zu ermorden, indem er die Reifen seines Autos in der Garage mit einer Sense zerschnitt. Um dem Bild des englischen Kannibalen zu entsprechen, hätte Mr. White seinen Arbeiter hinauswerfen müssen, ihn mit einer Plage belegen, zur Auswanderung treiben oder zumindest der Garda Siochana übergeben müssen. Statt dessen hatte er ein unbegreifliches Schweigen über diese Sache bewahrt. Dies war der Grund für die abergläubische Angst, die den Meuchelmörder jetzt quälte, weil er nicht wußte, daß Mr. White sein Auto kaum noch benutzte und deshalb nichts von diesem Angriff auf seine Reifen ahnte.
Es gab in der Tat viel, was Pat fürchten mußte. Da waren die roten Flaschen, welche die Leute zum Erbrechen brachten, der buschige Bart, das Geheimnis der Arche, der Hausgeist (Brownie), die unglaubliche Verschlagenheit, mit der dieser Angelsachse die Leute einseifte, ohne sie überhaupt merken zu lassen, daß er sie übers Ohr gehauen hatte, das teuflische Geschick, mit dem er Lügen auftischte, die keiner erkennen konnte, das satanische Interesse an Ameisen und anderen Kreaturen, die nur existierten, damit vernünftige Personen sie zertrampelten. Am schlimmsten aber war das Auftreten von Mr. White selbst – zerzaust, enthusiastisch, ernst, energisch, von kindischer Wahrheitsliebe: offensichtlich ein teuflisches Gehabe.
Das Opfer stellte den Radioapparat an und ließ sich, den Greifzirkel fest umklammernd, auf einem Nelsonstuhl nieder.

Der hellrosa Lampenschirm zeichnete die Konturen seines Backenbartes, wild und zerfasert; das edle, intelligente Antlitz beugte sich vor und erinnerte fast an ein Löwenhaupt, während das Radio seine übliche Liste von Scheußlichkeiten hinausröhrte, die gegen die gelassene Festigkeit des weltumspannenden Geistes seines Zuhörers heulend anbrandete: Mr. White mit Greifzirkel und unbewegtem Gesicht, in Gedanken auf großer Fahrt . . .

Als Pat mit der B.S.A. aus einer Entfernung von vielleicht acht Metern auf diese feste Stirn zielte, durchzuckte plötzlich Mitleid sein Herz. Er erinnerte sich an die Freundlichkeit und Güte, die sein Herr ihm entgegengebracht hatte. Es kam ihm fast unanständig vor, aus einer Hecke heraus auf einen so arglosen, wehrlosen und gütigen Menschen zu schießen. Dieser fremdartige Gedanke ließ Pat sich seiner selbst schämen, doch er war nun einmal da. Er hatte beinahe Lust, den Hexenmeister am Leben zu lassen. Das Mordopfer interessierte sich inzwischen nur beiläufig für den Sturz von Kaiser- und Königreichen. So viele waren während seines Lebens untergegangen, soviel Mord und Totschlag war aus dem Äther an seinen Ohren vorbeigerauscht, daß sein Mitgefühl in dieser Hinsicht abgestumpft war. Die Frage des Schädelindex hingegen war neu. Ungeachtet der Nachrichtensendung begann er, seinen Schädel zu messen.

Pat Geraghty beobachtete ihn dabei in maßlosem Entsetzen. Seine Knie schlotterten, sein Mitleid war vergessen, und die Gewehrmündung beschrieb zittrige Kreise um Mr. Whites Kopf, während er sprachlos diesen kabbalistischen Vorgang beobachtete. Wie ein Blitz schoß ihm die Erkenntnis durch den Kopf, daß es so war, wie alle Nachbarn schon immer argwöhnten: Mr. White setzte seine Hörner auf.

Die Zirkelarme waren ungefähr fünfunddreißig Zentimeter lang und gegabelt wie der Zirkel eines technischen

Zeichners. Sicher, Mr. White hatte den Greifzirkel zuerst verkehrt herum angesetzt, aber man konnte sich darauf verlassen, daß er so etwas tat. Satan in Person, die Symbolgestalt aus dem Religionsunterricht in der Schule, der sich zu einer Reise durch die Luft zu wer weiß welchem Hexensabbat in den Mooren von Cashelmor rüstete, saß wie ein Schattenriß vor dem gleißenden Licht der elektrischen Lampe – doch eigenartig bedauernswert und einsam, wie Menschen wirken, die ihren einfachen Privatinteressen nachgehen und sich dabei unbeobachtet glauben. Mr. White stand auf und stellte das Radio aus. Er setzte sich wieder, suchte nach einem Bleistift, holte den Zollstock aus der Tasche, maß den Abstand zwischen den Spitzen seiner Hörner und machte eine Notiz. Dann klappte er sie in einer anderen Stellung an den Kopf, maß und notierte erneut. Indem er sich dann über den glänzenden Tisch beugte, begann er 98 durch 123 zu dividieren – seine Einheit war ein sechzehntel Zoll – und mit 100 zu multiplizieren. Ha, sagte er zu sich selbst, ich befinde mich gerade noch innerhalb der Grenze der Kurzköpfigkeit, und ich bin, obwohl von weißer Rasse, dunkelfarbig, doch meine Augen sind blau . . .

Das war zu viel für Geraghtys schwachen Verstand. Das Schreiben – ein Akt schwarzer Magie – brachte das Faß zum Überlaufen. Mit zitternden Fingern richtete er die Magnum aus, visierte fest das Ziel an – was ihm beim Schießen auf Rebhühner einen sicheren Treffer gebracht hätte – und drückte den Abzug.

Zum Glück für die Arche waren es irische Patronen.

Mr. White hörte das Klicken, blickte auf und spähte durch das nachtblaue Fenster. Dann, interessiert aber unbefriedigt, ging er zur Haustür und starrte nach draußen.

Pat probierte immer noch denselben Abzug, zu entsetzt, um es mit der anderen Patrone zu versuchen, die mit etwas Glück vielleicht funktioniert hätte.

»Ist da jemand?«
Die Gestalt in den Rosy-Dendrums schluchzte einmal.
»Oh, Sie sind das, Pat, nicht wahr? Waren Sie auf der Jagd? Kommen Sie herein und trinken Sie einen Schluck.«
Der Hexenmeister führte seinen Gefangenen ins Eßzimmer, identifizierte mit leichtem Mißfallen seine Magnum, war jedoch zu sehr an Kurzköpfigkeit interessiert, um der Sache nachzugehen. Er schenkte ein Glas Whisky ein und hielt heitere Reden.
Geraghty hörte verwirrt zu. Es ging um den Fir Bolg und den Tuatha De Danaan und ob jemand gelbes Haar oder einen runden oder einen langen Schädel hatte. Er wurde genötigt, sich auf den Stuhl zu setzen, von dem der Zauberdoktor gerade aufgestanden war; er bekam Whisky, den er trank wie ein sterbender Fisch; die Hörner wurden an seinen eigenen Kopf gelegt; er war sprachlos und verstand überhaupt nichts.
Als Mr. White ihn schließlich jovial lächelnd entließ, ihm auf die Schulter klopfte und versprach, selbst die Büchse zu reinigen, flitzte Pat davon ins Gebüsch wie ein kleiner Vogel, der mit rasendem Herzklopfen der Hand eines Menschen entkommen ist. Dort blieb er liegen, völlig geschafft, keuchend und das Glaubensbekenntnis herunterrasselnd. Als er sich ein wenig erholt hatte, warf er einen Blick zurück in das erleuchtete Fenster.
Der Angelsachse hatte sich wieder auf seinen Stuhl gesetzt. Teuflisch lächelnd drehte er den Kopf ein wenig zur Seite nach der Wand zwischen sich und seinem Meuchelmörder und legte, vor dem Licht der Lampe, die Hände zusammen, die Ellbogen dabei auf die Armlehnen seines Stuhls gestützt. Während Geraghty ihn beobachtete, kam erst ein Finger, dann noch einer hervor. Sie bewegten sich hin und her. Die Hände bewegten sich wie in Krämpfen, drehten sich um sich selbst, bogen und streckten sich mit den Handflächen nach oben, und die Daumen begannen auf

und nieder zu klappen. Der kleine Finger krümmte sich in einer unbeschreiblichen Drohgebärde. Schließlich streckte der Zeigefinger sich mit furchtbarer Zielstrebigkeit und deutete direkt auf das Herz seines Opfers.

Pat rannte um sein Leben.

Heulend und zähneklappernd zum allmächtigen Gott flehend, zur gebenedeiten Jungfrau Maria, zum Erzengel Michael, zu Johannes dem Täufer, den Aposteln Peter und Paul sowie sämtlichen anderen Heiligen und zu Pater Byrne, verschwand er in der Nacht.

Mr. White, der mit kindlichem Vergnügen mit den Händen Schattenbilder an die Wand warf, drehte sich ein wenig, um schärfere Konturen zu bekommen. Er war gut in Kaninchen – die schließlich jeder machen konnte –, und Krokodile mit offenem Rachen konnte er fast ohne größere Mühe bewerkstelligen. Mit beiden Händen gelang ihm sogar ein kollernder Truthahn, eine Kunst, die man erst erlernen mußte. Schwierig ist dabei nur, dachte er, das Auge bewegungslos zu halten, während man ihn kollern läßt.

Kapitel 15

Der zweite Schiffbauer kehrte nie wieder zur Arbeit zurück, so daß unser Held die Innenausstattung allein vervollständigen mußte. Die unerklärliche Abwesenheit seines Schützlings erfüllte ihn mit Sorge, und er sandte mehrere Botschaften an die taubstumme Schwester mit der Anfrage, ob er irgend etwas tun könnte. Alle Antworten besagten, daß Pat an doppelseitiger Lungenentzündung in beiden Fußknöcheln litte und am nächsten Morgen wieder zur Arbeit käme. Und auf der Türschwelle des Vordereingangs, wo man unter den Bienen im Oberlicht Spießruten laufen mußte, tauchten zweieinhalb Paar Socken und ein Keil auf.

Bis auf die Inneneinrichtung war die Arche komplett. Was noch getan werden mußte, überstieg nicht die Kräfte eines einzelnen Arbeiters.

Als erstes mußte der schwere Ballast in der Wölbung des umgedrehten Daches verstaut werden: Ballast, der aus den zerlegten landwirtschaftlichen Maschinen bestand, aus Pflug, Egge, Pferderechen, Grubber etc., sowie die Schmiedewerkzeuge mit einem Vorrat an Eisenstäben; in der Tat alles, was schwer war, auf der Reise nicht benötigt wurde und nicht so empfindlich war gegen Feuchtigkeit. Wahrscheinlich würde es in diesem Teil etwas Bilgenwasser geben, erklärte Mr. White, so daß hier nur die massiveren und widerstandsfähigeren Metallgegenstände untergebracht werden konnten.

In diesem Stadium begann er sich für einen Mähbinder zu begeistern. Zerlegt hätten sie Platz dafür, sagte er, die Maschine wäre für sie von unschätzbarem Wert, und er würde lernen, sie wieder zusammenzusetzen, auch wenn er dabei stürbe. Doch der springende Punkt war das Bindegarn. »Wir können nicht genügend Bindegarn mitnehmen, um die Maschine länger als ein oder zwei Jahre arbeiten zu lassen«, sagte er, »weil wir keinen Platz dafür haben, und ich weiß nicht, wie man ein Bindegarn macht – in der Neuen Welt, meine ich –, das die Belastung aushält.« Er hatte sich angewöhnt, von der »Neuen« Welt in Großbuchstaben zu denken wie der wackere Cortez. »Selbst wenn wir«, fuhr er fort, »genügend Bindegarn für zehn Jahre mitnähmen – was alles wäre, was wir verstauen könnten, wenn wir andere notwendige Dinge hinauswürfen –, wäre es noch eine unprofitable Investition. Wir müssen«, sagte er zu Mrs. O'Callaghan, mit dem Bleistift auf sie deutend, »für die *Nachwelt* planen. Verglichen mit der Zukunft, sind zehn Jahre ohne Bedeutung, und wir dürfen nicht auf Kosten des fernen Ziels selbstsüchtig an unsere vorübergehende Bequemlichkeit denken.«

»Ganz wie Sie denken, Mr. White«, erwiderte Mrs. O'Callaghan höflich.

»Dann werden wir mit Sensen ernten«, erklärte Mr. White. »Wenn unsere Kinder einen Mähbinder haben wollen, müssen sie sich eben einen nach der *Encyclopaedia Britannica* selber machen. Da fällt mir ein, ich muß die Pumpe so einsetzen, daß sie bis auf den Grund der Bilge reicht und alles so trocken wie möglich gehalten werden kann.«

»Mr. White«, sagte Mrs. O'Callaghan klagend, als argumentierte sie mit ihm über einen ungewöhnlich verzwickten Gegenstand, den sie auf sein Geheiß auf die Einkaufsliste setzen sollte, »Sie können *mir* doch nicht zumuten, welche zu kriegen, das wissen Sie doch.«

»Nein?«

»Kinder . . .«

»Ich weiß alles darüber, Mrs. O'Callaghan. *Wir müssen das dem Heiligen Willen Gottes überlassen.*«

»Aber Gott«, entgegnete Mrs. O'Callaghan, den Seitenhieb mit einem unschuldsvollen Lächeln einsteckend, »kann auch nichts tun, was *unmöglich* ist, Mr. White.«

»Gott«, sagte Mr. White mit frommem Augenaufschlag, *»ist nichts unmöglich.«*

Dieser Einwand gestattete ihm, zum Thema Ernte zurückzukehren, das nach einer ersten Entscheidung, Sensen zu benutzen, noch nicht erschöpft war.

»Wenn wir aber doch einen Mähbinder mitnähmen«, erklärte er, »könnte ich sicher den Mechanismus, der den Knoten bindet, in einem Stück abmontieren. Er würde nicht mehr Platz einnehmen als ein Wassereimer, und das wär's dann. Was wir wirklich brauchen, wäre natürlich ein Mähdrescher, falls es die geringste Hoffnung gäbe, in diesem verfluchten Land einen aufzutreiben, aber das ist nicht der Fall. Wir brauchten ein fürstliches Vermögen dafür.« Dabei blickte Mr. White anklagend Mrs. O'Callaghan an, die sich immer noch weigerte, die Farm zu verkaufen.

Sie weigerte sich jedoch nicht ausdrücklich dagegen; sie stimmte sogar häufig zu; aber sie unternahm auch keinerlei Schritte zum Verkauf. Mickeys Tante war in zahlreichen Scharmützeln hinweggefegt worden, und es hatte eine gewaltige Zangenbewegung zum Thema der Unfehlbarkeit von Erzengeln gegeben, was dann natürlich zur Unfehlbarkeit des Papstes hinführte. Hier befand sich Mrs. O'Callaghan auf sicherem Boden, denn sie konnte mit unbeugsamer Logik erklären, daß der Erzengel Michael nicht der Papst sei.

»Wenn wir«, sagte Mr. White bitter, »etwas mehr Geld hätten, könnten wir einen Mähdrescher zu kaufen versuchen, was er auch kosten mag. Aber es liegen schon so viele andere Lasten auf meiner Brieftasche, die weiß Gott nicht unerschöpflich ist, so daß wir uns ohne einen begnügen müssen. Ich werde Francey bitten, uns seinen alten Mähbinder zu verkaufen – er muß zumindest aus vierter

Hand stammen –, und das Dreschen müssen wir eben mit Flegeln besorgen. Erinnern Sie mich daran, daß ich noch ein paar Aalhäute für die Gelenkverbindungen beschaffe. Und für den Mähdrescher hätten wir übrigens auch Dieselöl gebraucht.«

Damit war beschlossen, den Maschinen im Laderaum einen Mähbinder hinzuzufügen, womit sich hier folgender Inhalt ergab: ein Pflug, zwei Eggen, ein Grubber, eine Mähmaschine, der Mähbinder, eine Walze sowie die Räder und Metallteile eines Blockwagens. Dazu kamen die Schmiedewerkzeuge, die Eisenstäbe, einige Karrenräder und diverse andere Metallgegenstände.

Sie wurden hineingetragen.

Als der Kielraum gefüllt war, und er enthielt viele weitere Materialien wie Nägel, Forken, Spaten, Schaufeln, Schrauben, Zentrifuge, Butterfaß etc., wurde diese Mulde des umgekehrten Daches gedeckt. Das heißt, über den Halbzylinder des Daches, jetzt Kielraum, wurde ein regelrechter Fußboden aus Dielen mit Nut und Feder eingezogen, die sich in der Neuen Welt als nützlich erweisen sollten. In diesen Boden wurde ein Loch gebohrt, um das Rohr der Lenzpumpe bis in die Bilge zu leiten, aber von diesem Loch abgesehen, hatte die Arche jetzt einen ebenen Holzfußboden wie eine Tanzdiele anstatt des trogförmigen Bodens, wie man ihn bislang zu sehen bekommen hatte.

Er brauchte nicht lange dafür. Mr. White hatte herausgefunden, als er vor einigen Jahren einen neuen Fußboden in seinem Spielzimmer legte, daß Nut und Feder einer Nut-und-Feder-Diele eine Ober- und eine Unterseite haben, und wenn man dies erst einmal entdeckt hat, dauert es nicht lange, einen Fußboden zu legen.

Als nächstes mußte der Raum zur Unterbringung der Tiere abgeteilt werden.

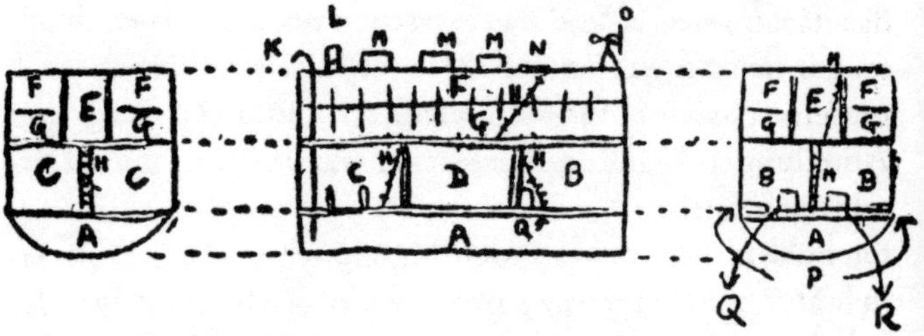

A = Landwirtschaftliche Maschinen und Eisenwaren	K = Lenzpumpe
B = Menschen	L = Bienenkörbe
C = Großtiere	M = Trinkwasserreserve
D = Korn und Trinkwasser	N = Falltür
E = Durchgang	O = Windlichtmaschine
F = Kleintiere	P = Schlafkojen
G = Vorratslager	Q = Elektroherd
H = Leitern	R = Kühlschrank

Das bedeutete, daß die Arche in drei Decks unterteilt werden mußte, den Kielraum eingeschlossen. Das Deck über dem Kielraum enthielt drei Hauptabteilungen, von denen die hintere wiederum durch einen schmalen Mittelgang getrennt war, zu dessen beiden Seiten sich die Ställe für die Großtiere befanden: Stute, Kuh, Sau und Ferkel, Hengstfohlen und Bullenkalb, Ziege und Böcklein, Eselin und Eselhengstfohlen. Die mittlere Abteilung, welche die ganze Breite der Arche ausfüllte, war für Säcke mit Getreide, Grassamen, Mehl und so weiter. Außerdem enthielt sie die Fässer mit Trinkwasser (Teerfässer), außer der Reserve für Notfälle; diese Fässer waren wie die Bienenkörbe auf dem Oberdeck festgezurrt. Die vordere Abteilung war für die Menschen vorgesehen und sollte den Elektroherd, den Kühlschrank, die Schlafkojen und die während der Reise benötigte Ausrüstung aufnehmen – inklusive des Reiseproviants, der Notwerkzeuge und der Dinge, die einem erst in letzter Minute einfielen. Zwischen diesen drei Abteilungen gab es keine direkte Verbindung. Eine Leiter führte von der Kabine für die Menschen auf das darüberliegende Deck, von welchem eine weitere Leiter zu den Ställen herabging. Der Getreidebunker hatte nur eine Falltür im Deck darüber. Das Deck über den drei Abteilungen wurde auf der ganzen Länge von einem Mittelgang unterbrochen, während der Raum auf beiden Seiten noch einmal in der Höhe zur Hälfte und wie ein Regal in lauter große Fächer unterteilt war: die untere Hälfte für Vorräte wie die Ersatzwindmaschine, diverses Saatgut, die empfindlicheren Maschinen oder Geräte und Werkzeuge, die Medikamente, das Bindegarn und praktisch alle Notwendigkeiten, die nicht unter Eisenwaren fielen; die obere Hälfte für Verschläge mit einer Auswahl von Füchsen, Kaninchen, kleinen Vögeln und verschiedenem anderem Getier, das für die Zukunft notwendig zu sein schien. Von dem Gang in diesem Deck führte eine dritte Leiter zu der Falltür im Wellblechdach, und auf diesem Dach oder Oberdeck befanden sich die 5×5 cm starken Vierkanthölzer, an denen die Bienenkörbe, die Reservewasserfässer, die Windlichtmaschine und die Lenzpumpe festgemacht werden sollten. Alle Gänge und Abteilungen waren bemerkenswert niedrig.

Es brauchte mehr als einen Tag, all diese Dinge zu verwirklichen.

Die Stützen und Streben bestanden aus 7,5×7,5 cm starken Hölzern, die Dachsparren maßen 7,5×2,5 cm, und das Gerüst der Fächer im Deck unter dem »Dach« war aus den Vierkanthölzern 5×5 cm gezimmert. Zwischen jedem Deck war ein Nut-und-Feder-Dielenboden, zwei insgesamt, das Oberdeck nicht gerechnet, das natürlich aus verzinktem Blech bestand.

Jedenfalls war es eine unkomplizierte Arbeit, die von einer Person ausgeführt werden konnte.

Die Enden der Tragebalken mußten mit den eisernen Stützpfeilern verbunden werden, und dies war die einzige wirkliche Schwierigkeit, da diese Stützpfeiler nicht mehr mit Handleier und Planke für die Schrauben durchbohrt werden konnten, wie sie das zuvor gemacht hatten. Hinter jedem Stützpfeiler befand sich jetzt eine Blechwand, so daß man die Bohrleier zum seitlichen Durchbohren der Stützpfeiler nicht mehr drehen konnte. Doch Mr. White löste dies Problem, indem er einen Ratschenbohrer kaufte, wie er ihn schon immer hatte haben wollen, und den er gewiß in der Neuen Welt würde gut brauchen können. Inzwischen hatte es zu regnen begonnen.

Zu Anfang regnete es so wie immer in Burkestown, so daß kaum jemand bemerkte, daß es stärker als sonst weiter regnete. Langsam, stetig, ununterbrochen und ohne besondere Dramatik regnete es auf die verdorbene Ernte und auf das elende Vieh, das mit gesenkten Köpfen, den Rücken der Nässe zugekehrt dastand und kaum mit den Schwänzen zuckte. Ab und zu schüttelte sich eines der unternehmungslustigeren Tiere und sandte einen Schleier winziger Tröpfchen in die Luft. Glücklicherweise war die Arche inzwischen mit verzinktem Wellblech gedeckt, weil sie sonst vollgelaufen wäre.

Mrs. O'Callaghan sagte: »Der Mond hatte einen Schleier.« Mickey sagte: »Dieser verdammte Ould Moore.«

Mickey und Mrs. O'Callaghan glaubten nämlich beide, daß eine gewisse Person, genannt Old Moore, der alte Mohr, privaten Zugang zum Heiligen Willen Gottes in bezug auf das Wetter hätte, und sie konsultierten stets seine Veröffentlichungen zu diesem Thema, wenn es auf die Heuernte zuging. Mickey glaubte jedoch nicht nur, daß Old Moore das Wetter für das nächste Jahr Tag für Tag voraussagen könnte, er glaubte auch, daß er Macht über das Wetter hätte und es demgemäß machte. Wenn also ein besonders schlimmer Wettereinbruch kam, während Mickey vorgab, Kartoffeln zu graben, pflegte er seine Forke mit großem Abscheu in die Erde zu bohren und auszurufen: »Dieser verdammte Ould Moore!«

»Ach ja«, sagte Mr. White bei dem Gedanken daran, »wir müssen auch ein paar Säcke Saatkartoffeln mitnehmen. Wie ich gehört habe, fördert eine Kartoffeldiät die Fruchtbarkeit. Zumindest behaupten sie das im Zoo von Dublin.«

Der Regen plätscherte gegen die Fensterscheiben des Spielzimmers, rann und floß am Küchenfenster hinunter und plätscherte auch auf die verzinkte Arche. Er trommelte nicht auf das Blechverdeck, weil das nicht dem Wesen von Burkestown entsprochen hätte. Alles passierte hier heimlich und im verborgenen. Er seufzte und murmelte und rauschte leise, ununterbrochen, an sonnenlosen Tagen und in mondlosen Nächten auf die Arche herab. Die Brühe des Misthaufens bildete einen großen See aus trübem, kokosnußbraunem Elend; die Buchen zeigten dunkle Flecken in der Rinde, wo sich die Nässe staute; die Wände des Farmhauses saugten die Feuchtigkeit auf wie Löschpapier und gaben sie in Form von Stockflecken an die diversen Bilder des Herzens Jesu weiter.

Kapitel 16

Mr. White, der jetzt seine Abende mit Schreiben an Kew Gardens und ähnliche Institutionen verbrachte und an den Vormittagen Bücher über Navigation nach dem Sternenhimmel oder über das Impfen oder was die Post sonst brachte auspackte, saß neben dem Küchenherd.

Mickey, der die meisten Tage damit ausfüllte, zur Bahnstation von Cashelmor zu fahren, für den Fall, daß irgendwelche Güterzüge bis zu diesem dreißig Meilen von Dublin entfernten Außenposten vorgedrungen sein sollten und eine neue Ladung Mikroskope oder Glasretorten für das Unternehmen mitgebracht hätten, saß auf der anderen Seite der Feuerstelle und wärmte seine dampfenden Hühneraugen.

Brownie machte auf Seelenschmerz und verbrachte die Abende unter einem Stuhl, um den Sitz von unten zu betrachten.

Mrs. O'Callaghan saß kerzengerade am Küchentisch, bereit, sich jederzeit dem Heiligen Willen Gottes zu stellen.

»Eine Waschmaschine!« rief Mr. White pathetisch aus. »Wenn Sie die Farm verkauften, könnten wir eine einfach wunderbare Windlichtmaschine kaufen, die eine Waschmaschine für sie antreiben würde, Mrs. O'Callaghan! Sie müßten nur die Wäsche mit etwas Seife hineinwerfen – dabei fällt mir ein, was machen wir eigentlich mit der Seife? –, drehen einen Schalter, und im Handumdrehen ist Ihre Wäsche fertig!«

Wäschewaschen war zu anderer Zeit ein heikles Thema zwischen ihnen, denn wenn sie seine Socken wusch, brachte sie es wunderbarerweise immer wieder fertig, die Füße beim ersten Versuch so weit einlaufen zu lassen, daß

sie kaum mehr fünf Zentimeter maßen. Er hatte ihr sorgfältig erklärt, daß sie (1) kein kochendes Wasser nehmen dürfe, (2) nicht zu fest rubbeln dürfe, (3) Lux dazu nehmen müsse und (4) niemals anderes als Regenwasser verwenden dürfe. Mrs. O'Callaghan stimmte allem zu, aber es sei Mickeys Schuld, der den Eimer verloren hätte.
»Und Sie könnten ein Bügeleisen haben, ein elektrisches Bügeleisen, das immer sofort heiß wird!«
»Was wird Ihnen nur als nächstes einfallen?« bemerkte Mrs. O'Callaghan.
»All diese Dinge könnten wir haben, wenn wir das Geld hätten.«
»Mickeys Tante . . .«
»Oh, zum Teufel mit Mickeys Tante!« schrie Mr. White, um sich sogleich hastig zu Mickey hinüberzubeugen und hinzuzufügen: »Gott hab sie selig.«
Es war eine Eigenart von Mrs. O'Callaghans Argumentation, daß sie nicht dort wiederbegann, wo sie den Faden hatte fallenlassen. Sie war ein Generalissimus, der seine gefallenen Soldaten nur für den Augenblick als tot betrachtete. Für die nächste Auseinandersetzung betrachtete sie sie wieder als lebendig, und wenn eine spezielle Auseinandersetzung längere Zeit in Anspruch genommen hatte, war sie fähig, die Gefallenen schon nach einer halben Stunde oder so auferstehen zu lassen, um sie in derselben Schlacht erneut einzusetzen. Nachdem Mr. White also die Bastion der Tante überrannt, den Papst in einem heißen Gefecht von der Flanke her aufgerieben, die Fehlbarkeit von Erzengeln durchstoßen hatte und bereits in Sicht der letzten Redoute war, mußte er plötzlich feststellen, daß die Tante sich wieder erhoben hatte und ihm in den Rücken fiel. Diese Auseinandersetzungen verliefen stets im Kreise, so wie auch ein großer Teil von Mrs. O'Callaghans Leben im Kreis verlief.
Mickey wurde nicht nach seiner Meinung zum Verkauf

seiner eigenen Farm gefragt, weil er einfach keine hatte. Er wußte schon seit langem, daß man, im Besitz einer Meinung, gewöhnlich für deren Umsetzung in die Praxis arbeiten mußte.

»Schauen Sie«, sagte Mr. White, »entweder wird es eine Sintflut geben, oder es wird keine geben. Habe ich recht?«

»Das könnte sein«, antwortete Mrs. O'Callaghan.

»Wenn es nun keine Sintflut geben soll, warum haben Sie mich dann den Heuschuppen abreißen lassen?«

»Oh, natürlich konnten Sie ihn jederzeit gern abreißen, Mr. White. Wir wissen doch, daß ein Gentleman mit einem Kopf wie Sie ihn . . .«

»Ja, ja, ja. Lassen Sie einmal meinen Kopf aus dem Spiel. Der springende Punkt ist doch, daß es eine Flut geben wird oder auch nicht. Wenn es also keine geben wird, war es lächerlich, den Schuppen abzureißen, und wenn es eine geben wird, ist es lächerlich, die Farm nicht zu verkaufen. Ist dies richtig?«

»Ist es?«

»Ist was?« fragte Mr. White verblüfft.

»Nun, was Sie gerade sagen wollten.«

»Mrs. O'Callaghan, was ich Ihnen gerade erklären möchte . . .«

Ein zögernder Ausdruck trat plötzlich in sein Gesicht, als hätte er ein fernes Geräusch vernommen.

»Zucker!« schrie er auf. »Wie werden wir uns mit Zucker versorgen? Wir werden Zuckerrüben anbauen, wenn das Klima nicht für Zuckerrohr geeignet ist, aber ich glaube das Raffinieren ist schwierig . . . Ich muß herausfinden, ob man den Sirup durch Leder filtern kann. Wie nennt man diesen Prozeß?«

»Könnte es Gerben sein?«

»Nein, nein. Er hat einen wissenschaftlichen Namen. Verschiedene Säuren und Stoffe passieren Leder mit verschiedener Geschwindigkeit, so daß man es wie einen Filter benutzen kann, um sie zu trennen. Doch wir sprachen gerade über den Verkauf der Farm.«

»Aber Mister White, Sie müssen bedenken, daß die Farm für Mickey sein *Lebensunterhalt* ist.«

»Die Sintflut . . .«

»O Gott!« fügte er hinzu, »sind wir schon wieder bei der Sintflut gelandet? Sehen Sie denn nicht ein, daß Mickey, wenn das Wasser die Farm hinwegschwemmt, ohnehin nicht mehr von ihr leben kann?«

»Vielleicht«, sagte Mrs. O'Callaghan zuversichtlich, »wird sie ja gar nicht hinweggeschwemmt.«

»Selbst wenn das nicht . . .«

Er merkte, daß er Boden zu verlieren begann. Hastig fuhr er sich mit der Hand durch die Haare und klammerte sich am Küchentisch fest, als gelte es, sich gegen eine starke Strömung zu halten.

»Wenn . . .«, begann er schwach.

»Außerdem«, erklärte Mrs. O'Callaghan, »müssen Sie sich selbst einmal fragen, wieso Mickey einer Sintflut zu Gefallen seine Farm verkaufen soll, wenn Sie sich trotz allem nicht verheiraten wollen.«

Er starrte finster eine Zeitlang auf den Küchentisch. Dann stand er auf und trat an den Herd, fuhr sich mit der Hand unter den Bart, um die Krawatte geradezurücken, stellte jedoch fest, daß da gar keine war. Er sagte: »Wir werden dies jetzt ein für allemal erledigen.« Er blieb vor dem Herd stehen, knöpfte seine Weste zu, schluckte nervös und räusperte sich.

»Bitte . . .« begann Mr. White. »Nein, ich sollte lieber anders anfangen.«

»Wenn«, begann er erneut, »der Erzengel möchte, daß ich heirate, würde er dann bitte durch den Kamin herunterkommen und es mir sagen?«

»Bitte«, fügte er, den Mut verlierend, hinzu.

Eine unangenehme Pause trat ein.

»Da haben Sie's. Er ist nicht gekommen. Werden Sie sich jetzt bereit erklären, die Farm zu verkaufen?«

»Na, so etwas!« rief Mrs. O'Callaghan aus, überwältigt von diesem Einfall.

Mickey schlug plötzlich vor: »Fragen Sie sie.«

»Was soll ich fragen?«

»Was Sie vorhin gefragt haben. Ob wir die Farm verkaufen sollen.«

»Den Erzengel?«

»Sie wird's wissen«, sagte Mickey. »Warum sollte sie nicht?«

»Nun, ja . . .«

»Na los«, sagte Mrs. O'Callaghan. »Fragen Sie schon.«

»Ich meine, Sie sollten fragen, Mrs. O'Callaghan. Schließlich ist es ja Ihre Farm.«

»Vorhin haben Sie auch gefragt.«

»Also gut«, sagte Mr. White. »Allerdings, wenn er nicht antwortet, könnte das andere Gründe haben. Zum Beispiel . . .«

»Mickey und ich werden den Rosenkranz beten, während Sie mit ihr reden.«

»Nein, tun Sie das nicht. Das wäre unpassend. Gibt es nicht eine Litanei des Heiligen Michael, die Sie aufsagen könnten?«

»Das müßten doch Sie wissen, Mister White.«

»Das heißt also, daß Sie sie nicht kennen. Trotzdem, ich bin sicher, daß es eine gibt. (Dabei fällt mir ein, das Wort heißt wahrscheinlich Osmose.) Aber da Sie sie nicht kennen, hat das auch keinen Zweck. Sie könnten nicht einfach im stillen beten?«

»Mickey würde da nicht mitmachen. Er würde nur so tun als ob, ohne ein Wort zu denken.«

»Ich weiß nicht«, meinte Mr. White mürrisch, »warum wir überhaupt beten müssen. Ich habe beim ersten Mal auch nicht gebetet. Also gut, wenn Sie denn müssen, sprechen Sie einfach das Confiteor. Das ist auch für Michael geeignet.«

Mrs. O'Callghan und Mickey sanken auf die Knie, den Rücken dem Küchenherd zugewandt, die Ellbogen auf ihre Stuhlsitze gestützt, und machten sich ans Werk. Mr. White fragte.

Es kam keine Antwort.

Später, während sie über dieses Mysterium diskutierten, meinte Mrs. O'Callaghan anklagend: »Warum mußte sie wegen einer Arche ausgerechnet zu uns kommen? Es gibt doch andere, zu denen sie hätte gehen können, hab' ich nicht recht?«

Kapitel 17

Im geschützten Innern ließ es sich gemütlich arbeiten. Das ständige Summen des Regens draußen überhörte man mit der Zeit, vergaß es wie das Geräusch einer Mühle, oder als ob man in einer Trommel mit konstanter Tonhöhe arbeitete, und Mr. White summte ebenfalls vor sich hin, unmelodisch, wie jemand, der dabei an etwas anderes denkt. »In Bangor gibt es drei liebliche Mädchen«, summte er etwa, während er den Anschlagwinkel an das Ende einer 5×5-Leiste legte, um den Ausschnitt für eine Schwalbenschwanznut zu messen. »Mädchen«, wiederholte er fünf Minuten später, sich abwesend nach seinem Bleistift umsehend. »Mädchen«, während er den Bleistift auf dem Griff einer Säge balancierend entdeckte. *»Mädchen«*, während er *con brio* den letzten Strich zog. Dann, nachdem er ein Stück in dieser, ein Stück in jener Richtung gesägt hatte, unterbrochen von mehreren Pausen, um sicher zu sein, nicht zu weit zu sägen: »In Bangor gibt es drei liebliche Mädchen.«

Ein Vergleich zwischen Feder und Nut der Schwalbenschwanzverbindung, eine lange Suche nach dem Bleistift – den er manchmal in den Bart zu stecken pflegte wie ein Sekretär den seinen hinters Ohr, um ihn sogleich zu vergessen –, zwei oder drei schwungvolle Züge mit der Säge, ein liebevoller Daumenstrich über die rauhe Kante, und zum Schluß:

»In Bangor gibt es drei liebliche Mädchen,
Doch die schönste von allen bin ich.«

Hier fiel er gewöhnlich in ein tiefes, brummelndes *da capo*, das ungefähr drei Stunden zu dauern pflegte, schließlich mit einem: »Zum Teufel mit dieser Melodie!« endete und

überging in ein »*Ta-ra-rum* – tiddel-*dum*-pom. *Ta-ra-rum* – tiddel-*dum*-pom. Tiddel-diddel-dum-*pom-pom.*« Der *Ta-ra*-Teil sollte die gewöhnlich Purcell zugeschriebene Trompetenimprovisation sein. Ein anderes Lieblingsstück von ihm lautete: Ti-Ri, Ri-Ri-Ri, Ti-Ri-Ri, Ti-Ri-Ri, Ti-Ri-Ri, Ti-Ri-Ri, Ti-Ri. *(Jesu, Joy of Man's Desiring.)*
Außerhalb der Arche war es weniger gemütlich. Mickey schlurfte hin und her über den weitgehend unter Wasser stehenden Hof und brachte den diversen Kühen, die an Krämpfen und anderen für das Melksystem von Burkestown bezeichnenden Qualen litten, erste Hilfe.
Der Regen war phänomenal. Die Bauern, selbst die tüchtigen, verloren ihre Ernten. Es war zu naß zum Pflügen. Die Männer hatten nichts zu tun, wurden zunächst für Reparaturarbeiten eingesetzt, doch schließlich waren auch die erledigt, und sie mußten trotzdem weiter bezahlt werden. Der Slane stieg. Gewöhnlich trat er um Weihnachten herum zum erstenmal über die Ufer und schwemmte die Heuhaufen weg, die Mickey zu lange auf der Slane Meadow hatte stehenlassen. Aber diesmal stieg er und blieb dabei. Zuerst sagten der Briefträger und andere begeisterte Angler, es würde ein hervorragendes Jahr für die Fische werden. Später begannen sie sich zu fragen, wie sie überhaupt noch an das Flußbett herankommen sollten. Mickeys und die Heuhaufen besserer Bauern wirbelten bis nach Cashelmor und weiter flußabwärts. Tote Tiere wurden hinuntergetrieben, unvorsichtige Geschöpfe, die einen falschen Tritt gemacht hatten. Die Buslinie, die nahe an Burkestown vorbeiführte, wurde eingestellt.
Natürlich gab es böses Blut gegen Mr. White.
Er hätte gut lachen, sagten sie, trockenen Fußes in seiner Arche herumwursteln zu können, nachdem er den Nachbarn Unannehmlichkeiten gebracht hatte. Er sei ein Gintleman, sagte sie, und natürlich mache er sich keine Sorgen

um den Ärger, den er anderen bereite. Aber er solle daran denken, daß auch sie für ihren Lebensunterhalt zu arbeiten hätten, was für böse Streiche er sich auch ausdenken mochte.

Etliche entschlossene Versuche, das Seefahrzeug niederzubrennen, wurden durch dessen Metall-Konstruktion vereitelt. Eine regelrechte Kanonade von nassen Ziegelsteinen und bemosten Feldsteinen flog nach Einbruch der Dunkelheit durch die Fenster von Burkestown. Mr. White, von Natur aus eher ängstlich, begann sich in diesem Stadium zufällig für Wurfgeschosse zu interessieren und rannte deshalb nach jedem ungewöhnlichen Wurf in die Dunkelheit hinaus, weil er hoffte, den Angreifer zu fassen und seine Armknochen messen zu können. Das schüchterte die Rebellen ein und rettete den Hof vor ernsthafter Beschädigung. Er erklärte Mrs. O'Callaghan, daß ein mit der Geschwindigkeit v im Winkel von α zur Horizontalen abgefeuertes Geschoß eine Reichweite von $\frac{v^2 \sin 2\alpha}{G}$ hätte, wenn G die Verlangsamung infolge der Erdanziehung wäre.

Abgesehen von dem verständlichen Groll der Eingeborenen, daß man sie einer Flut aussetzte, gab es da noch die naturgegebenen Unannehmlichkeiten der Flut selbst. Es ist eine merkwürdige Tatsache, daß die Menschen, obgleich sie sich als die allmächtigen Herren der Schöpfung betrachten, in Wirklichkeit vergleichsweise schwach und machtlos sind, wenn sie sich gegen die Kräfte der Natur gestellt sehen. Es hat Erdbeben gegeben, die in wenigen Sekunden den Tod von fast so vielen Menschen verschuldet haben, wozu ein Politiker ein ganzes Leben braucht. So gesehen, belasteten die massiven Fakten der Slane-Überschwemmung die Annehmlichkeiten des Lebens auf Burkestown stärker als die Ziegelsteine, die durch die Fenster kamen.

Das nasse Heu auf den Flußwiesen wurde in großen Haufen davongeschwemmt, wodurch dem örtlichen Vieh ein großer Teil des Winterfutters verlorenging. Die Verbindung zwischen Cashelmor und Lenahan's Mill wurde vom Wasser unterbrochen, so daß Pater Byrne nicht mehr die Sonntagsmesse in der Tochterkirche in Lenahan's Mill halten konnte, womit, abgesehen von jenen, die unter das Gesetz der unvorsätzlichen Sünde fielen, alle Nachbarn von Burkestown zur ewigen Verdammnis verurteilt waren. Im ganzen Bezirk geriet die Feldarbeit durcheinander, weil niemand pflügen und viele die Vorjahrsernte nicht dreschen konnten, da die Dreschmaschine nicht durch den Morast kam. Außerdem förderten die nassen Wiesen, die nicht voll unter Wasser standen, die rasche Vermehrung jener Schnecken, die als Wirtstiere des Leberegels dienen, so daß die Sterblichkeitsrate der Schafe anwuchs.

Das Wasser hob sich stufenweise. Brachvögel, Pfeifenten, Krickenten, ein paar Stockenten und vereinzelte Löffelenten paddelten und schnatterten auf morgengroßen überfluteten Flächen umher, die sich fast zu langsam ausdehnten, um vom Auge bemerkt zu werden. Erst wurde der Zugang zu einer, dann zur nächsten Brücke abgeschnitten. Während der Winter fortschritt und die letzten braunen Schmutzreste des Herbstes fortschwemmte und während die schneidenden Messer des Frostes die Nieren angriffen, hörte man den Schrei der Wildgänse über dem wachsenden Marschland und sogar die bellenden Laute von Bewick's-Schwänen, die wie das Kläffen kleiner Hunde durch Taschentücher hindurch klangen.

Der Slane erreichte seine übliche Höhe auf der Slane Meadow, überschwemmte sie und ergoß sich über Back Of Kelly's. Er bahnte sich den Weg entlang den Straßengräben, die jetzt rückwärts liefen, floß in die Avenue und in die Lawn, bis es um den Kiel der Arche gurgelte. Er mischte sich mit den braunen Ausflüssen des Misthaufens und schloß Burkestown auf drei Seiten ein. Er breitete sich aus und plätscherte mit kleinen, spitzgekämmten Wellen wie auf dem Gemälde einer Seeschlacht gegen die Holländer aus dem siebzehnten Jahrhundert.

Das Wasser schwappte schon gegen die Wohnzimmerwand – Mrs. O'Callaghan legte die Photos verstorbener Priester mit dem Gesicht nach unten, um sie vor der Feuchtigkeit zu schützen –, als der Frost kam und danach der Schnee.

Die Familie lag in den Betten, als die Welt sich weiß zu färben begann.

Das Schlafzimmer der O'Callaghans war hoch, finster und in langsamer Auflösung begriffen. Ziegel waren aus dem Kamin gefallen, nachdem Mickey versucht hatte, den Schornstein zu fegen, und ein eisiger Zugwind wie aus einer Gruft wirbelte rund um das zum Schutz davor gebreitete Wachstuch, das durch den Kontakt mit der schwammigen, sich abschälenden Tapete schon ganz naß war. Es gab verschiedene Bilder von Jesus Christus und anderen, runzelig von Feuchtigkeit, und in der Ecke stand eine neunzig Zentimeter hohe, gespenstische Figur der Jungfrau Maria aus Gips. Sie war gespenstisch, weil Mrs. O'Callaghan sich bei einer der seltenen Gelegenheiten, da sie Frühjahrshausputz machte, in den Kopf gesetzt hatte, sie einmal gründlich sauber zu schrubben, und dabei war die Farbe abgegangen. Auch der größte Teil der linken Wange hatte sich dabei aufgelöst, so daß die Jungfrau jetzt in ihrer dunklen Ecke hockte, kalkweiß, leprös und langsam zerbröckelnd.

Die O'Callaghans lagen im Bett, Rücken an Rücken, unter einer unzureichenden Bettdecke, und Mickey schnarchte. Seine Nase machte daraus ein gewaltiges Getöse. Mrs. O'Callaghan war wach. Ihr Magen machte ihr zu schaffen. Sie lag da mit geschlossenen Augen, ihr Gebiß auf dem Nachttisch neben der Schale mit Weihwasser, das sie für

Notfälle am Bett stehen hatte, wie ein Gangster sein Schießeisen unter dem Kopfkissen parat hat, und dachte über die allgemeine Lage nach. Sie dachte jedoch nicht über die Arche oder die Sintflut oder den Erzengel nach, denn dies waren Themen, die sie mit Vorliebe so weit wie möglich aus ihren Gedanken verbannte. Es schien ihr sicherer, dies Mr. White zu überlassen. Aber sie dachte über alles andere nach.

Übrigens war es charakteristisch für Mrs. O'Callaghans Denkweise, daß sie zwar immer nur über *eine* Sache, und auch über diese nicht sehr tiefschürfend nachdenken konnte, jedoch einen sehr lebhaften Geist besaß, und ständig an mehrere Dinge gleichzeitig denken mußte, weshalb sie so häufig ganz schön in die Bredouille geriet. Deshalb röstete sie Kleidungsstücke und hängte Laken zum Trocknen und vergaß sie, bis sie naßgeregnet waren, und deshalb breitete sie die Daunendecke zum Lüften über den Gartenzaun und vergaß sie, bis die Kühe sie gefressen hatten. Auf diese Weise hatte sie drei Daunendecken am selben Zaun verloren. Ihr Verstand glich dem eines Eichhornchens. Geschäftig wie das Eichhörnchen seine Nahrungsvorräte, verscharrte sie ihre Geistesvorräte und vergaß, wo sie sie verscharrt hatte. Sie tat dies aber nicht nur mit Gedanken, sondern auch mit realen Dingen. Wenn man in den verschiedenen Geheimverstecken von Burkestown nach Schlüsseln, Korkenziehern, Dosenöffnern oder dem Stammbaum des Bullen suchte, fand man gewöhnlich eine halbe Sardine in einem Zahnputzglas, die übriggeblieben war, als Mrs. James aus Ecclestown sie 1939 zum Tee besucht hatte, oder einen ungewaschenen Einlaufschlauch, der zum letzten Mal im Jahre 1918 benutzt worden war, um einer sterbenen Kuh ein Klistier zu verpassen, oder eine zu Leichenwachs geschrumpfte tote Maus, die man rasch versteckt hatte, als Pater Byrne 1924 zu einem Stationsgottesdienst eintraf. In Augenblikken der Erregung sagte Mr. White manchmal, daß sie selber wie eine Maus sei, aber weniger intelligent. Er schloß dies aus der Tatsache, daß Mrs. O'Callaghan sich, wenn sie eine Mausefalle aufstellte, regelmäßig selbst darin fing. Heilige Maria voller Gnaden, dachte Mrs. O'Callaghan, ich muß morgen unbedingt diese Socken stopfen, sind ja 'ne Schande, der Herr sei mit dir, es ist nich' meine Schuld, Mr. White, ich hab' Philomena ja gesagt, sie soll kein Reisig auflegen, gebenedeit seist du unter den Weibern, daß es die Kartoffeln gefressen hat, und gesegnet die Frucht deines Leibes, Jeesus! aber wenn die Miete und die Raten nun nochmal neunzig ausmachen! Heilige Maria Mutter Gottes, ich bin ja nur eine Sklavin, bete für uns jetzt, gewiß, die Sonne ist heute früh aufgegangen, und bis zur Stunde unseres Todes, amen.

Ihr Mieter auf der anderen Seite des Treppenabsatzes lag ebenfalls wach. Sein Schlafzimmer, das beste auf Burkestown, war 4,50 Meter hoch, verhältnismäßig groß und nach Nordosten ausgerichtet. Es hatte tatsächlich die gleichen Ausmaße wie das darunterliegende Wohnzimmer, war aber als Schlafzimmer nicht so ausschweifend möbliert. Es hingen nur drei große Bilder darin: auf dem einen gab ein sechzehnjähriger Engel Jesus Christus im Garten Gethsemane zu trinken, auf dem anderen zeigte Jesus Christus in Erinnerung an Mickeys Tante auf Sein Heiliges Herz, auf dem dritten war die Heilige Theresa mit ihrem Rosenbeet, und das vierte war eine Art Stilleben mit einem Pokal, einer Kerze, verschiedenen Blumen und Schriftrollen zur Erinnerung an Mrs. O'Callaghans erste Kommunion. Diese Bilder waren Öldrucke und Photogravüren. Ein fünftes, kleines Bild, schien eine Reproduktion einer griechischen Ikone mit der Bezeichnung *S. Maria de Perpetuo Succursu* zu sein. Ein sechstes, wirklich sehr kleines, war in das Weihwasserbecken eingelassen, offenbar eine Darstellung des Schweißtuchs der Veronika; und außerdem gab es noch drei etwa dreißig Zentimeter hohe Gipsfiguren auf einer mit einem Leintuch bedeckten Seifenkiste, die die Heilige Jungfrau darstellten, Jesus Christus mit ausgestrecktem Arm und den Heiligen Joseph mit ein paar Lilien.

Das Dach leckte nur an zwei Stellen, und der Rest des Raumes enthielt Schlafzimmermöbel aus dem frühen zwanzigsten Jahrhundert. Das Messingbettgestell war ein Doppelbett, und daran hatte Mrs. O'Callaghan ein Skapulier gehängt, ein Herz-Jesu-Medaillon, das mit den Überresten des Heiligen Andreas auf Amalfi in Berührung gekommen war, sowie die geweihten Palmzweige der letzten acht Jahre. Die Tapete war gelblich und hatte teilweise ein modernes Muster mit Känguruhs, Maschinengewehren und alten Damen, die ihren Tee nahmen. An zwei der drei Wände war es von grünem Schimmel überwuchert.

In dieser Umgebung lag Mr. White, die Arme um Brownies Hals gelegt.

Er war zu dem Schluß gekommen, daß sie unmöglich Seife machen könnten. (»Seife«, hatte er Mrs. O'Callaghan erklärt, »ist eine Mischung aus den Natriumsalzen von $C_{12}H_{35}COOH$ oder $C_{15}H_{31}COOH$ oder $C_{17}H_{33}COOH$, und ich glaube, das richtige Wort dafür heißt Hydrolyse. Aber da wir keines davon haben werden, müssen wir uns eben in Zukunft die Hände mit Sand schrubben.«) Er hatte es satt, so viele Dinge gleichzeitig bedenken zu müssen, aber da er nicht gut schlafen konnte, war es ihm nicht möglich, mit dem Denken aufzuhören. Mit einem Finger kratzte er eifrig Brownies Bauch, während er versuchte, an etwas anderes zu denken. Brownie schnarchte. Wenn er mit Kratzen aufhörte, sonst ihre Lieblingsbeschäftigung, wachte sie auf und legte ihm eine Pfote auf die Nasenspitze.

In schlaflosen Stunden dachte er über verschiedene Dinge nach, die den Menschen ihr allgemeines Schicksal so er-

leichtern sollten. So hatte er beispielsweise einen Plan zum Wiederaufbau von London am Ufer des Severn in Form einer gewaltigen, neuneinhalbtausend Meter hohen Pyramide. Diese Pyramide sollte sogar den Severn überbrükken, damit dieser die Abwässer davonschwemmte, und sie sollte ganz aus durchsichtigem Kunststoff erbaut sein und eigenes Gemüse in Kunststofftöpfen in Hydrokultur anbauen. Er war noch unschlüssig, ob man Kuhherden, an Ballons herabgelassen, in der näheren Umgebung grasen lassen sollte. Auf jedem Stockwerk sollte es Flugplätze geben, und an den Severn mußte sie verlegt werden, um näher an New York zu sein. Das Wesentliche an diesem Plan war jedoch, das man ohne Eisenbahnen im ganzen Inselreich auskommen würde, weil eine Reihe von Rutschbahnen von der Spitze der Pyramide zu allen ähnlichen Städten führen würden. Nachdem der Reisende sich von einem Lift hatte nach oben tragen lassen, setzte er sich auf einen Eisblock (um die Reibungshitze zu verringern) und ließ sich nach Birmingham, oder wohin er wollte, von der Antriebskraft seines eigenen Gewichts rutschen.
Ein weiterer Plan von Mr. White sah die Überbrückung des Grand Canyon in Arizona und die Errichtung eines gewaltigen Teleskops darauf vor, um damit die Marskanäle beobachten zu können. Der Vorteil dieses Plans war es, daß man dasselbe Bauwerk zum Betrieb einer riesigen Ramme benutzen könnte, die die härtesten Diamanten zertrümmern oder sogar durch Verdichtung aus Kohlenstoff herstellen würde. Außerdem könnte man es auch zum Schießen von Raketen auf den Mond benutzen – wenngleich eine glatte, in eine Kohlemine gebohrte Röhre wahrscheinlich eine bessere Kanone abgäbe –, und wenn sie dort in die aufprallabsorbierende vulkanische Asche des, sagen wir, Eratosthenes eingetaucht wären, würden die Raketeninsassen damit beginnen müssen, sich eine Art riesiger Kokons aus schnelltrocknendem Zement zu bla-

sen, um darin die Anfänge einer Atmosphäre zu legen. Ein dritter Plan befaßte sich mit der Konservierung von Mr. Winston Churchill (nach seinem Tode) für die Nation. Er nahm an, daß die Vorkehrungen zur Konservierung Lenins von Anfang an bis zum Ende stümperhaft ausgeführt worden wären und hatte ein System ausgearbeitet, Mr. Churchill mit Silber zu überziehen, das jedoch aus Furcht, lebende Personen in ihren Gefühlen zu verletzen, noch nicht in allen Einzelheiten erklärt werden kann. Wenn man annimmt, dachte Mr. White, daß nur bei einer Schicht von mindestens drei Millimetern der Körper nicht biegt oder bricht, wenn er bewegt wird, dann muß man auch bedenken, daß eine solche Schicht die feineren Züge des Gesichts zum größten Teil auslöschen würde. Demzufolge müßten wir Mr. Churchill nach schätzungsweise fünfzehn Minuten so weit in dem Elektrolysetank anheben, bis sein Gesicht nicht mehr von der Lösung bedeckt ist. Wir fahren mit dem Versilbern fort . . .

Er hörte mit dem Kratzen auf, hörte mit dem Denken auf und stützte sich auf einen Ellbogen.

Es hatte so still, so unauffällig angefangen, aber doch so, daß man es gerade noch hören konnte: blau oder grün oder silbrig oder alles zusammen rieselten die Flocken im trüben Mondlicht mit leisen, sanften Geräuschen gegen die befrierenden Fensterscheiben. Sie ließen sich raschelnd auf dem Glas nieder und malten graphische Bilder zwischen die Asymptoten der Holzleisten. Sie warfen die weiße Helle des Mondes hoch an die Zimmerdecke und stellten alle Schatten auf den Kopf.

Kapitel 18

Es schneite bis Januar, der stärkste Schneefall seit Menschengedenken in dieser Gegend. Die weißen Wehen lehnten schwer gegen die Hecken und sammelten sich an geschützten Stellen wie den Straßen, so daß man leichter über die Felder laufen konnte. Brownie tollte darin umher, warf mit den Beinen einen kristallhell stiebenden Glanz um sich, fiel mit verblüfftem Blick in tiefe Stellen, biß hinein und bellte vor Freude. Der Schnee backte an den Haaren zwischen ihren Zehen. Mrs. O'Callaghan faßte einen Groll dagegen, weil sie der Meinung war, die Arche hätte genauso gut irgendwo anders gebaut werden können, und entzog Titsy als Repressalie gegen das Wetter ihre Gunst. Die aus dem warmen Haus vertriebene Titsy, auf einmal nicht mehr glückbringend oder heilig, protestierte die ganze Nacht lang miauend, aber vergeblich gegen den erzwungenen Aufenthalt in der eiskalten Stille. Mickey sägte zufrieden Holz, einen Klotz alle zwanzig Minuten, gerettet vor jeder richtigen Arbeit außerhalb des Hauses. Mr. White streute zweimal am Tag Brotkrümel für die Vögel hin. Die Eingeborenen trieben sich verstohlen in der Gegend herum und redeten ihn mit »Eu'r Ehren« an, wann immer er sich sehen ließ. Seit dreitausend Jahren war es ihre Gewohnheit, alles was sie fürchteten oder haßten mit freundlichen Worten zu besänftigen, und sie waren schließlich zu der Erkenntnis gekommen, daß Mr. White eine Macht darstellte, mit der man rechnen mußte.

Verschiedene wunderschöne Dinge begannen sich zu ereignen. Zuerst bekamen die Hasen auf dem Rennbahnfeld weiße Pelze. Sogar die Kaninchen nahmen ein bläuliches

Aussehen an, und die Rebhühner sahen verdächtig danach aus, als wollten sie in Zukunft das Leben von Schneehühnern führen. Die Wiesel verwandelten sich ohne zu zögern in Hermeline. Wildgänse wurden so alltäglich, daß selbst Mr. White kaum noch aufschaute, wenn er sie am Abendhimmel schreien hörte. Als er eines Tages am nicht mehr wiederzuerkennenden Slane spazierenging, nahte ein weiches, raumgreifendes, zielstrebiges Schlagen weißer Schwingen dicht über dem Wasser hinter einer quäkend flüchteten Stockente, und er ging heim zu Honig und heißem, gebuttertem Toast und scheute sich fast zu sagen, daß er einen Gerfalken gesehen hatte.

Der Slane war fast achthundert Meter breit geworden. Von dem umgedrehten Heuschuppen auf der einen Seite erstreckte er sich bis zu Mrs. Balfs Gewächshaus auf der anderen, und in der Mitte dazwischen wirbelte eine sich knirschend bewegende, bräunliche Masse aus Wasser und Eisschollen stromabwärts.

Nach dem Schnee kam der Frost. Alle Einwohner schüttelten sofort die Köpfe und bemerkten, daß Frost stets Regen bringt; in diesem Fall aber waren sie ein ganzes Stück auf dem Holzweg, denn das Wetter blieb bis in den Februar gleich. Allerdings konnten sie nicht ewig auf dem Holzweg bleiben, denn früher oder später mußte es ja regnen, und als es dann nach einem Monat losging, waren alle mit der Wahrheit des Sprichworts hoch zufrieden.

Damit aber war das Schicksal von Burkestown besiegelt. Die Schneeschmelze im Hinterland, aus dem er herabkam, die vollgesogenen Torfmoore und tropfnassen Berge, warfen plötzlich gewaltige Wassermassen in den Slane, und das schon in der ersten Stunde des Tauwetters, als würde ein riesiger Schwamm ausgepreßt. Der Fluß war bereits weit über seinem ungebärdigsten Höchststand nach den Herbstregenfällen. Jetzt, da der angesammelte Schnee eines ganzen Monats in wenigen Augenblicken schmolz, schlug die Flut ungehemmt über Täler und Niederungen hinweg. Das Wasser bekam eine Stimme, klopfte murmelnd und widerhallend gegen den hohlen Boden der Arche, gluckerte gegen die Wohnzimmerwand und plätscherte mit ansteigendem Wellenschlag um die letzte Seite des Bauernhauses. In wenigen Stunden kletterte es zum ersten Stockwerk hinauf.

Das war das Signal, an Bord zu gehen.

Die Bauarbeiten, die nach Fertigstellung der Arche eingeschlafen waren, wurden nun mit fieberhafter Energie zur Abreisevorbereitung wiederaufgenommen. So mußte eine Rampe aus Dung zu der rechteckigen Eingangsöffnung aufgeschüttet werden, da der Misthaufen die einzige verfügbare Materialquelle dazu war. Da hinauf mußten die widerstrebenden Tiere geführt und getrieben und nach Unterbringung in ihren Boxen die letzten Wellblechbahnen wasserfest verschraubt werden. Mrs. O'Callaghan mußte gut zugeredet werden, ihre und Mickeys Seekiste zu packen. Mr. White, eingedenk der Tatsache, daß er sich schon erlaubt hatte, die *Everyman's Library* mitzunehmen, versagte sich den Luxus einer Kiste mit Privatsachen. Offensichtlich befand sich alles, was er mitzunehmen gedachte, in der Arche, und deshalb erschien es ihm unfair, auch noch persönliche Dinge mitzunehmen. Außerdem fiel ihm nichts weiteres ein.

Mrs. O'Callaghan zog die Sachen an, die sie bei ihren Fahrten nach Dublin zu tragen pflegte. Sie waren nicht besonders elegant, denn sie hatte die Gewohnheit, neue Sachen frühestens zwei Jahre nach dem Kauf anzuziehen. Horaz empfiehlt dem Schriftsteller, sieben Jahre bis zur Veröffentlichung zu warten, und dies scheint eine ausgezeichnete Regel für Kleider wie für Bücher zu sein; jedoch keine so gute Regel, wenn man sie auf frisches Gemüse und andere Nahrungsmittel ausdehnt, wie Mrs. O'Callaghan das ziemlich häufig tat. So kaufte sie etwa oft ein

Pfund Käse in Cashelmor, nur um später festzustellen, daß er völlig verschimmelt war, wenn er erst sechs Wochen danach auf den Tisch kam. Sie war konservativ.
Mr. White erinnerte sie daran, ihren Pelzmantel anzuziehen, ein Geschenk ihres Vaters.
Mickey polierte seine Stiefel, wie er das sonst am Samstagabend wegen der Messe am Sonntag tun mußte, und würgte sich einen der sauberen Kragen um, die stets schon schmutzig waren, ehe er sie festgeknöpft hatte. Und er rasierte sich.
Mr. White zog seine Jagdkleidung an, die er gewöhnlich auf Wildgeflügelpirsch trug.
Brownie, verwirrt von all diesen Vorbereitungen, rannte mit einer Nervenkrise umher, da sie wie alle Hunde vor einer überraschenden Reise Angst davor hatte, zurückgelassen zu werden.
Die Iren aus der Nachbarschaft, die jetzt von Burkestown durch fast zweihundert Meter Wasser abgeschnitten waren, knieten an den Ufern, heulten den Rosenkranz heraus und schüttelten die Fäuste.
Das Wasser schwappte gegen das Wellblech der Arche, gurgelte kräuselnd und Muster zeichnend wie die Fischgrätenspuren, die Dampfer vom Flugzeug aus gesehen im Kielwasser hinterlassen, um ihre Kanten und Ecken, zerrten an ihren Stützbalken und schwemmte unerwartetes Treibgut in Gestalt toter Collies und Blechdosen heran, die sich zu allen Seiten ausbreiteten und einen abscheulichen Anblick boten. Es stieg unerbittlich an den Wänden der Arche empor, verhüllte ihre Herkunft auf dem blauen Emailschild

und drückte einen Stützbalken nach dem andern weg. Je stärker seine Kraft wuchs, um so stiller wurde es. Gewisse heimliche Bewegungen im Gebälk der Arche wurden zuerst von den tierischen Passagieren bemerkt, ehe die Menschen darauf aufmerksam wurden. Nancy, die gewaltige Stute, stampfte in ihrem Stall, daß Mr. White Angst um seine Zimmermannsarbeit bekam.

Inzwischen hatte das Farmhaus zu verschwinden begonnen. Mrs. O'Callaghan hatte vor dem Weggehen Fenster und Türen geschlossen. Mr. White, der an demselben Drang litt, hatte das Gewächshaus abgeschlossen. Doch das Wasser sickerte überall durch. In dem verlassenen Wohnzimmer, schon bis zum Kaminsims mit Wasser gefüllt, schwammen die ausgestopften Fasanen auf und ab, bis sich die Federn aus der vollgesogenen Füllung lösten und, von der Kapillarattraktion bewegt, zu den Wänden hin glitten. All die Priester in ihren Muschelrahmen tauchten feierlich unter, sicher befestigt am heimatlichen Gestade. An den Außenwänden verschwanden, einer nach dem andern, die Obstbäume: Duchess of Cornwall Peach, Brown Turkey Fig, Oullin's Golden Gage – man braucht wohl nicht zu erklären, daß diese Spezialitäten von Mr. White eingeführt waren, und daß bis jetzt noch keine davon Früchte getragen hatte. Mit jähem Schmerz sah er zu, wie sie verschwanden. Die Wand des Pferdestalls, die seit zehn Jahren einzustürzen gedroht hatte, tat dies jetzt mit einer großartigen Wasserfontäne.

Mrs. O'Callaghan reagierte unerwartet auf die Krise. Sie akzeptierte die Sintflut wie ein gesellschaftliches Ereignis für wohlerzogene Leute. Ihr Leben lang hatte sie jährlich zu Weihnachten auf Einladung ihren diversen Brüdern und Schwestern Besuche abgestattet; Besuche, bei denen die große Verwandtenschar Truthahn mit Plumpudding und giftgelbem Gelee in stets gleichbleibendem Ritus zu sich nahm, wie eine gut eingespielte Theatertruppe. Die

Sintflut akzeptierte sie jetzt als ein gleichrangiges Ereignis – schließlich war es eine Abwechslung für sie, genau wie die Weihnachtsbesuche –, und sie saß steif auf ihrer Seekiste in der Kabine und tauschte ganz korrekt Höflichkeiten mit Mr. White aus. Sie war ruhig, wenn auch kleine Schweißtröpfchen auf ihren Nasenflügeln sichtbar wurden: nicht, weil sie Angst vor der Sintflut hatte, sondern weil sie fürchtete, sich unmanierlich zu benehmen. Sie bemerkte, daß Wetter sei beklagenswert.
Mickey war nicht so ruhig. Er hatte die toten Tiere in der Flut bemerkt, und da er in Wirklichkeit doppelt so intelligent war wie seine Frau, hatte er zwei und zwei zusammengezählt. Er wollte kein totes Tier sein. Sein Motto, anders als das von Ludwig XV. und seiner Madame Pompadour, lautete: »Nach der Sintflut, Ich.« So stützte er sich jetzt auf das Gitter des Schweinestalls und heulte herzzerbrechend, und die enormen Tränen rollten groß wie Schwalbeneier an seiner armen, roten Nase hinunter und platschten auf die Schweine.
Mr. White kletterte über die Leiter durch die Falltür auf das Oberdeck und schaute über das Wasser.
Auf einer Seite von ihm stand die Windlichtmaschine, fertig montiert zur Stromlieferung für ihre Küche; auf der anderen Seite die Bienenkörbe, fest an die 5 × 5-cm-Leisten geschraubt; etwas weiter die Fässer mit Reservewasser.
Er hielt Ausschau nach einer Lebensgefährtin.
So unberechenbar in ihrer Abwegigkeit ist die menschliche Natur, daß er selbst sich nach dem heiligen Stand der Ehe zu sehnen begonnen hatte, sobald ihm aufgegangen war, daß der Erzengel ihn nicht unbedingt verheiratet sehen wollte. Er hatte sehr hart gearbeitet; hatte an alles für die Nachwelt gedacht, oder es zumindest versucht; und hier stand er nun vor dem Aufbruch in eine sterile Zukunft, die keine Nachwelt würde genießen können. Er wußte aus den grotesken Erzählungen so vieler Leidender, die ihm

zu Ohren gekommen waren, daß jeder Mann, der sich gesetzlich trauen ließ, danach für immer in der Falle saß, gefangen und gefesselt in einem Augenblick geistiger Umnachtung. Es waren die abschreckenden Siegeshymnen, die Orangenblüten des Triumphs, die vernichtenden Unterschriften in Standesamtsregistern, die den Traugottesdienst zelebrierenden Geistlichen in ihren weißen Chirurgengewändern, das Haus als Mausefalle, die unentrinnbare Hysterie, die zermürbenden Reibereien, die Unterhaltsfrage, die abscheuliche Vision von zwei nicht zusammenpassenden, vom Gesetz Rücken an Rücken gefesselten und mit den Waffen des Gesetzes gegeneinander gerüsteten Menschen – ein jeder dem anderen, an den er gekettet war, hinterrücks mit dem scharfen Stilett von Scheidung, Obhut und Unterhaltspflicht die Eingeweide zerfleischend –, all dies war es, was ihm jeglichen Wagemut abkaufte. Wenn es sich jedoch machen ließe, verheiratet zu sein, ohne dieser zweischneidigen Maschinerie in die Hände zu fallen, hätte er keine Einwände gegen eine bewundernd aufblickende, gelehrige, heiratsfähige und liebevolle Abhängige gehabt.

Die Sintflut war genau richtig, um eine darin zu finden. Wenn er es fertigbrächte, ein solches Geschöpf im letzten Moment aus dem Slane zu fischen, könnten sich daraus Vorteile ergeben. Zum ersten brauchte er sich nicht mehr mit ihr verheiraten zu lassen – es gäbe niemand mehr, um sie zu trauen; zum zweiten würde er von Anfang an für sie die Stellung eines Wohltäters einnehmen; und zum dritten ergäbe sich daraus vielleicht die Chance für jene Nachwelt, der es zum Genuß der Ersatzwindlichtmaschine bedurfte. Aus diesen Gründen stand Mr. White an Deck der Arche und musterte prüfend und mit zweifelndem Auge vielerlei Treibgut. Er war, wie Don Quichote bemerkt hätte, verliebt: jedoch nicht mehr, als ihm die Pflicht des fahrenden Ritters auferlegte.

Kapitel 19

Das Schiff hob den Bug wie ein Elefant, der sich auf die Hinterbeine stellen will, verharrte einen Moment so, besann sich jedoch eines Besseren und senkte sich wieder. Zwei der Stützbalken kippten zur Seite, verfingen sich in den Wellblechrinnen weiter hinten und blieben geneigt stehen. Ein knirschender Laut ertönte. Das Plätschern war einem stetigen Rauschen gewichen, das sich mit dem Knirschen mischte. Wie wenn ein Flugzeug den holperigen Boden verläßt und in die Sicherheit der Luft abhebt, tauchte alles in eine freundlichere Stille. Die Hauswand von Burkestown und die halb versunkenen Kuhställe begannen sich im Kreis zu drehen. Mrs. Balfs Gewächshaus, dessen Dach in der Ferne sichtbar war, fing an, entgegen dem Uhrzeiger um sie zu kreisen. Diese beiden Fixpunkte richteten sich wieder aus, begannen in die entgegengesetzte Richtung zu drehen, verhielten erneut und änderten wieder die Richtung. Die entfernten, kauernden, durchnäßten Gestalten der Eingeborenen erhoben ein verzweifeltes Geheule, durchmischt mit wilden Flüchen. Die toten Hunde und Konservendosen wirbelten nicht mehr vorbei, sondern blieben auf gleicher Höhe, weil die Arche jetzt mit ihnen schwamm. Mrs. O'Callaghan, die vor der Einschiffung in die Geheimnisse des elektrischen Kochens eingeweiht worden war, schickte Mickey nach oben, um den Kapitän zu fragen, ob er wohl eine Tasse Tee haben möchte.

Mr. White fühlte sich plötzlich leer.

Er hatte alles so gut er konnte im voraus arrangiert. Jetzt gab es nichts für ihn zu tun, und die Situation begann zurückzuschlagen. Er schaute auf die Bienenstöcke, die

Wasserfässer, die Windlichtmaschine, das nackte Deck, seine Stellung als Kommandant. Er hatte nie etwas Gewichtigeres navigiert als einen Punt. Aber er konnte sich nicht dazu aufraffen, Tee trinken zu gehen.
Er hatte Heimweh.
Dort lag Burkestown einsam inmitten weiter Wasserflächen – wo er, wie er jetzt erkannte, glücklich gewesen war. Von Minute zu Minute wurde es kleiner, ergreifend, verlassen, verdammt. Eine Welle tiefer Zuneigung erfaßte ihn: zu dem Milchkrug ohne Boden, der sorgsam auf der Küchenanrichte aufgehoben wurde, gleich neben einem zweiten Milchkrug, dessen abgebrochener Henkel verkehrt herum angeklebt war; zu dem staubgetönten Fuchs ohne Schwanz, auf dessen Rücken ein Insekt einen gewundenen Pfad gleich der Spur einer Schlange gezogen hatte; zu der Fledermaus, die in den Vorhängen des Eßzimmers überwinterte; zu den zwei ausgestopften Langschwanzpapageien in geflochtenen Schaukeln; zu den vielen Mäusen in der Speisekammer, den Bienen im Korridor, den Katzen in den Schornsteinen und den Kakerlaken in der Butter; zu den dreibeinigen, mit der Ecke auf Holzkisten abgestützten Stühlen; zu dem Kleiderschrank im Schlafzimmer, der an die Wand genagelt war, weil Mrs. O'Callaghan es einmal fertiggebracht hatte, ihn beim Türöffnen über sich zu ziehen und sich, mit dem Gesicht nach unten, auf dem Fußboden darin einzuschließen; zu all den kuriosen »Antiquitäten«, die Mrs. O'Callaghan gesammelt hatte und verehrte, wie etwa den Rahmen eines Fahrrades von 1905, das ihr Vater ihr einmal geschenkt hatte, oder den halben Gipskopf eines bischöflichen Krummstabes, der einmal eine Prozession angeführt hatte, oder ein luxuriöses Photoalbum mit Bildern von Leuten, die sie nie gekannt hatte; vor allem aber wegen der Güte der O'Callaghans in jenem langsam kleiner werdenden Haus. Sie waren nie auch nur einen Augenblick lang böse mit ihrem

Mieter gewesen, obwohl er häufig mit ihnen böse gewesen war.

Dort in jenen Mauern, dachte Mr. White, hat sie mindestens eine halbe Million Tassen Tee in mich hineingefüllt. Ganz zu schweigen von den unzähligen Mahlzeiten, die sie dort gekocht hat, gleich einer endlosen Serie von identischen Zwillingen, nur damit sie aufgegessen wurden und keine Spur für all ihre geduldige Mühe hinterließen. Er stellte sie sich vor, wie sie vor so vielen Jahren als Mickeys Braut dorthin ging. Sie mochte kein Genie sein, aber sie war sicher gütig. Dort, in jenen Mauern, hat Mickey jeden Samstagabend meine Schuhe geputzt und nie Dank dafür erwartet; und wieviele Male muß sie die Treppe mit Torf für den Kamin im Arbeitszimmer hinaufgeeilt sein ...

Er dachte an all jene Eigenheiten gesuchter Vornehmheit, mit denen sie ihn auf die Palme zu bringen pflegte. Wenn sie Pater Byrne nach einem Stationsgottesdienst Frühstück auftischte, pflegte sie sich jedesmal, wenn der alte Stümper das Wort ergriff, vorzubeugen, den kleinen Finger an der Teetasse abzuspreizen und auszurufen: »Tatsächlich?« Sie hielt das für vornehm. 1900 oder so, als sie ein kleines Mädchen war, mochte das vielleicht vornehm gewesen sein. Er stellte sie sich als blutjunges Mädchen auf dem schlampigen Bauernhof ihres Vaters vor, ungebildet, ausgenutzt, den Kopf voller Träume, von Herzögen vielleicht und dem Duft der weiten Welt; stellte sie sich vor in ihrer Ungekünsteltheit, in ihren Hoffnungen auf ein besseres Leben, ihren unschuldigen und grüblerischen Versuchen, Vornehmheit zu lernen. Irgend jemand im Umkreis dieses Kindes, jemand, der in ihren Augen den letzten Modeschrei verkörperte, hatte den gekrümmten Finger abgespreizt und gesagt: »Tatsächlich?« Das hatte sie gespeichert. Und diese ihre kleine Errungenschaft hatte sie dann wie das armselige Kunststück eines Hundes an Pater Byrne weitergegeben. Sie war stolz darauf und auch ein wenig nervös gewesen, weil es vielleicht doch nicht mehr ganz der letzte Schrei sein mochte. Aber natürlich war sie gezwungen gewesen, diese Furcht von sich zu schieben. Sie hatte nichts anderes als Ersatz zu bieten gehabt.

Wie hoffnungslos grausam das Leben doch ist, dachte Mr. White: das Leben und die Zeit. Sie nehmen alles fort, das pfirsichwangige junge Mädchen und die Lebensart, um die sie sich bemühte. Modische Lebensart und Slang sind schrecklich in ihrem Pathos. Sie sind wie alte Jungfern, die sich herumtreiben, mit dem Gehabe eines kleinen Mädchens ausrufen, daß dies oder jenes »eine Wucht« sei und sich selbst gern als »Backfische« bezeichnen. In zwanzig Jahren werden die jungen Dinger von heute im gleichen überdrehten Tonfall »hab' die Schnauze voll« sagen. Menschen laufen herum wie die Schafe, einer macht's dem andern nach, benutzt die letzten Redewendungen, trägt die letzte Hutmode. Und heimlich kommt die Zeit und bestiehlt ihn, bis Redewendung und Hut nur noch lächerlich wirken und nichts mehr übrig bleibt von dem kleinen Eichhörnchenhort anmutiger Geziertheiten.

Es liegt nicht an den Iren, dachte er, es liegt am Klima. Nicht der Menschenschlag hat schuld. Die Iren sind nicht faul, nicht rückständig, nicht schmutzig, nicht abergläubisch, nicht hinterlistig, nicht unehrlich. Sie sind genauso nette Menschen wie andere auch. Es liegt nicht an ihnen. Es liegt in der Luft.

Es ist dieser verdammte Atlantik, sagte Mr. White, während er zornig in die Richtung nach Mullingar blickte: es ist das, was er mit uns macht; es sind diese Millionen Quadratmeilen von Regenwolken, die von Südwesten hereintreiben, feuchtigkeitsgeschwängert, hängebäuchig, grau und schwer wie Blei. Es ist, als lebte man unter einem Turm feuchter Kissen: sie zwingen uns herunter auf Hände und Knie. Zwischen uns und Amerika gibt es nichts, was sie erleichtert. Über uns entlädt sich die ganze

Last. Wir sind der Vorposten, das Bollwerk, das England von der gleichen Bedrückung rettet. Bis diese feuchte Luft England erreicht, ist sie von dem schützenden gälischen Hochland gesiebt, gemolken und erleichtert worden. Und die Engländer sitzen selbstverständlich frisch und fröhlich im Trocknen – kein Wunder, daß sie die Welt beherrschen. Aber zu behaupten, daß die Iren von den Angelsachsen im Osten unterdrückt würden, ist Unsinn – ganz im Gegenteil, das besorgt der Atlantik im Westen. Nicht einmal der Champagner will hier richtig schäumen: man könnte genauso gut unten in einer Kohlenmine leben.
Ich glaube, fuhr er zweifelnd fort, daß Champagner in Kohlenminen nicht schäumt; wenn man ihn aber auf einen Berg mitnimmt, wo die Luft leichter ist, schäumt er so sehr, daß die ganze Flasche nur noch aus Schaum besteht. Genau das geschieht mit einem Iren, den man aus seiner heimischen Hölle holt. Hier, unter den lastenden Wolken, ist er nur ein niedergedrückter Hamilton, ein niedergeschlagener Wellesley oder ein leidender Shaw. Setz ihn jenseits des Kanals ab, und er wird sofort übersprudeln wie ein Feuerwerk. Er erfindet Quaternionen oder besiegt einen Napoleon oder schreibt *Die heilige Johanna.* Und umgekehrt passiert das gleiche. Verpflanz ihn nach England, und Swift ist der Lehrmeister von Ministern, der Freund von Prinzen, eine von Geist, Witz und Verstand sprühende Persönlichkeit. Schlepp ihn zurück in die bedrückende Atmosphäre des County Meath, und er ist nur noch ein gehässiger, nörgelnder Pfaffe in Laracor, und zum Schluß, wen wundert's, schnappt er noch völlig über. Was für eine Schande, daß Menschen sich auf Rassenkritik einlassen. Dabei ist das Ganze doch furchtbar einfach. Alle Menschen sind überall mehr oder weniger abscheulich, haben aber verschiedene Lebensweisen in verschiedenen Ländern. Folglich bemerkt man die Abscheulichkeiten von Ausländern, aber nicht die eigenen – welche

wiederum jene bemerken –, nur weil sie anders sind. Aber nein, ich will nicht an Abscheulichkeiten denken. Die Gälen sind gar nicht so schlimm. Burkestown mag unhygienisch und eigenartig und lethargisch und ein bißchen wie Onkel Wanja gewesen sein, aber daran hatten die O'Callaghans keine Schuld. Es sind diese verdammten Wolken dort oben und dieser verdammte Atlantik, der sich von hier bis ans Ende der Welt erstreckt. Und nur die Tatsache, daß die O'Callaghans auf Burkestown gütig zu mir waren, zählt; es ist die Tatsache, an die ich mich erinnern werde – daß sie die Energie aufbrachten, gütig zu anderen zu sein, wo sie doch für sich selbst kaum genug davon besaßen, um ihre bleischweren Körper unter dem lastenden Himmel von einem Ort zum andern zu schleppen. Im Überschwang der Gefühle drehte Mr. White sich um, gerade rechtzeitig, um eines Versehens gewahr zu werden: er hatte vergessen, daß Flüsse Brücken haben.

Kapitel 20

Die erste Brücke unterhalb der Farm hieß Dangan. Über sie führte die Hauptstraße nach Dublin, und sie war ungewöhnlich hoch, weil die Flußufer an dieser Stelle sehr steil waren. Zumindest waren sie im Vergleich zu der restlichen Ebene steil. Außerdem standen sie dicht zusammen, und der in diesem Flaschenhals gefangene Fluß wirbelte zwischen ihnen wie in einem Mühlgerinne. Bei einem normalen Hochwasser hatte der Brückenbogen der Dangan-Brücke eine lichte Höhe von gut sechs Metern; heute dagegen war die Mitte des Brückenbogens knapp ein Meter zwanzig über dem Wasser.

Mr. White hatte sich umgedreht und diese Aussicht erkannt, als die Arche noch knapp dreihundert Meter entfernt war. Er wurde sofort ein Gefangener der Zeit, so daß er unmöglich sagen konnte, wie lange er mit offenem Munde dagestanden hatte. Ihm selbst schien es eine Zeitspanne von, sagen wir, drei Minuten gewesen zu sein; einem Beobachter vielleicht nur drei Zehntelsekunden. (Ein Mann, der im letzten Krieg von einer Bombe in die Luft gesprengt wurde und dies überlebte, um die Geschichte zu erzählen, fand es unmöglich, die Zeit zwischen der Explosion und dem Knall in weniger als tausend Worten auszudrücken.)

Jedenfalls packte Mr. White Brownie am Schwanz – sie hatte auf den Hinterbacken neben ihm gesessen und die vorbeiziehende Szenerie bewundert – und warf sie durch die Falltür ins nächste Deck hinunter. Sie jaulte laut auf vor Überraschung und Empörung; doch als Mr. White hinter ihr die Leiter hinunterrutschte und auf sie fiel, sah sie ihn mit einem versöhnlichen Blick an, für den Fall, daß

sie etwas angestellt haben sollte. Er sagte zerstreut: »Gutes kleines Mädchen«, kletterte dann die kurze Leiter wieder hoch, öffnete die Falltür und hielt erneut Ausschau nach der Brücke.
Sie war nur noch knapp hundert Meter entfernt.
Er zog den Kopf in die Arche zurück, schloß sorgfältig die Falltür, warf im matten Licht, das von der elektrischen Birne in der Kabine durch einen Spalt in den Gang drang, einen Blick in die Runde, verwünschte Brownie, bedauerte das, erklärte sie zu seinem allerliebsten Schatz, blieb mindestens eine Sekunde lang stocksteif stehen, stürzte dann zur Kabinentür und stieß sich den Kopf. Die Durchgänge waren weniger mehr als ein Meter fünfzig hoch.
Er erklärte: »Mrs. O'Callaghan, in einer Minute werden wir einen Bums spüren. Wenn Sie einen Kessel auf dem Herd haben, nehmen Sie ihn herunter. Warten Sie. Vielleicht sollten Mickey und Sie doch lieber hier herauf kommen. Steigen Sie schnell die Leiter hoch. Nicht hetzen. Kommen Sie nur einfach rasch herauf. So ist's gut. Jetzt setzen Sie sich auf den Boden und halten Sie sich an einem Stützbalken fest. Ich glaube, das wird genügen. Wahrscheinlich wird es nur einen Ruck geben wie in einem Bus, der zu scharf bremst. Deshalb müssen Sie sitzenbleiben und sich festhalten. Haben Sie keine Angst.«
Mrs. O'Callaghan begann: »Ich hab' meine Schlüssel auf der Anrichte liegenlassen ...«
Mickey heulte: »O Gott! Was denn für'n Ruck?«
Mr. White sagte: »Diese Leiter führt hoch ins Freie. Wir müssen da hinaufklettern, wenn irgend etwas schiefgeht, aber ich glaube nicht daran. Stürmen Sie nicht die Leiter. Lassen Sie mich zuerst hinauf, damit ich nachsehen kann, was geschieht. Ich brauche keine Sekunde, um hinauszukommen, also spielt es keine Rolle, wer zuerst geht, und außerdem bin ich sowieso schneller im Öffnen der Falltür. Können Sie schwimmen?«

Mrs. O'Callaghan lachte herzlich.
Mickey gab ihr einen Rippenstoß.
»Hörst du nicht . . .«
Über ihren Köpfen ertönte ein schrammendes Geräusch, dem eine kaum merkbare Verlangsamung der Geschwindigkeit der Arche folgte. Nach dem Geschramme erklangen mehrere widerhallende Schläge, als ob jemand eine riesige Blechtrommel mit einem Vorschlaghammer bearbeitete. Danach das unangenehme Geräusch sich verbiegenden Metalls, begleitet von der gleichen leichten Bewegungsverlangsamung, und darauf friedvolle Stille und gleichmäßiges Dahingleiten.
Mr. White, der Brownie leicht gereizt in die Arme genommen und ihr sogar einen erzürnten Kuß auf die Stirn gedrückt hatte, warf sie vom Schoß und stand auf. Er lüftete die Falltür, was er ohne auf die Leiter zu klettern schaffte, und spähte hinaus. Ein schwaches Summen ertönte.
Mrs. O'Callaghan sagte heiter: »'s sind die Bienen.«
Vor langer Zeit, als Mr. White selbst noch in der Wiege lag, hatte Mrs. O'Callaghan als ungezogenes kleines Mädchen mit fröhlich ausgestreckten Fingern die Schmetterlinge menschlichen Glücks gejagt. Wie Philomena, war auch sie in eine Familie von zahllosen Brüdern und Schwestern hineingeboren, und sie war das Aschenputtel der Familie gewesen. Wann immer einer von ihnen jemand zum »Anschmieren« gebraucht hatte, war sie das Opfer gewesen. Dann hatte man sie mit Mickey verheiratet – eine abgesprochene Ehe –, und während der letzten dreiundzwanzig Jahre hatte sie zugesehen, wie ihre Mitgift unter seiner Inkompetenz dahinschmolz, während ihre Brüder und Schwestern die Farmprodukte zu minimalen, nur für sie selbst profitablen Preisen kauften. Selbst mit Mr. White als zahlendem Gast waren die Farm und die Familie ein Albdruck gewesen. Sie war selbst nie gerissen oder

tüchtig gewesen, seit über zwanzig Jahren war sie mit dem wahrscheinlich untüchtigsten Farmer im ganzen County Kildare verheiratet, und jetzt versank diese ganze schreckliche Situation im Wasser. Mrs. O'Callaghan erkannte ihre Lage und freute sich wie eine entlassene Klosterschülerin.
Mr. White antwortete: »Ja, es sind die Bienen.«
Er richtete sich wieder auf, den Fluß der sich jagenden Gedanken unterbrechend. Er mußte so rasch wie möglich über drei verschiedene Dinge nachdenken – das heißt, vor der nächsten Brücke –, und jedes dieser Dinge hatte seine eigenen Verzweigungen, die alle sofort berücksichtigt werden mußten. Eine gewisse, flüchtige Vornehmheit umgab ihn, während er abwägend zwischen den diversen Handlungsmöglichkeiten stand, eigenartig still und im Gleichgewicht, wie ein Buddha, in dem in sich ruhenden Augenblick der Entscheidung.
Die Dangan-Brücke hatte die Bienen fortgequetscht, die Windlichtmaschine umgebogen und die Reservewasserfässer von Deck gewischt.
Ohne Bienen würde das Gemüse in der Neuen Welt von Hand bestäubt werden müssen. Ohne Elektrizität würde man während der Wasserreise nicht kochen können. Ohne Wasser ... aber es war nur der Notvorrat.
In einer halben Stunde, vielleicht in fünfzehn Minuten, würden sie die nächste Brücke erreichen.
Er sagte: »Passen Sie auf. Sie und Mickey gehen in die Kabine hinunter. Nehmen Sie Brownie mit. Lassen Sie sie nicht nach oben. Haben wir ein paar Laken mitgenommen?«
»Unglücklicherweise ...«
»Jedenfalls haben wir ein paar Decken. Werfen Sie mir eine Decke hoch, wenn Sie hinuntergehen.«
Mickey hatte zu heulen begonnen wie ein liebeskranker Hund, aber viel lauter, und von ihm konnte man unmöglich irgendeine Hilfe erwarten. Mrs. O'Callaghan wollte

gern helfen, aber es war zweifelhaft, ob man ihr trauen konnte.
Mr. White besann sich eines anderen und stieg hinter ihr die Leiter hinunter. Er nahm einen Hammer aus dem Werkzeugkasten, zusammen mit einer Handvoll gemischter Nägel und einem eigenartigen Instrument, das er besonders liebte. Es war aus Eisen und schien einmal Teil eines Bettgestells gewesen zu sein. Es hatte diese Form:

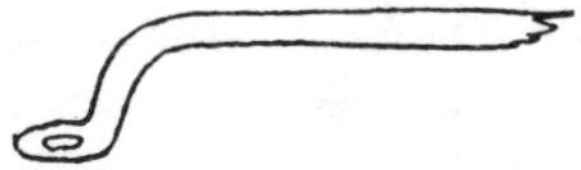

Wenn man irgendwo einen Hebel ansetzen mußte, war es unentbehrlich. Er nahm die Decken von Mrs. O'Callaghan und gab ihr den Hammer und das Instrument. Das elektrische Licht brannte noch. Er ließ sie vor sich die Leiter hinaufsteigen, und als er selbst zur Hälfte oben war, ging er zurück zu der kleinen schwarzen Schalttafel und zog die Stecker des Verbindungskabels zur Windlichtmaschine heraus. Dann folgte er ihr die Leiter hinauf und knipste das Licht im Durchgang an. Er führte sie in die Tierabteilung und zeigte ihr einen Querbalken von 5×5 Zentimetern, der einen Teil der kleineren Verschläge abstützte. Er war drei Meter lang.
»Mrs. O'Callaghan, versuchen Sie, den für mich loszubrechen. Benutzen Sie dazu die Klaue des Hammers oder das gebogene Ding, aber versuchen Sie, ihn loszukriegen.«
Dann kletterte er die letzte Leiter hoch zum Oberdeck und schaute nach den zwei Bienenstöcken. Ursprünglich hatte jeder drei Stockwerke gehabt, aber der dem Brückenbogen nächste war völlig fortgefegt worden. Der andere hatte noch sein unterstes Stockwerk, in dem die Bienen hausten. Mr. White warf eine Decke darüber. Infolge des kühlen Wetters waren die Bienen schläfrig, und trotz des Gesummes wurde er nur einmal gestochen.

Es war ein Grundsatz von Mr. White, daß er niemals fortspringen oder zusammenzucken dürfe, wenn er von einer Biene gestochen würde, und dieses Prinzip bestand nun seinen Test. Er stellte fest, daß das Gesumme hauptsächlich aus dem Oberteil des demolierten Stockes kam, das umgekehrt neben der Arche trieb, zusammen mit einigen Wasserfässern, die nicht richtig gefüllt sein mußten, von derselben Strömung wie die Arche mitgetragen, und daß der Dreifuß der Windlichtmaschine halbkreisförmig nach unten gebogen war. Die Leitflosse des Propellers war verbogen, die Propellerflügel kurz abgebrochen; die Nase des Dynamos steckte im Wasser, aber man konnte unmöglich erkennen, ob es innerlich beschädigt war. Er hatte keine Zeit, sich jetzt damit zu befassen.
Mit den restlichen Decken kletterte er zurück in die Arche und hinein in Mickeys pausenloses Geheule. Er ließ die Decken am Fußende der Leiter fallen und begab sich zu Mrs. O'Callaghan, die mit ihrem Balken ausgezeichnete Arbeit geleistet hatte. Wie sich herausstellte, war sie absolut fähig gewesen, ihn ohne Hilfe herauszulösen, und es hatte ihr Spaß gemacht. Einen Augenblick später hatten sie ihn dann gemeinsam herausgezogen.
»Ich möchte ein Ruder machen«, erklärte er. »Würden Sie bitte zur Getreidekammer hinuntersteigen und den Dekkel von einer der Teekisten abnehmen? Warten Sie einen Augenblick. Diese Arche ist schwerer, als ich dachte. Es braucht ziemliche Kraft zum Steuern. Nehmen Sie lieber drei Deckel, das macht dann neun Lagen Sperrholz.«
»Diese Deckel ...« – »Richtig. Zu viele Nägel. Wir nehmen einfach die Falltür von den Ställen.«
Die Falltür ließ sich leicht aus den Angeln lösen und wurde mitsamt dem Balken auf das Oberdeck gebracht, dort an das Ende des Balkens genagelt und so ein Ruder zum Steuern fabriziert. Druimanafferon Bridge, die nächste Brükke, war noch nicht in Sicht.

Er steckte das Ruder außenbords, fädelte das Ende des Balkens zum Steuern zwischen die Ständer des Dreibeins von der Windlichtmaschine und zog es nach innen. Er mußte die Nase des Dynamos aus dem Wasser hebeln. Das Dreibein war jetzt Drehpunkt und Abstützung für das Steuerruder. Er drückte kräftig dagegen, und die Arche begann mit majestätischer Schwerfälligkeit zum fernen Ufer hin auszuscheren.
Druimanafferon war eine lange Brücke mit einem Buckel an der breitesten Stelle des Flusses, hoch in der Mitte und niedrig an den Auffahrtenden. Er hoffte, die Arche über eines dieser niedrigen Enden steuern zu können, die jetzt unter Wasser liegen mußten, auch wenn der Buckel in der Mitte noch eine Gefahr für die Schiffahrt darstellte. Er erklärte dies Mrs. O'Callaghan, zeigte ihr, wie man das Ruder bedient, und ging nach unten, ein Tau zum Sichern des Ruders zu holen.
Mickey stöhnte.
Mr. White brachte mit dem Seil auch seine restlichen Dekken hoch und ließ sie an Deck liegen. Er band das Ruder fest und ging wieder nach unten, um eine Art Bootshaken zu suchen, mit dem er das treibende Oberteil des Bienenstockes hochholen könnte. Mrs. O'Callaghan war, während sie wie Grace Darling an der Ruderpinne stand, inzwischen ebenfalls gestochen worden und hatte sich als kugelfest erwiesen.
Er fand nichts, was sich als Bootshaken hätte verwenden lassen.
Da sie viel Zeit hatten, machte er schließlich das Ruder noch einmal los und schaufelte damit das Oberteil des Bienenstockes an Deck. Nachdem er eine Decke darüber gebreitet hatte, steckte er das Ruder wieder durch seine Halterung und band es erneut fest, und immer noch war Druimanafferon nicht zu sehen. Mr. White entfernte die Decken, setzte das Oberteil des Stockes auf das Unterteil,

legte die Decken wieder darüber und ging nach unten, einen Schraubenzieher holen. Als er zurückkam, war die Brücke in Sicht.
Er war hocherfreut über Mrs. O'Callaghan – zur Unzufriedenheit hatte er ja auch nicht den geringsten Grund – und redete jetzt mit ihr in kameradschaftlichem Ton, ganz so als wäre sie ein menschliches Wesen.
»Wir wollen gemeinsam steuern. Den Bienenstock werde ich festmachen, wenn wir vorbei sind. So. Drücken Sie fest. So ist's richtig. Ich habe nie gedacht, daß diese Arche eine solche Bewegungsenergie haben würde. Eine Masse *m*«, fuhr Mr. White angeregt fort, während Mrs. O'Callaghan freudig lachte, »die sich mit einer Geschwindigkeit *v* bewegt, hat die Bewegungsgröße *mv*.«
Die Arche machte schwergewichtig ihren Weg dem fernen Ufer zu, wurde wieder auf geraden Kurs gebracht, als sie weit genug von dem mittleren Buckel entfernt zu sein schien, dessen Lage durch einen leichten Strudel im Wasser markiert wurde, denn die Brücke stand vollständig unter Wasser, und dann auf die Lücke zu dirigiert.
Er sagte: »Wir könnten gegenstoßen. Legen Sie einen Arm um mich und halten Sie die Pinne fest, als ginge es um Ihr Leben. Wir werden einander festhalten. Hätt' ich bloß nicht das Oberteil auf den Bienenstock gesetzt.«
Sie liefen auf. Der Bug des Kiels stieß gegen die versunkene Brüstung der Brücke, brach sie glücklicherweise nieder, und der ganze Schiffskörper gierte schwerfällig zum Ufer hin, zermalmte die bereits losen Mauersteine unter seinem Boden und krängte leicht zur Seite, ohne jedoch das Oberteil des Bienenstockes umkippen zu lassen. Die Arche beschrieb einen vollständigen Kreis, während das Ruder die beiden Steuerleute fast über Bord fegte, und war dann frei.
Unterhalb von Druimanafferon gab es eine Strecke, wo die Ufer hoch und bewaldet waren. Mr. White erinnerte sich daran, sobald sie die Brücke sicher überfahren hatten – es

war wie ein Hindernisrennen, keine Zeit, ans nächste Hindernis zu denken, bevor man das letzte übersprungen hatte –, und ging nach unten, einen zweiten Balken holen, falls sie sich von den Bäumen abstoßen müßten.

Als er die Falltür öffnete, stellte sich heraus, daß Mickey zu schreien begonnen hatte. Allein im Halbdunkel eingesperrt, von der ganzen Menschheit verlassen, hatte er es fertiggebracht, heulend aufzustehen und in Richtung der Ställe zu stolpern, kurz bevor sie Druimanafferon Bridge erreichten. Sie waren genau in dem Augenblick gegen die Brücke gestoßen, als er nahe der fehlenden Falltür weinte, und er war kopfüber hinunter in den Schweinestall katapultiert worden. Die Schweine quiekten ebenfalls laut.

Mr. White löste rasch einen weiteren 5 x 5-Balken – die Inneneinrichtung begann auseinanderzufallen. Langsam wurde er auf Mickey wütend.

Wieder an Deck, die Stoßstange griffbereit, machte er sich daran, die Befestigungslaschen des Bienenstockes loszuschrauben, während Mrs. O'Callaghan ihr Schiff in der Mitte des Flusses auf Kurs hielt. Nachdem er dies geschafft hatte, wickelte er den ganzen Bienenstock, Ober- und Unterteil, in zwei Decken und bat Mrs. O'Callaghan, das Ruder zu verlassen und ihm zu helfen. Gemeinsam schafften sie es, das Bündel die Leiter hinunter zu transportieren und in dem Verschlag für Getreide zu verstauen. Dann machte sich Mrs. O'Callaghan daran, Mickey zu retten, und Mr. White begab sich ans Steuerruder.

Während dieser ganzen Zeit war die arme Brownie ängstlich und eifrig die Leitern hinauf und hinunter geklettert, obwohl das schwierig für sie war, und hatte ihren Herrn nach Anweisungen fragend angestarrt. Sie wußte sehr wohl, daß sie in einer Krise steckten, wußte aber nicht, wie sie hätte helfen können. Als er schließlich ihre flehenden Blicke bemerkte, beugte er sich zu ihr und küßte sie liebevoll auf ihre feuchte, gummiweiche Nase.

Kapitel 21

Leben geht jedoch vor Liebe: es war nicht die Zeit, sich mit Sentimentalitäten abzugeben. Die Begleitumstände der Sintflut begannen sich energisch bemerkbar zu machen. Zwar nicht in Form eines allgemeinen Nachgebens der Erdkruste – oder jedenfalls noch nicht –, aber mit einem Anschwellen der Flüsse. Dies bedeutete, daß die Arche wahrscheinlich den ganzen Slane würde hinunterfahren müssen, der ein Nebenfluß der Liffey war; dann in die Liffey hinein, weiter durch Dublin und hinaus auf die Irische See. Dort würde sie voraussichtlich in Sicherheit herumgondeln, während die Erdkruste nachgab und der atomare Kataklysmus stattfand.

Mr. White mußte nun die bevorstehenden Gefahren und Risiken auf dem Fluß einkalkulieren. Er hatte vergessen, eine Karte mitzunehmen. Die sechzehn Kilometer oberhalb Cashelmor kannte er recht gut, da er sie etliche Jahre nach Lachs abgefischt hatte, bis er diesen Sport als zu mechanische Tätigkeit aufgab. Einige Kilometer unterhalb der Stadt hatte er noch einigermaßen in Erinnerung, da die Hauptstraße neben dem Fluß herlief. Danach aber hatte er keine Vorstellung davon, welche Hindernisse sie erwarteten, obgleich er ein genaues geistiges Bild von dem Slane-Liffey-Zusammenfluß auf der Landkarte hatte und wie die Liffey danach entschlossen nach Osten abbog und durch Dublin floß. In Dublin gab es elf Brücken, von denen er sich fünf in richtiger Folge gedanklich klar vorstellen konnte. Das war das ganze Ausmaß seines Wissens als Lotse.

Zwischen Druimanafferon und Cashelmor gab es keine unerwarteten Hindernisse mehr. Es gab nur noch ein niedriges Wehr, bei normalem Wasserstand des Flusses nicht mehr als dreißig Zentimeter hoch. Dies mußte inzwischen einige Meter unter der Oberfläche liegen und konnte außer acht gelassen werden. An einigen Stellen war der Fluß schon über anderthalb Kilometer breit, an anderen allerdings, wo er zwischen Steilufern hindurch mußte, tiefer statt breiter. Hier und dort schauten Inseln aus dem Wasser, die verbliebenen Anhöhen eines einst fruchtbaren Landes.

Er ließ diese Tatsachen so rasch wie möglich geistig Revue passieren. Zu seiner Überraschung hatte er entdeckt, daß ihm die ganze Geschichte Vergnügen bereitete. Sein Körper hatte mit Adrenalin auf die Krise reagiert, so daß er jetzt vor Geschicklichkeit und Kühnheit strotzte. Sein Verstand war klar und voller strategischer Pläne.

Er erkannte, daß Cashelmor über das Wohl und Wehe ihrer Expedition entscheiden würde.

Cashelmor war, wie Killaloe oder Trim, eine der wenigen Städte in Irland, die noch einige denkwürdige Spuren des Mittelalters konserviert hatten. Die Häuser standen eng gedrängt zwischen Resten der ehemaligen Stadtmauern – wie Trim war es einst eins der Bollwerke des unter englischer Gerichtsbarkeit stehenden Ostteils von Irland gewesen –, und es gab eine normannische Burg auf einem Schloßberg. Außerdem gab es zwei Klosterruinen und einige klösterliche Relikte. Die Stadt stand beidseits des Flusses auf steil abfallenden, hohen Steinwänden, und was für Mr. White jetzt noch wesentlicher war, die beiden Stadthälften waren durch eine hübsche Brücke mit drei Spitzbögen aus dem vierzehnten Jahrhundert verbunden. Es war in der Tat eine Todesfalle für Archen.

Die steilen Schanzhügel zu beiden Seiten des Flusses, die auf der einen die Burg und auf der anderen das Kloster trugen, würden eine Ausbreitung des Wassers verhindern; die hohen Uferwälle und dichtgedrängten Häuser würden es in seiner Bahn halten, aber wie ein Mühlgerinne; und über den reißenden Strom würde sich die massive Brücke spannen, wahrscheinlich überschwemmt bis zum Geländer.

Er erwog diese Tatbestände.

Seit Beginn der Flut war er nicht mehr in Cashelmor gewesen und wußte nicht, wie hoch der Fluß angeschwollen sein konnte. Es war jedoch unwahrscheinlich, daß er niedrig genug wäre, um die Arche unter der Brücke passieren zu lassen; und genauso unwahrscheinlich, daß er hoch genug wäre, um sie über die Brücke hinwegzutragen; und soviel er wußte, gab es keine Möglichkeit zur Umfahrung. Zwei Hoffnungen blieben jedoch noch: die Brücke könnte inzwischen fortgeschwemmt worden sein; oder der Fluß könnte sich ein neues Bett gesucht haben, tief genug, um die Stadt zu umschiffen. Jedenfalls fühlte er sich der Situation gewachsen. Er hatte Instruktionen vom Erzengel Michael empfangen, der vermutlich wußte, worum es ging, und das war eine ausreichende Garantie. Er mußte nur sein Bestes tun. Das wollte er auch, und mehr konnte er nicht. Die gesamte Situation konnte man erst beurteilen, wenn man direkt mit ihr konfrontiert war; denn da der Fluß etwa dreihundertsechzig Meter vor der Stadt einen Bogen machte, konnte man sie erst von dort an sehen.

Mrs. O'Callaghan kam an Deck, in jeder Hand eine Tasse Tee. Sie brachte ihm immer zwei Tassen Tee, nie eine Tasse und eine Kanne mit Tee, und dies war für ihn in der Vergangenheit eine Quelle steten Ärgers gewesen. Zum erstenmal erkannte er jetzt, daß es einfacher war, zwei Tassen mit Tee zu tragen als eine Tasse, eine Teekanne, einen Milchkrug und eine Zuckerdose. Er bereute sehr, dies nicht schon früher bemerkt zu haben. Er begann Mrs. O'Callaghan so einzuschätzen, wie sie es verdiente.

Sie erzählte ihm, daß Mickey über sein schmerzendes Genick klage und behaupte, es sich beim Sturz durch die Falltür gebrochen zu haben. Aber Mrs. O'Callaghan bezweifelte dies, weil Mickey wehleidig sei. Sie glaube nicht, daß Menschen einfach weiterleben könnten, vor allem nicht, wenn sie sich das Genick gebrochen hätten. Sie hatte ihn mit einer Flasche Stout ins Bett gepackt.

Das starke Porterbier stammte aus Mrs. O'Callaghans persönlicher Seekiste, die folgendes enthielt: vier Flaschen des besagten Stout, das *Kind von Prag,* drei um einen ausgestopften Brachvogel gewickelte Spitzenvorhänge, eine Flasche Weihwasser, die Photographie eines verstorbenen Bischofs, zwei um einen halbleeren Topf mit schimmeliger Pflaumenmarmelade gewickelte Flanellnachthemden, zwei Trauerbilder von ihrem Vater und ihrer Mutter, einen mit Satin bezogenen Teewärmer, den sie von irgendwelchen Nonnen gekauft hatte, Old Moore's Almanach, einen emaillierten Nachttopf, etwas Schnur zum Zurückbinden von Ochsenwammen als Spezialmittel gegen Klauenseuche und Betrüger, etwas roten Flanell zum Umwikkeln von Lämmerschwänzen als Mittel gegen Füchse, eine Flasche Magnesiamilch, eingewickelt in zweimal wollene Unterwäsche zum Wechseln, das neueste Exemplar von *St. Antons Jahrbuch* zum Lesen an Sonntagen, eine halbleere Flasche Brandy, ein Hufeisen, einige Steine und Eisenstückchen, die sie am Strand von Bray aufgesammelt hatte, zwei seidene Kopfkissenbezüge und Mr. Whites goldene Uhr, die dieser vergessen hatte. Sie hatte sein Versteck natürlich von Anfang an gekannt, da sie gewohnt war, Mr. White durch Schlüssellöcher zu beobachten; allerdings nicht aus irgendwelchen finsteren Gründen, sondern weil sie ihn interessant fand wie ein Ornithologe einen seltenen Vogel.

An den fernen Ufern schwenkten Gruppen von Bauern und Landarbeitern Lumpen oder sprangen auf und ab, als die Arche vorbeischwamm.

Mr. White bat Mrs. O'Callaghan, an Deck zu bleiben, und

erzählte ihr von den Schwierigkeiten, die ihnen bei Erreichen der Stadt bevorstanden. Er fühlte sich glücklich und zu allem imstande, stolz über die Rettung der Bienen, und da Mrs. O'Callaghan schon vor langer Zeit aufgehört hatte, den Dingen, die er sagte, Aufmerksamkeit zu schenken, war sie nicht beunruhigt. Sie horchte auf den Klang seiner Stimme.

(»Mr. White wird's schon schaffen, keine Angst.«)

In diesem Moment sahen sie eine Elster vor ihnen über den Fluß fliegen, und zwar von links nach rechts.

»Da, eine Elster!«

»Wo?« rief sie und schaute schnell in die entgegengesetzte Richtung.

»Sie haben sie gesehen! Ich sah, wie Sie sie gesehen haben!«

»O nein, hab' ich nicht!«

»Dort drüben. Sie ist immer noch zu sehen.«

Die Elster mußte eine so weite Wasserfläche überqueren, daß sie noch deutlich sichtbar war.

Mrs. O'Callaghan schaute ihr nach, als zerrte man sie zum Scheiterhaufen, sagte aber mit fester Stimme: »Es bedeutet überhaupt nichts Schlechtes, wenn sie von links nach rechts fliegen.«

»Letztes Mal haben Sie mir gesagt, daß es so wäre, wenn sie von rechts nach links flögen.«

»O *nein,* Mister White.«

»Doch, das haben Sie.«

»Ich hab' noch nie eine gesehen – jedenfalls nicht, wenn wir zusammen waren.«

»Und wie war's an dem Tag, als wir zusammen von Mullingar kamen?« – »Das war ein geschecktes Pony.«

»Da haben wir auch eine Elster gesehen. Und als ich Sie zum Zähneziehen nach Dublin gefahren habe?«

»Ich kann mich nicht erinnern.«

»Sie erinnern sich wohl. Und Sie haben gesagt, sie müßten von rechts nach links fliegen.«

»Ich dachte, es wäre eine Frau mit roten Haaren gewesen.«
»Frauen mit rotem Haar überqueren keine Landstraßen. Sie gehen neben ihnen entlang.«
»Sie können sie aber auch überqueren, Mr. White.«
»Ja, aber . . .«
Er unterbrach sich. Er war zu der Erkenntnis gekommen, daß die Schlacht für ihn jedesmal verloren war, wenn er »aber« gesagt hatte. Mrs. O'Callaghan mußte es im letzten Augenblick gelungen sein, die Lunte der Bombe, auf der sie saß, zu löschen, oder was es auch sein mochte. Im Geist ging er die Auseinandersetzung durch, um nach Möglichkeit festzustellen, wo er einen Fehler gemacht hatte.
»In welche Richtung«, fragte er listig, »ist die Elster geflogen?«
Sie machte verstohlene Bewegungen mit ihren Fingern, die etwas mit ihrer Gedächtnisstütze für Steuerbord und Backbord zu tun hatten, und sagte in einer Art schuldbewußtem Trotz: »Von rechts nach links.«
»Eben haben Sie noch gesagt . . .«
»Von links nach rechts«, fügte Mrs. O'Callaghan hinzu.
»Großer Gott!« schrie Mr. White und schwappte seinen Tee über . . .
Doch er blieb mitten im Satz stecken.
Sie hatten die letzte Biegung umfahren, und Cashelmor lag vor ihnen. Der Anblick war so schlimm, wie er nur sein konnte. Es gab keinen Weg um die Stadt herum, und das Wasser des Flusses stand in der Mitte der Brücke, wo sie den Buckel hatte, auf gleicher Höhe mit dem Geländer. Das Wasser floß sehr schnell. Man konnte das nur erkennen, wenn man sah, wie rasch die Gefahr sich näherte.
»Also gut«, sagte er. »Wir können nichts dagegen tun. Wir müssen aufprallen. Hören Sie zu, Mrs. O'Callaghan, es wird einen kräftigen Bums geben. Ich möchte ihn so weit wie möglich dämpfen. Können Sie steuern, während ich mit dem Balken nach vorn gehe und versuche, die Arche

abzustoßen? Ich möchte, daß Sie die Arche in letzter Minute mit dem Ruder zur Seite drehen, während ich versuche, sie wegzudrücken . . . oder vielleicht sollte ich lieber steuern . . . oder vielleicht sollten Sie . . . ich weiß nicht, was schlechter wäre. Und jemand muß Brownie halten. Der Aufprall wird uns umwerfen . . . Aber eigentlich«, fügte er hinzu, »spielt es keine große Rolle, was wir tun. Und selbst wenn wir gegen die Seitenbefestigung steuern, um einen Streifstoß zu produzieren, so weiß ich doch nicht, welcher Teil der Arche am schwächsten ist. Es könnte genauso ratsam sein, mit dem Ende voran aufzuprallen. Wir hätten nach Druimanafferon ein paar Stoßfänger machen oder ein paar leere Kisten heraufholen und über die Seite hängen sollen, um den Aufprall abzufangen. Doch das spielt jetzt keine Rolle. Wir können es nicht mehr ändern. Ich glaube, ich werde einfach nur steuern; und Sie, Mrs. O'Callaghan, wollen Sie sich bitte an Deck setzen und Brownie festhalten? Legen Sie sich flach hin und halten sie fest. So ist's gut. Stemmen Sie Ihre Füße gegen die Decksbalken. Nein, Brownie, Liebling, sei ein braves Mädchen. Bleib bei Mrs. O'Callaghan. Gleich geht's los.«

Das aufgewühlte Wasser, von Wirbeln und Streifen durchzogen wie kochendes Metall, arbeitete sich zwischen den mittelalterlichen Mauern hindurch. Es drehte sich wie Tauwerk und schimmerte ölig. Die Seitenwälle huschten vorbei. Mr. White warf sich wieder und wieder gegen die Ruderpinne – die hier wie ein Paddel benutzt werden mußte, weil das Ruder stromab keine Hebelwirkung hatte. Die Arche bewegte sich mit feierlichem Ernst auf den Seitenwall zu, rutschte mit fürchterlichem Knirschen daran entlang – im Zwischendeck machte Mickey gewaltigen Lärm –, drehte sich wie besessen um sich selbst und knallte seitlich mit einem schmetternden Schlag gegen die versunkene Brücke. Der Steuermann fiel um.

Kapitel 22

Mickey schrie wie am Spieß.
Die Pfeiler der Brücke waren keilförmig, um den Strom zu spalten, aber einer davon hatte statt dessen die Arche gespalten. Die ganze Breitseite war im Herumschwingen auf den äußeren Brückenpfeiler geprallt, wobei die Schraubenköpfe auf der Blechnaht in einer Länge von gut dreieinhalb Metern abgerissen waren.
Es war eine tödliche Wunde.
Das Wasser auf der stromabwärts gelegenen Seite sprudelte wie aus einer durchtrennten Schlagader über Mickeys Kopf.
Mr. White zog ihn an den Füßen aus diesem Wasserfall. Wie ein protestierendes, wenn auch etwas ältliches Baby mit einer Nadel in den Windeln, machte er keinerlei Anstrengungen, er heulte nur. Wie ein Baby war er knallrot im Gesicht. Und wie ein Baby schien er zu glauben, wenn er nur laut genug heulte, könnte er damit jede gefährliche Situation verscheuchen.
Mr. White wuchtete die schluchzende Kreatur die Leiter hinauf und kehrte zurück, um das Leck anzustarren.
Es hatte keinen Zweck, Decken hineinzustopfen. Das Wasser war ein Katarakt, und die ganze Seite war aufgerissen. Sein Gesicht erbleichte.
Er hatte nicht etwa Angst vor dem Ertrinken. Er war, wie Brownie, ein guter Schwimmer und hätte mit Leichtigkeit den Fluß an seiner breitesten Stelle überqueren können. Es war wegen der Tiere und der Verantwortung für sie.
Denn es gab keine Chance, sie aus den Ställen herauszuholen. Er hatte vorgehabt, bei der Landung in der Neuen Welt zwei Wellblechbahnen herauszunehmen, um sie aus-

steigen zu lassen. Jetzt gab es keinen Ausgang für sie. Das Wasser stand bereits bis zu seinen Knöcheln. Die Schweine, die Kuh, die Ziege, der kastanienbraune Muskelberg namens Nancy – alle waren sie dem Untergang geweiht. Mr. White war rasend vor Wut.
Es blieb jedoch keine Zeit, wütend zu sein.
Er stieg die Leiter hinauf.
»Mrs. O'Callaghan, dies Ding wird untergehen. Wie tief ist das Wasser auf der Brücke?«
Sie befanden sich seitlich von dem Brückenbuckel, der die Durchfahrt blockierte. Der Buckel war steil, und nur noch das Mittelstück der Brüstung ragte aus dem Wasser. Der Rest wurde von einem reißenden Strom überflutet, bestimmt ein Meter achtzig tief an den beiden Enden. Weder Mickey noch Mrs. O'Callaghan würden hindurch an Land waten können. Sie starrten in das wirbelnde Wasser.
»Sie werden sich an Holzstücken treiben lassen müssen. Wir haben die Ruderpinne und den Balken zum Abstoßen. Ich hole jetzt noch mehr.«
Brownie hatte die Nase voll von der Seefahrt und war auf die Brückenbrüstung gesprungen, um nachzusehen, was auf der anderen Seite wäre.
»Wenn die Arche untergeht, klettern Sie neben Brownie hinauf und rufen um Hilfe.«
Er blickte die Hauptstraße von Cashelmor hinunter, voll von bewegungslosen Gestalten, die der Katastrophe zuschauten, und verschwand durch die Falltür. Er schenkte den Gestalten keinerlei Beachtung, da er wußte, daß es einheimischer Brauch war, Katastrophen ihren Lauf zu lassen. Als er durch die Falltür tauchte, gingen die Lampen aus. Das Watter hatte die Batterien erreicht.
Im Dunkeln riß er mit den Händen die Balken auseinander. Durch den Aufprall und infolge der beiden bereits herausgenommenen Stücke waren sie gesplittert oder gelockert. Er behielt dabei die Luke im Auge, um das erste

überschwappende Wasser – das Signal, um sein Leben zu laufen – nicht zu verpassen. Er fühlte sich wie Mickey und das Baby, kurz davor, voller Wut zu schluchzen, während er das Holz herausriß.
Als er wieder nach oben kam, mit genügend Material, um seine Passagiere über Wasser zu halten, solange sie sich festhielten, fand er die Gesellschaft auf der Brückenbrüstung sitzen. Mickey ließ wie der uralte Mann bei Lewis Carroll seine großen Stiefel baumeln und heulte zwischen seine Knie. Mrs. O'Callaghan, bleich aber entschlossen, hielt Brownie am Schwanz fest, damit sie nicht ins Wasser fiele.
Die Arche war nicht so tief abgesunken wie erwartet. Sie hing gewissermaßen von dem Brückenpfeiler aufgespießt und wurde vom Wasserdruck gegen das Mauerwerk gepreßt und somit abgestützt. Das Leck befand sich auf der stromabwärtsgewandten Seite. Doch das Wasser des Flusses stieg rasch, weil die Arche den Durchfluß teilweise blockierte.
»Hören Sie, ich glaube, ich kann wenigstens die kleinen Tiere hinauslassen. Die Arche wird anscheinend doch nicht so rasch sinken. Wenn ich die Verschläge aus der Falltür schiebe, Mrs. O'Callaghan, können Sie sie dann öffnen und die Tiere freilassen?«
»Ich tu alles, was Sie sagen, Mr. White.«
Zwanzig Minuten lang kamen Käfige und Verschläge durch die Luke, und das Oberdeck bot ein merkwürdiges Schauspiel. Enten schwammen quakend davon; Kaninchen, die aussahen wie nasse Katzen, paddelten mutig wie junge Hunde drauflos; Hühner flatterten auf Mickeys Kopf; kleine Vögel flogen singend davon; Brownie schaute entzückt zu.
»Das wäre alles.«
Die Arche hielt sich immer noch ganz gut, und Mr. White blieb einen Augenblick an Deck stehen und überlegte, was

als nächstes zu tun sei, fragte sich, wie er es anstellen sollte, seine Passagiere trocken an Land zu bringen. Er kletterte neben sie auf die Brüstung, um die Möglichkeiten zu durchdenken.

Es war jetzt das erste Mal, daß er imstande war, die Lage in Cashelmor wahrzunehmen.

Um diese Lage – eine sehr wirre übrigens – zu erklären, wird es notwendig sein, zu der Zeit der Buhrufe und Geraghtys Mordanschlag auf unseren Helden zurückzukehren.

Mr. White gehörte nicht zu jenen Leuten, die dem, was andere über sie denken, Beachtung schenken, noch konnte er besonders gut im voraus ihre Reaktion auf die Dinge abschätzen, die er zu tun pflegte. Er war in Wirklichkeit viel zu sehr damit beschäftigt, über so wichtige Fragen wie etwa das Dogma der Erbsünde nachzudenken, oder wie man auf Burkestown ein Badezimmer einbauen könnte, als daß er Zeit gehabt hätte, darüber nachzudenken, was die Leute dazu meinten, worüber er gerade nachdachte. Folglich war er sich rührenderweise seines Ruhmes gar nicht bewußt.

Er hatte allerdings stets gewußt – wie das jeder wissen mußte, den man schon wegen Wißbegier für Ameisen verfolgt hatte –, daß man keine Arche bauen könnte, ohne die Aufmerksamkeit der Nachbarn und vielleicht deren Mißgunst auf sich zu ziehen. Aber die Annahme, daß diese Aufmerksamkeit sich auf die Nachbarschaft beschränken würde, war fahrlässig gewesen. Hätte er überhaupt darüber nachgedacht, so hätte er wohl gemeint, daß jene Leute, die Ziegelsteine gegen die Arche warfen, Nachbarn aus einem Umkreis von vielleicht anderthalb Kilometern wären.

Er hatte sie unterschätzt.

Schon als bekannt wurde, lange vor irgendeiner Flut, daß er ein Schiff baute, hatte man in allen Lebensmittelläden,

Kneipen, Küchen und an anderen Orten unschuldigen Klatsches im Umkreis von sechzehn Kilometern über ihn diskutiert. Als dann die Sintflut gekommen war, hatte sich die Aufregung wie ein Lauffeuer auf allen Märkten in Kildare verbreitet.

Die Leute in und um Cashelmor waren zurückhaltend. Sie nahmen an, wie schon erwähnt, daß alle Welt darüber dachte wie sie selber. Folglich hatte sich niemand die Mühe gemacht, Mr. White zu sagen, daß er berühmt sei, weil sie glaubten, daß er es bestimmt wüßte. Da er aber nicht einmal wußte, daß ein Anschlag auf sein Leben verübt worden war, konnte es als ziemlich sicher gelten, daß er es nicht ahnte.

Vielleicht hätte sein Ruhm auf lange Sicht wenig Bedeutung gehabt, wenn er ihn nicht mit der Heiligen Römisch-Katholischen Kirche verstrickt hätte. Dies war jedoch unglücklicherweise eingetreten, als die Flut katastrophische Ausmaße angenommen hatte.

Mr. White hatte sie vorausgesagt, hatte Vorsorge dagegen getroffen, hatte sie kommen sehen, und sie hatte sich dann zu der gewaltigsten Flut entwickelt, an die sich der älteste Pensionär von Cashelmor erinnern konnte – und darauf konnte man stolz sein, da der letztere 113 Jahre alt zu sein behauptete, denn er hatte das ehrgeizige Ziel eines jeden Iren verwirklicht, sich die Pension von den Behörden zu erschwindeln, als er erst knapp vierzig Lenze zählte.

Mr. Whites Taten hatten wirklich so vor den Menschen geleuchtet, daß sie seine guten Werke gesehen und seinen Vater im Himmel gepriesen hatten.

Als die Verwüstungen wuchsen, war die Sintflut der Schrecken der ganzen Grafschaft geworden, und es hatte sich sogar eine Partei gebildet, die unseren Helden zum zweiten Noah erklärt hatte. Die furchtsameren und weitsichtigeren Frauen hatten sich in großer Zahl in Cashelmor zur Beichte eingefunden.

Pater Byrne, der Gemeindepfarrer, war ein Priester alter Schule mit leuchtendrotem Gesicht und einem Bauch, so fest und rund wie ein Apfel. Gelegentlich verprügelte er seine Pfarrkinder nach alter Sitte mit einem Stock, wenn sie an Sonntagen auf Freiersfüßen wandelten. Es war schlimm genug für ihn gewesen, mit siebenmal mehr Beichten als sonst fertigzuwerden; schlimmer noch, daß Ketzerei ihr häßliches Haupt in seiner eigenen Gemeinde erhob; am schlimmsten aber war für ihn dieser anmaßende weltliche Weise, der nicht einmal die notwendigen Jahre in Maynooth verbracht hatte und nun als Sprachrohr der Göttlichen Vorsehung posierte. Wenn es denn eine Sintflut geben sollte, hätte die Ankündigung über den bestehenden Apparat gemacht werden müssen, und der war Pater Byrne.
Als Gemeindepfarrer hatte er Mr. White konsequenterweise von der Kanzel herab öffentlich gerügt – aber niemand hatte sich darum gekümmert, den letzteren davon zu unterrichten, aus Angst, seine Gefühle zu verletzen. Im großen und ganzen war es auch eine milde Anklage, wenn man Pater Byrnes sonst üblichen Wortschatz berücksichtigte, aber unglücklicherweise war sie von dem Ansteigen des Wassers vor dem Frost begleitet gewesen. Dies hatte die Zweifler bestärkt, die darin eine eindrucksvolle Antwort von Mr. White sahen, und die Zahl der Beichten hatte eher zu- als abgenommen. Pater Byrne, aufs äußerste gereizt von dieser scheinbar offenen Revolte, hatte einige Wochen später eine zweite Strafpredigt gehalten, in der er gedroht hatte, den meisten seiner Gemeindeglieder die Tröstungen der Kirche zu entziehen, und in der er Mr. White als Ungläubigen, als Antichrist und als Engländer bezeichnet hatte. Er hätte vorsichtiger sein sollen. Seine eigenen Anhänger hätten kaum mehr Ziegelsteine gegen die Arche von Burkestown werfen können, als sie dies bereits taten, und die an die Offenbarung Glaubenden waren

lediglich zu dem Schluß gekommen, daß Pater Byrne versuchte, Mr. White aus seinem eigenen Revier zu vertreiben. Sie hatten darauf gelauert, wer von den beiden Hexenmeistern sich als Sieger erweisen würde, und wie es der Zufall wollte, hatte es am folgenden Tag aufgehört zu frieren. Die endgültige Überschwemmung danach hatte die unglückliche Stadt in einen fieberhaften Zustand versetzt: durch flaches Wasser auf den Feldern von jedem Verkehr mit der Außenwelt abgeschnitten; das einzige Telefon unterbrochen; von einer inneren religiösen Spaltung zerrissen und dem Zorn Gottes preisgegeben. Wer immer noch an dem römischen Aberglauben festhielt, hatte die Anhänger des Neuen Glaubens öffentlich angeklagt, worauf die Anhänger des Erzketzers mit höhnischen Sticheleien und Vernichtungsdrohungen antworteten. Väter hatten sich gegen ihre Kinder gewandt, Ehemänner gegen ihre Frauen; Pater Byrnes ohnehin zu hoher Blutdruck hatte neue Höhenrekorde aufgestellt; und in diese biblische Situation hinein hatte unser Seefahrer auf dem Höhepunkt der Katastrophe leichtfertig seinen schwimmenden Untersatz dirigiert.
Kein Wunder, daß die winzigen schwarzen Gestalten an den Ufern gewinkt hatten und in die Luft gesprungen waren; kein Wunder, daß eine dicht gedrängte Menge auf der Hauptstraße die Manöver der Arche verfolgt hatte.
Seit frühester Kindheit von der ältesten aller Kirchen in strenger Disziplin geschult, hatte auch der Tapferste von ihnen noch auf ein Zeichen gewartet.
Es wurde ihnen gewährt.
Man hatte Mr. White beobachtet, wie er sich zum Gebet in die Einsamkeit der Arche zurückzog. Man hatte ihn ein Opfer aus lebenden Enten, Kaninchen und Tauben darbringen sehen. Und noch während die dicht gedrängte Menge auf eine Antwort wartete, sah man, daß sie gekommen war.

Der übervolle Slane, von seinem letzten Abfluß durch die Brückenbögen durch das Hindernis Arche abgesperrt, rauschte mit großartigem Ungestüm seitwärts durch die Gassen von Cashelmor.

KAPITEL 23

Mr. White saß auf der Brüstung und betrachtete die Szene. Die Hauptstraße stand schon fünfzehn Zentimeter tief unter Wasser, und die Menge hatte sich verzogen; allerdings nur für einen Augenblick.

Kurz darauf waren die Leute wieder da. In den Fenstern über Lebensmittel- und Tuchhandlungen erschienen die Köpfe von Rechtgläubigen und ließen Verwünschungen niederprasseln: auf Mr. White, auf den Tag seiner Geburt und auf den Moment, in dem seine Mutter ihn empfangen hatte. Außerdem heulten sie unzusammenhängende Fragmente des Rosenkranzes hinaus, während Pater Byrne bis zu den Knöcheln im Wasser auf den Stufen des Marktkreuzes stand, die Jungfrau-Maria-Litanei herunterrasselte und die Faust gegen seinen Rivalen schüttelte. Gleichzeitig, im Zwinkern eines Augenlides, strömten aus den überfluteten Untergeschossen die Anhänger des Neuen Glaubens und schoben Zinkbadewannen, alte Holzkoffer, Kleiderschränke, Wasserfässer und was sonst noch schwimmen wollte vor sich her. Sie kletterten in diese schwimmenden Untersätze, während sie Mr. White zuschrien, auf sie zu warten, Eu'r Ehren, Eu'r Heiligkeit, Eu'r Gnaden; sie um der Liebe Jesu, Maria und Josef willen mitzunehmen; sich der Waisen und Witwen zu erbarmen und ihnen nichts zu verübeln, Eu'r Eminenz, diesen armen vaterlosen Geschöpfen, die immer ein gutes Wort für Eu'r Majestät eingelegt hätten, was auch dieser alte, schreiende Schubiack auf seinen kurzen Ständern im Schilde führen mochte. In der Ferne konnte man die Guarda Siochana mit schußbereiten Karabinern und aufgepflanzten Bajonetten auf dem Burgberg den Rückmarsch antreten sehen.

All dies brachte Mr. Whites fruchtbaren Verstand auf eine Idee.
»Wir brauchen diese Balken gar nicht. Ich kann sie in den Wasserfässern an Land ziehen.«
Während er sich bemüht hatte, Holz aus der Arche zu bergen, und später, als er die Kleintiere freigesetzt hatte, war einer der Schrecken dieser Arbeit das ständige Bumsen von Fässern, toten Kühen, Baumstämmen und anderem Treibgut gewesen, das die Arche auf der flußaufwärts gelegenen Seite gerammt hatte. All dies Zeug bildete nun eine zusätzliche Barriere rund um die Arche und beschleunigte die Überflutung der dem Untergang geweihten Bezirke von Cashelmor.
Mr. White kletterte auf das Deck der Arche hinunter, die sich immer noch weigerte unterzugehen, und löste drei Teerfässer. Sie gehörten zu dem Notvorrat, der von der Dangan Bridge weggefegt worden war, und die wegen ihres Gewichts nicht wieder an Deck gehievt werden konnten. Glücklicherweise lag der Hammer noch an Deck, und mit seiner und Mrs. O'Callaghans Hilfe, die währenddessen die Fässer im Wasser senkrecht hielt, gelang es ihm, die Deckel herauszuhauen. Als nächstes schöpfte er sie mit seinem Tweedhut aus, bis sie leicht genug zum Hochheben waren.
Mittlerweile paddelten seine glühenden Verehrer aus Cashelmor eifrig mit Besen und Bratpfannen gegen den Strom, der sie immer wieder vom Brückenende in die Straße zurücktrieb.
Jedes Teerfaß hatte seitlich und ziemlich weit oben ein Spundloch. Die Spunde darin trieben sie mit dem Hammer aus und holten das Seil, mit dem die Ruderpinne festgebunden war. Wenn sie die drei Fässer zur Form eines Kreuz-As zusammensetzten, mit den Spundlöchern nach innen, war es möglich, sie mit dem Seil fest zu verbinden. Sie brauchten das Seil dazu nicht um die Fässer herumzu-

binden – wofür es auch zu kurz gewesen wäre –, sondern konnten es durch die Spundlöcher ziehen, so als ob man drei Stiefel durch die Ösen miteinander verbände.
»Eins für Sie, eins für Brownie und eins für Mickey. Die Hühner werden sitzen müssen, wo sie Platz finden, der Truthahn ebenso. Unter Deck liegt noch etwas mehr Seil, womit wir die Teekisten zu vertäuen pflegten, und das werde ich mir um die Hüfte binden. Dann werde ich versuchen, auf der Brüstung entlang zur Straße zu gehen, und wenn mir das gelingt, werde ich Sie nachziehen. Wenn nicht, werden wir uns mit dem Strom treiben lassen müssen und weiter unten ans Ufer zu gelangen versuchen. Aber was Sie auch tun, Sie dürfen das Seil auf keinen Fall loslassen. Am besten werden wir es auch durch die Spundlöcher knoten.«
»Aber die ganze Straße ist schon ein Fluß, Mr. White.«
»Nur ein flacher, Mrs. O'Callaghan.«
»Sie können niemals auf dieser Brüstung entlanglaufen«, rief Mrs. O'Callaghan aus. »Sie werden hinweggeschwemmt!«
»Ich kann's ja versuchen. Ich habe in schottischen Flüssen geangelt, und ich kann schwimmen. Wenn ich weggeschwemmt werde, müssen Sie mich nur am Seil zurückziehen. Ich geh' es jetzt holen.«
Er verschwand durch die jetzt schräg geneigte Falltür und kam bald darauf mit den Worten: »Diese Arche scheint kein Stückchen mehr zu sinken«, wieder zum Vorschein.
»Sie muß sich an der Brücke verfangen haben.«
Mit einer vagen Vermutung sah er Mrs. O'Callaghan an, verbannte diesen Gedanken jedoch bei ihrem Gesichtsausdruck.
»Wir können ihr nicht vertrauen«, erklärte er bedauernd. »Dennoch könnten wir vielleicht Nancy retten. Die Kabine füllt sich mit Wasser, aber auf der Stallseite dringt noch nichts ein. Es besteht eine kleine Chance, daß die

Unterteilung wie ein Schott wirkt. Wenn wir auf Nancys Seite für eine Luftblase sorgen könnten, würde sie dies Ende vielleicht hochhalten – ganz abgesehen davon, daß das Wasser die Arche gegen die Brücke preßt.«

»Was Sie nicht sagen, Mr. White.«

»Geben Sie mir den Hammer, damit wir die Falltür von der Ruderpinne losschlagen können. Ich werde sie an der alten Stelle festnageln, mit ein paar Decken als Dichtung unter den Rändern, um den Stall so luftdicht wie möglich zu machen. Ich habe noch ein paar Nägel. Ich kann kaum die Hand vor dem Gesicht sehen«, fügte er hinzu, als er auf seinem barmherzigen Gang nach unten verschwand, während Browníe mißtrauisch durch die Öffnung hinterherschaute.

Die Konvertiten heulten verzweifelt, als ihr Patriarch verschwand, und paddelten noch vehementer gegen die Strömung an. Sie wollten zu Mr. White, während er zu ihnen wollte. Wie üblich hatten sie entgegengesetzte Ziele.

Mrs. O'Callaghan untersuchte Mickey. Ihm war schlecht. Es schien kaum möglich, daß er auf einer Steinbrücke seekrank sein konnte wie damals auf ihrer Hochzeitsreise zur Insel Man, aber er war es. Sie ging ebenfalls nach unten, um den Brandy aus der schwankenden Kabine zu holen.

Als Mr. White schließlich wieder an Deck kam, lag die Arche schräger denn je. Doch es war ein gutes Zeichen, daß das Stallende höher lag.

»Mehr kann ich nicht tun. Wir müssen etwas Wasser in diese Fässer schöpfen, ehe wir hineinsteigen, damit sie nicht kopflastig werden und mit den Böden auseinandertreiben. Wir werden bloß nasse Füße bekommen.«

Sie setzten Mickey wie die Schlafmaus in eines der Fässer und experimentierten an der flußaufwärts gelegenen Schlagseite der Arche mit seinem Auftrieb. Mrs. O'Callaghan schöpfte um seine Hosenbeine herum das Wasser ein, während Mr. White das Faß ruhig hielt. Sie zählten die Hüte voll.

»Das sollte reichen. Schöpfen Sie dieselbe Menge Wasser in Ihres und Brownies. Ich zieh' jetzt meine Schuhe aus.«
Während er sie und auch seinen Mantel auszog, kletterte Mrs. O'Callaghan in ihr Faß und versuchte Brownie in das andere zu locken. Brownie sah, daß Wasser darin war, und zierte sich.
»Arme Brownie. Spring schon hinein. Bist doch die Beste von ganz Irland. Nun spring doch schon. Arme Brownie. Braves kleines Mädchen.«
Mr. White setzte sie hinein.
Er drehte sich um und musterte noch ein letztes Mal den Schauplatz seiner Niederlage, während er sich das Seil um die Hüfte knotete und wünschte, daß Mrs. O'Callaghan Brownie nicht dauernd mit »arm« anreden möge. Wenn irgendein Hund nicht »arm« war, dann Brownie. Genau besehen, war sie vermutlich der reichste Hund in ganz Kildare. Aber das nützte jetzt auch nichts mehr. Er machte einen letzten, kräftigen Ruck am Knoten.
Mrs. O'Callaghan, die seinem Blick von der leckgeschlagenen Arche zur Brücke und wieder zurück folgte, bemerkte: »Es ist der Heilige Wille Gottes.«
Pater Byrne, auf den obersten Stufen des Kreuzes angelangt, begann die Sieben Bußpsalmen.
Die Konvertiten, die ihren Propheten sich erneut manifestieren sahen, begannen wie wildgewordene Teufel zu paddeln.
Mr. White machte sich über die unsichtbare Brüstung auf den Weg zu ihnen.
Das Wasser warf sich gegen seine Knie und bildete dahinter kleine, schaumgekrönte Wirbel. Es stieg bis zu seinen Oberschenkeln, während jeder vorsichtige Schritt immer kürzer wurde, bis es nur noch ein Schlurfen war. Man konnte sehen, daß es ihm nicht mehr möglich war, einen Fuß vor den anderen zu setzen, weil die Strömung sie zusammenpreßte. Das Mühlgerinne des Wassers, bislang

stumm an dieser Stelle, machte eine Harfe aus seinen Beinen und umbrauste sie laut. Er wurde isoliert von allem Leben außer seinem eigenen, eingehüllt in den Lärm seines Übergangs.
Er blieb stehen und schrie zu Mrs. O'Callaghan hinüber. Ihm war etwas eingefallen. Sie sollte seine Schuhe und seinen Mantel in das dritte Faß legen. Nach längerem Rufen konnte er ihr das verständlich machen.
Nachdem er gesehen hatte, daß dies geschehen war, beugte er sich entschlossen vor, dem Wasser entgegen, machte unhörbar »Aaaaah!« als der geschmolzene Schnee ihm, wie Feuer brennend, den Atem raubte, und lag flach darin wie ein Schwimmer, den Kopf flußaufwärts gerichtet und die Füße gegen die Brüstung gestützt. Es war die einzige Hoffnung, weiterzukommen, in der Horizontalen zu gehen, als hätte die Strömung die Schwerkraft von der Vertikalen abgelenkt; was in der Tat auch geschehen war. Mr. White begann lächerlich und rührend, wenn nicht gar abstoßend auszusehen wie alle langhaarigen Geschöpfe, wenn sie durchnäßt sind. Sein schütterer Bart klebte ihm am Kinn. Er schien sich zu seinem Vergnügen in den Fluten zu wälzen wie ein Walroß und dabei überhaupt nicht weiterzukommen. Seine Bewegungen wirkten pervers, erfolglos, schwerfällig. Niemand konnte erkennen, was er eigentlich wollte.
Ganz elegant und offenbar absichtlich, als hätte er soeben einen neuen Plan entworfen, tauchte er mit dem Kopf unter Wasser, streckte sein Hinterteil in die Höhe, winkte den Zuschauern, drehte sich auf den Rücken, drehte sich nochmals herum, verschwand und tauchte einen Augenblick später am Ende des Seils wieder auf. Er hatte seinen Fußhalt verloren.
Mrs. O'Callaghan begann nach der Heiligen Jungfrau Maria zu schreien, als das Seil sich spannte. Sie packte zu und begann zu ziehen. Doch anstatt Mr. White zu den Fässern

zu ziehen, zog das Seil die Fässer zu ihm. Im Nu drehten sich die Fässer wie ein Roulette in der schlimmsten Strömung unterhalb der Brücke. Eine Minute später lag die Brüstung weit zurück. Sie hatten Cashelmor hinter sich gelassen, und links und rechts breiteten sich rund achthundert Meter Wasser aus. Mr. White schwamm verzweifelt hinter den Fässern her, während Mrs. O'Callaghan am Seil zog.

Er hatte genug von geschmolzenem Schnee.

Während Mickey und Mrs. O'Callaghan sich zurücklehnten, um die Fässer stabil zu halten, zappelte er wie ein Lachs an der Angel, um an Bord zu gelangen. Keuchend und spuckend lag er schließlich auf der scharfen, gebogenen Kante, während das Wasser ihm aus Schnauz- und Backenbart und von seinem glänzenden Hintern strömte. Mrs. O'Callaghan packte ihn am Kragen und zog ein letztes Mal. Die Fässer holten ein wenig Wasser über, schwammen aber weiter oben. Mr. White ließ seine Beine in den Hohlraum fallen, trat Brownie auf den Schwanz, blieb aber aufrecht stehen, zu erschöpft, sich wenigstens zu entschuldigen.

Mrs. O'Callaghan und Mickey standen ihrem Lotsen von Angesicht zu Angesicht gegenüber – es gab keine andere Möglichkeit, außer Rücken an Rücken – und sahen zu, wie er seine Kleider auswrang. Seine Nase war blau; seine Finger hatten die Farbe Roter Beete; sein Haar, das einst wie voll göttlicher Inspiration um sein Haupt wallte, hing wie Seetang bei Ebbe um seine Ohren.

Mrs. O'Callaghan holte aufmerksam seinen Tweedhut hoch, der neben ihr im Wasser schwamm, und setzte ihn Mr. White auf den Kopf.

Mickey deutete über ihre Schulter und rief, echt interessiert und recht fröhlich: »Du lieber Gott! Wer kommt denn da?«

Die Konvertiten, die den Tip angenommen hatte, waren

am Brückenkopf angelangt und stachen nun in den Strom. Indem sie sich mit ihren Badewannen, Teekisten oder sonstigen schwimmenden Untersätzen um sich selbst drehten, die verschiedensten geistlichen Beteuerungen ihres neuen Glaubens hinausheulten, den Messias beschworen, sie nicht im Stich zu lassen und einander mit Besen, Mops und anderem Paddelersatz um die Vorfahrt bekämpften, setzten die Ketzer von Cashelmor sich Mr. White auf die Fersen.

Kapitel 24

Voller Zorn und Verachtung verbannte Mr. White sie aus seinem Gedächtnis. Er mußte auch ohne sie an zu viele Dinge gleichzeitig denken. Mit klappernden Zähnen begann er also zu denken, während er gleichzeitig versuchte, mit den Handkanten das Wasser aus seiner Kleidung zu pressen.

Mrs. O'Callaghan hatte dreiundzwanzig Jahre lang in einem einigermaßen gemütlichen Farmhaus gelebt, und sie hatte 120 Pfund in Raten für den Heuschuppen bezahlt. Er hatte ihren Heuschuppen auf den Kopf gestellt, ihn mit der Auslese des Farmviehs gefüllt, dazu mit all den Gerätschaften und Werkzeugen, sie darin von ihrem Heim hinweggeführt, in dem sie ihr ganzes Eheleben verbracht hatte, acht Kilometer weit bis nach Cashelmor, wohin sie leichter auf einem Umweg mit dem Ponywagen gekommen wäre, und hatte schließlich die ganze Konstruktion mit allem Drum und Dran in den aufgewühlten Wassern des Slane versenkt. Vielleicht hätte ihm vergeben werden können, wenn sie zu diesem Zeitpunkt in irgendeiner Form ihr Mißvergnügen ausgedrückt oder auch nur ironisch gefragt hätte: »Was nun?« Sie war nicht so.

Als sie seinen zerknirschten Blick sah, sagte sie voller Großmut: »Es war Mickeys Schuld, weil er Ihnen nicht mit dem Bienenkorb zur Hand gehen wollte.«

Mickey protestierte: »Ich wollt' ihm ja helfen; aber Schuld hast du, weil – weil – weil du deine Schlüssel auf der Anrichte liegen gelassen hast!«

»Ich . . .«

Mr. White intervenierte: »Es war n-n-n-niemandes Schuld. Wir konnten nichts dagegen tun. Wir hätten auf

Burkestown ankern müssen, bis alles r-r-r-richtig ü-ü-ü-überschwemmt g-g-g-gewesen wäre.

»Das heißt«, fügte er bitter hinzu, »wenn überhaupt alles richtig überschwemmt werden wird. Was soll man denn glauben? W-w-w-war es ein Er-Er-Erzengel, o-o-oder w-w-war es k-k-keiner?«

»Ich habe Ihren Mantel trocken gehalten«, sagte Mrs. O'Callaghan hilfsbereit. Sie hatte ihn in all dem Durcheinander samt seinen Schuhen sicher behütet, und das einzige von all den Dingen aus der Arche, das jetzt für sie von Nutzen sein konnte, war eines der wenigen Dinge, die sie in ihrer eigenen Kiste mitgebracht und gerettet hatte: die halbe Flasche Brandy.

»W-w-w-wir können nicht v-v-v-vierzig T-t-t-tage lang in d-d-diesem Ding aushalten. W-w-w-wir müssen so b-b-b-bald wie m-m-m-möglich ans Ufer. W-w-w-warum hat der Er-Er-Erzengel uns eine A-A-A-Arche bauen lassen, w-w-w-wenn sie bei Ca-Ca-Ca-Cashelmor untergehen s-s-s-sollte?«

»Sie sollten lieber den Mantel anziehen, wenn Sie sich keine Lungenentzündung holen wollen.«

»Wir haben k-k-k-keine P-p-p-paddel.«

»Nehmen Sie einen Schluck Brandy, Mr. White, das wird Ihnen gut tun.«

»Ich k-k-k-kann nicht w-w-w-wieder in das W-w-w-wasser geh'n, ehe ich nicht w-w-w-wieder w-w-w-warm bin, w-w-w-wie soll'n w-w-wir denn sons a-a-ans Ufer k-k-k-kommen? Aber soll'n wir das überhaupt?« fügte er plötzlich hinzu, vor Wut über ihr ständiges Klappern die Zähne zusammenbeißend. »Ist es nun eine Sintflut, oder ist es keine? Soll'n wir an Land geh'n und zurück zur Arche, oder soll'n wir eine neue bauen oder in diesen verdammten Fässern weiterschippern oder was?«

»Was immer Sie wollen, Mr. White.«

»A-a-allerdings k-k-können wir ohne P-p-p-paddel erst

ans Ufer k-k-k-kommen, w-w-w-wenn wir aus d-d-d-der Strömung sind. Ich g-g-g-glaube, ich z-z-zieh mal d-d-den Mantel an.«
Mrs. O'Callaghan half ihm in den Mantel und gab ihm die Brandyflasche.
»E-e-e-erst wenn wir an L-l-l-land sind. Ich muß v-v-v-vielleicht nochmal ins W-w-w-wasser u-u-und ziehen.«
»Ein Schluck schadet Ihnen nicht.«
»Das Schlimme ist, daß ich nicht weiß, w-w-w-was eigentlich los ist. Ist es eine Sintflut? Müssen wir an Land? Diese F-f-fässer . . .«
»Setzen Sie sich aus dem Wind und nehmen Sie Brownie zum Wärmen in den Arm. Der Brandy wird Ihnen überhaupt nicht schaden.«
Er setzte sich gehorsam in die Bilge seines Fasses und schluckte die Hälfte des Brandys. Er schien nicht zu wirken.
»Diese Ufer sind aber komisch«, bemerkte Mickey.
Sie schienen komisch, weil die Strömung die Fässer wie Korken dauernd um sich selbst drehte, wodurch die Ufer sich in majestätischer Prozession rund um Mickey drehten. Sogleich wurde er wieder seekrank.
Mein Gott! dachte Mr. White düster in seinem Faß – (es war der Brandy). Diese Iren! Man hätte wissen müssen, daß jede in Irland gebaute Arche dem Untergang geweiht ist. GottseiDank jedenfalls, daß wir von Burkestown fort sind. GottseiDank, daß ich diese Türgriffe nicht mehr bloß mit den Fingerspitzen anfassen muß aus Furcht, sie könnten mit Exkrementen beschmiert sein. GottseiDank, daß ich mein erstes Bad seit achtzehn Monaten nehmen konnte, auch wenn es eiskalt war. GottseiDank, daß ich keine Schublade im Schlafzimmer mehr öffnen und darin ein faules Ei oder eine als Bakterienkultur dienende, angebrochene Sardinendose finden kann. GottseiDank, daß die zerbrochenen Fensterscheiben hinter uns liegen, und

das undichte Dach und die klemmenden Türen und der allgemeine Schmutz und die Lügen und die Halsstarrigkeit und der Aberglaube und die feige Grausamkeit und die absolute Unzulänglichkeit von allem. Ja, und GottseiDank, daß wir nicht mehr auf dieses Toilettenhäuschen müssen, das direkt mit dem Trinkwasserbrunnen verbunden war, und daß wir weg sind von diesem Abfluß in der Spülküche, der den ganzen Schmutz unter die Milchküche fließen und dort liegenließ, weil die Leute, die ihn gegraben hatten, keine Lust mehr gehabt hatten, weiter zu graben. Lieber Gott, ich möchte wissen, ob irgendein lebender Engländer oder Amerikaner überhaupt weiß, was Leben in Irland bedeutet? Aus ihrer eigenen Lebenserfahrung und noch viel weniger aus den von Iren geschriebenen Büchern können sie keine Vorstellung davon haben. Wenn man sozusagen Tür an Tür mit einem Empire leben muß, bekommt man natürlicherweise Minderwertigkeitskomplexe und tröstet sich mit der Selbsttäuschung eigener Größe darüber hinweg. Ganz natürlich erfindet man eine Menge wundervoller Gründe, warum man der einzige lebende anständige Mensch ist, und warum das Empire in Wirklichkeit eine einzige Schurkerei ist und alles falsch macht. Deshalb schieben sie die Bücher oder Filme beiseite, in denen die edle Größe des Lebens auf den Arran-Inseln oder die abscheulichen Scheußlichkeiten von Cromwell beschrieben werden. Aber Burkestown lag nicht auf den Arran-Inseln; wir hätten, auch wenn wir's wollten, keinen Tropfen Haifischlebertran bekommen können; und, was Cromwell betrifft, der hat einen großen Bogen um Cashelmor geschlagen und ist ihm nie näher als zehn Meilen gekommen. Unnötig, zu erwähnen, daß sie immer noch die Turmruine der Abtei als von ihm in die Luft gesprengt vorzeigen. In Wirklichkeit wurde die Abtei von einem dieser O'Neills in die Luft gesprengt, der vierzig seiner eigenen Landsleute darin zu Tode röstete.

Seit ich in Burkestown war, müssen zehn Hausmädchen dort gearbeitet haben, zehn irische Mädchen. Alle außer zwei waren Diebinnen. Eine von ihnen verschwand mit einer acht Guineen wertvollen Brosche. Es war die normalste Sache der Welt, daß man, wenn ein irisches Mädchen ging, ihren Koffer öffnete, die gestohlenen Dinge herausholte und ihr fürderhin alles Gute wünschte. In dieser Beziehung gab es kein Nachtragen. Zwei von ihnen hatten zur Familie gehört. Alle waren schrecklich schmutzig, und eine brachte mir einmal ein Glas Wasser zum Trinken mit einem lebenden Fisch darin. Eine andere wimmelte von Kopf bis Fuß von Flöhen. Alle waren überzeugende, geborene Lügnerinnen. Dabei vermittelten sie den Eindruck grenzenloser Tugendhaftigkeit. Jede von ihnen pflegte das feuchte Salz im Salznäpfchen mit ihrer klebrigen Hand festzudrücken, genau wie Swift das in seinen »Anweisungen ans Dienstpersonal« geschrieben hatte. Das entsetzliche, das ironische Schicksal dieser Satire ist, daß die Iren sie ernst genommen haben. Sie tun in gutem Glauben all das, was er ihnen mit beißendem Spott aufgetragen hat. Sie lassen die Nachttöpfe auf den Fensterbrettern stehen, stochern mit dem Blasebalg im Kaminfeuer, schnauben sich die Nase in den Vorhängen, kämmen sich die Haare über der Suppe und streichen die Butter wie Gips an die Wände: genau nach seinen Anweisungen.

Engländer kommen nach Irland herüber – wohlmeinende, freundliche Engländer, oft Engländer jener Art, die selbst an ihren Public Schools verfolgt wurden und infolgedessen Feinde des Normalen sind, Pro-Buren, solche Leute eben. Was geschieht? Wenn sie nur eine Woche bleiben, können sie vielleicht nach Hause fahren und weiterhin der Meinung bleiben, daß die Iren Gottes Auserwähltes Volk seien. Aber laß sie fünf Jahre bleiben, zehn Jahre: laß sie solange bleiben wie ich. Was sagen sie dann? Was hat Raleigh gesagt, was Spenser, was Moryson? War Raleigh ein Narr – der während seines Aufenthalts im Tower alle die Werke geschrieben hat, die man zur Zeit Shakespeare zuschreibt? War Spenser ein Ignorant? War Moryson ein Universitätslehrer? Ja, er war es. Nein, die anderen waren es nicht, je nach den Umständen. Und sie sagten nach geziemendem Nachdenken, daß es das Beste wäre, die Iren in Bausch und Bogen auszurotten. Sie hatten recht. Ja, und wenn die Leute nicht wollen, daß die Iren ausgerottet werden, werden die Iren sie ausrotten. Wie war das mit Erskine Childers? Er verpfändete sein Leben und seine Ehre für diese ekelhaften Teufel, und sie ermordeten ihn dafür. Und was ist mit dem zu Besuch weilenden Gaelen, mit Giraldus zum Beispiel, der derselben Rasse angehörte? Was hat er gesagt? Daß sie blutschänderischen Beischlaf betreiben oder mit Tieren kopulieren. Oder nehmen wir die fremden Ausländer. Beispielsweise die Heiligen: wenn Irland die Insel der Heiligen und Gelehrten ist, wie die Iren stets winselnd beteuern, was sagt der Heilige Bernhard über dies Land, was der Heilige Hieronymus? Er sagt, daß die Iren Kannibalen seien, und das waren sie auch. Möglicherweise sind sie es immer noch.

Nicht, fuhr Mr. White, langsam auftauend fort, daß ich sie tatsächlich, mit eigenen Augen beobachtet hätte, wie sie einander auffraßen, wie das die meisten anderen, die über dies Thema schreiben, anscheinend getan haben; nicht mit eigenen Augen. Aber ich nehme an, daß sie das so geheim wie möglich halten wollen.

Und auf jeden Fall, fügte er hinzu, werden alle die Engländer, die sich in Irland niederlassen, die Berminghams, Burkes, Laceys und so weiter, genau so. Das zeigt, daß der Fluch im Klima liegt, nicht im Volk.

»Es sind diese heimtückischen Wolken«, sagte er laut, während er aus seinem Faß nach oben schaute – und da war Mrs. O'Callaghans besorgtes, liebevolles, ergebenes Gesicht über dem Rand, um zu sehen, ob es ihm besser ginge. Er fühlte sich beschämt.

»Was werden wir jetzt tun, Mrs. O'Callaghan?«

»Ich weiß nicht so recht.«

»Wenn«, sagte er, noch einen Schluck Brandy nehmend wie das gierige, verachtungswürdige erwachsene Baby, mit dem er den armen Mickey verglichen hatte, »wenn Sie und Mickey in ein Faß stiegen und ich und Brownie in diesem blieben, könnten wir das dritte mit Wasser füllen. Wir könnten vierzig Tage aushalten, wenn wir Wasser hätten. Der Bürgermeister von Cork hat es siebzig Tage lang ausgehalten, nicht wahr? Wir müßten still sitzen, um keine Energie zu verschwenden, und der Vorteil von zwei in einem Faß würde bedeuten, daß wir uns gegenseitig warmhalten könnten. Schließlich gab es auch noch Elias. Vermutlich könnten sie uns von Raben füttern lassen – obgleich ich nicht weiß, womit sie uns füttern sollten. Mit Fischen vielleicht. Kormorane könnten einiges schaffen. Haben Sie eine Nadel?«

»Unglücklicherweise . . .«

»Irgendwo in Ihrem Kleid. Irgendeine Nadel.«

»Ich hab' eine Sicherheitsnadel.«

»Genau das Richtige. Sie hat bereits eine Öse, durch die man die Schnur ziehen kann, und wenn wir sie auseinanderbrechen, könnten wir sogar zwei Haken daraus machen. Ich könnte meinen dicken Socken aufräufeln – die Schnur wäre nicht besonders stark, würde aber vermutlich einen Hering oder einen kleinen Dorsch halten . . .«

»Ich glaube nicht . . .«

»Wir brauchen noch Köder . . .«

»Ich erinnere mich«, fügte Mr. White hoffnungsvoll hinzu, »irgendwo gelesen zu haben, daß man mit einem Stück rotem Flanell einen Tintenfisch fangen kann.«

»Mickey hat ein Stück um den Bauch, wegen der Anfälle.«

»Glauben Sie . . .?«

»Es wäre nicht viel«, sagte Mrs. O'Callaghan, »nicht für vierzig Tage.«
»Nein.«
Mickey erklärte, daß er tot sei.
»Und dann«, fuhr Mr. White fort, »haben wir keine Bienen, keine Samen und auch sonst nichts mehr, womit wir neu anfangen könnten.«
»Nein.«
»Wir müssen es aufgeben.«
»Vielleicht wäre das am besten.«
»Mrs. O'Callaghan«, sagte Mr. White, der im Gegensatz zu ihr lange zu dieser Erkenntnis gebraucht hatte, »es war meine Schuld, wissen Sie, nicht Ihre oder Mickeys. Es tut mir leid.«
Sie errötete und warf den Kopf zurück wie ein Kind.
»Und nun«, sagte er, »müssen wir so rasch wie möglich ans Ufer. Vielleicht kann ich mit meinem Hut paddeln. Und was wollen diese verdammten Narren da flußaufwärts eigentlich?«

Kapitel 25

Die Schismatiker holten bei der Verfolgung rasch auf, da sie Paddel hatten, und man konnte bald erkennen, daß die vorderen Fahrzeuge keine geringere Fracht als Burkestowns Philomena samt all ihren Brüdern und Schwestern enthielten. Viele der letzteren schienen im fortgeschrittenen Stadium der Schwangerschaft zu sein. Pat Geraghty war da, reumütig wie Tommy Plunkett und der Briefträger. Außerdem waren da: die Postmeisterin, eine häßliche, bärbeißige alte Scharteke, die die Postvorschriften mit unerbittlicher Strenge anwendete; ein professioneller Bettler namens Johnny FitzGerald, der winters wie sommers im Freien schlief, wenn er nicht gerade im Mountjoy-Gefängnis saß, und der von Mr. White in Danegeld jedesmal eine halbe Krone bekam, wenn er ihn traf, damit er ihm die übrigen Bettler vom Hals hielt; ein Dorftrottel, das heißt ein taubstummer Mensch, der in einigen Benzinkanistern an der Landstraße lebte und keinen eigentlichen Namen hatte; Mrs. Ryan, die dicke und gutmütige Frau eines Krämers, die dafür berüchtigt war, daß sie die Waren ihres Mannes streckte; etliche Schulkinder, die einfach alles einmal probieren wollten; der Leiter des Steueramtes, der eine religiöse Manie hatte; sieben Analphabeten aus Irishtown, denen man erzählt hatte, daß Mr. White Geld verschenken wollte; der Gärtner des protestantischen Pfarrers, der vor gut fünfzehn Jahren seine Frau umgebracht und ihre Leiche schlauerweise im Slane versenkt hatte, ehe jemand die Energie aufbringen konnte, ihm wegen dieser Schandtat das Gesetz auf den Hals zu hetzen; ein Fischereiaufseher, der berühmt dafür war, daß er es geschafft hatte, schon mit einundfünfzig in Pension zu gehen; ein

Zwerg namens Paddy Lacey, dem die Ministranten aus dem Weg gingen; die Vorsteherin des Armenhauses, die gekommen war, weil sie sich mit Pater Byrne wegen des Schornsteinfegers gestritten hatte; eine alte Frau, genannt Biddy die Schnapsdrossel, die der Schrecken der Stadtpolizei war; ein Totengräber; drei Viehhändler, die gerade betrunken waren; siebenundzwanzig Fianna Fail-Inspektoren, die in den Hotels von Cashelmor gewohnt hatten, um irgend etwas zu inspizieren; der Direktor der Knopffabrik, der von Knöpfen die Nase voll hatte; fünf angesehene Farmer, die zu einer Minderheitssekte von Dissentern gehörten und sich selbst »Weiße Mäuse« nannten; und der Stadtschreiber, der 2313 Pfund aus der Stadtkasse unterschlagen hatte und nun glaubte, daß es nicht mehr lange so weiter gehen konnte; daneben gab es noch acht Kinder Mariä mit einem Banner und vier Mitglieder der Männergenossenschaft mit einem Kasten Porterbier.
Mr. White beäugte seine Anbeter mit Mißfallen.
Er rief zu Philomena hinüber: »Was wollen Sie? Was machen Sie hier?«
»Na, weil wir Eu'r Ehrwürden bis ans Ende der Welt folgen wollen!«
»Wir haben aber nicht vor, bis ans Ende der Welt zu fahren. Wir wollen ans nächste Ufer. Haut ab!«
»Eu'r Ehrwürd'n ham ja recht, beese auf diese Schnapsnasen zu sein«, schrie Philomena, hochmütig auf die siebenundzwanzig Inspektoren herabblickend; offensichtlich gab es bereits ein Schisma zwischen den Jüngern. »Aber Eu'r Ehrwürd'n wer'n doch nicht hart zu den' sein, wo von Anfang an für Sie gewesen sin' un' Brot un' Butter aus Ihrer Heiligen Hand gegessen ham.«
»Niemand hat je Brot und Butter aus meiner Hand gegessen. Ich weiß nicht, wovon, zum Teufel, Sie da reden! Haut ab! Paddelt ans Ufer! Wenn ihr das nicht tut, werdet ihr ertrinken.«

»Mehr Macht für den Millionär!« schrien die Analphabeten aus Irishtown, während sie die Hüte abnahmen und sich fragten, wann denn das Geld verteilt würde.
»Das Schwert des Herrn und Gideons!« schrie der Leiter des Steueramtes.
»Haut ab!« brüllte Mr. White. »Philomena, verschwinden Sie sofort! Mrs. O'Callaghan fährt überhaupt nirgendwo hin. Wir wollen an Land.«
»Seh'n wir denn nich Eu'r Ehrwürd'n die ganze Zeit den Fluß runter fahr'n?«
»Das ist nur, weil wir keine Paddel haben. Leihen Sie mir Ihr Paddel, Philomena, und wir werden euch sofort ans Ufer führen.«
»Bestimmt bräuchten Eu'r Ehrwürd'n überhaupt keen Paddel nich. Eu'r Ehrwürd'n . . .«
»Auf der Stelle geben Sie's mir, oder ich werde Sie exkommunizieren!«
»Das is mein Paddel«, jammerte Philomena, rückwärts paddelnd. »Is mein einziges!«
Alle Jünger paddelten rückwärts und begannen, wie bei einer Regatta gegeneinander zu kämpfen.
Mr. White kehrte ihnen den Rücken zu und setzte sich wieder in scine Pfütze.
»Soll'n sie doch zur Hölle fahr'n, wenn's ihnen Spaß macht.«
Im selben Augenblick sprang er erneut auf und schüttelte die Faust gegen die Versammlung.
»Haut ab!« schrie er. »Verschwindet vom Fluß! Verzieht euch! Die Sintflut ist abgesagt! Verdammt nochmal, die Sintflut ist abgesagt!«
Die Inspektoren stießen drei brausende Hochrufe aus und die Kinder Mariä hoben ihr Banner in die Luft.
Unterdessen ergaben sich, wie üblich, mehrere Komplikationen gleichzeitig. Einmal war da das Problem der Brükken.

Zum Glück für die Expedition gab es bis Dublin nur noch drei, weil der Slane parallel zur Hauptstraße floß, bis er entlang der Grenze zum Phoenix Park einen letzten Bogen zur Einmündung in die Liffey schlug. Die Brücken waren für Fässer nicht so schrecklich, wie sie sich für Archen erwiesen hatten.

Mr. White schrie immer noch zu Philomena hinüber, als sie das erste der drei verbliebenen Hindernisse passierten. Es war eine erbärmliche Eisenkonstruktion, vollkommen flach, die als Verbindung zwischen den Städten Ballynasaggart und Blood's Castle diente und jetzt sechs Meter unter Wasser stand. Alles, was auf sie hindeutete, waren die Spitzen der Eschen der flußabwärts führenden Straße auf der einen, und die Wipfel einiger Bergahornbäume von der Straße auf der anderen Seite, die langsam aus der weiten Überschwemmung hochstiegen. Von der Brücke selbst fanden sie keine Spur.

Die nächste Metropole, Stadt, Ansiedlung oder Nest – wie auch immer man das am Tag des Jüngsten Gerichts nennen würde, falls das Jüngste Gericht je bis nach Kildare käme –, war eine Ansammlung von Wellblechdächern, darunter auch Strohdächer, bekannt unter dem Namen Nanglestown. Sie hatte ihr Herzblut in den achtziger Jahren des vorigen Jahrhunderts pulsen lassen, als auf die zwei Privathäuser fünfzehn Wirtshäuser kamen. Außer der Zivilgarde, den inzwischen wenigen Wirten und verschiedenen Inspektoren von diesem und jenem lebte hier kaum noch jemand. Die Brücke stand jedoch immer noch. Irgendwie hatte ein fehlgeleiteter Victorianer, bevor Patriotismus und Inspektoren der Politik ihren Tribut zahlen mußten, es der Mühe wert gehalten, eine Brücke für die Dauer zu bauen, als gelte es, die Nachwelt und nicht die Wählerstimmen zu berücksichtigen. Die Brücke war stark und hoch und für die schlimmste aller Überschwemmungen berechnet. Sie hatte eine lichte Höhe erhalten, die auch für

eine unvorhersehbare Zukunft Sicherheit bot. Sie war solide und fachmännisch errichtet, ein typisches Beispiel angelsächsischer Tyrannei.
Infolgedessen wurden Mr. White und seine Gefolgsleute, als sie darunter hindurchbrausten, durch kein unerwartetes Hindernis aus der Fassung gebracht. Sie sausten gutgelaunt weiter, betend, fluchend, Banner schwenkend, Stout trinkend und die Freiheit der Gälen feiernd.
Die nächste Brücke war ebenfalls gut, und der Fluß hielt weiterhin alle unerbittlich in seiner Mitte.
Das war bei Ardnasheehan.
Auch dies eine Stadtlandschaft von verblühter Pracht, die sich einst mit einem weitläufigen Gefängnis, einer Polizeikaserne, dreiundzwanzig Wirtshäusern und einem Rathaus gebrüstet hatte. Niemand lebte jetzt mehr dort außer der Zivilgarde, die an die Stelle der Polizei gerückt war und die Fenster des Gefängnisses zerschlagen hatte. Es waren ruhige, freundliche Leute, die sich völlig darüber klar waren, daß sie ihr Leben aufs Spiel setzten, wenn sie jemand verhafteten, und die daher gewohnt waren, sich sehr unauffällig zu bewegen und ihre bürgerlichen Brüder entschuldigend anzulächeln.
Einer von ihnen stand mit drei Schulkindern auf der Brükke, als die Jünger in Sicht kamen.
Dieser Polizist, oder Zivilgardist, war auf einer Insel an der Westküste vor Mayo rekrutiert worden, wo man ihn für einen intelligenten Schüler gehalten hatte, der es noch weit bringen könnte. Er war ein charmanter Bursche namens O'Muirneachain, ein aufgeschlossener, fortschrittlicher Mensch, der sich für alle möglichen abwegigen Themen interessierte: etwa ob die Gezeiten vom Mond verursacht würden, ob Amerika von den Freimaurern regiert würde, ob der König von England ein Jude wäre, ob der Papst noch unfehlbar sein könnte, wenn er heimlich geheiratet hätte, ob Schwalben überwinterten, ob Partholon

mit Adam verwandt wäre und wenn ja, wie weit, ob Kröten Edelsteine im Kopf oder Tauben Milch hätten und in der Tat für hundert andere Dinge, die er in einem ganzen Forscherleben aufgetan hatte. Er war kein Fanatiker oder Frömmler, wenngleich ein guter Katholik, und man hatte ihn oft die Ansicht äußern hören, daß der Gemeindepfarrer wahrscheinlich nicht imstande wäre, den Teufel auszutreiben. Er ließ sich von jeder Information hinreißen, wenn sie nur gedruckt war, und er genoß es, wenn er dienstfrei hatte, seine Kameraden in der Kaserne mit genauen Wiedergaben von Auszügen aus *The Readers Digest, John O'London's Weekly,* dem *Catholic Herald, News Review* und jeder anderen gelehrten Publikation zu beeindrucken, deren er habhaft werden konnte. Er kannte die Schallgeschwindigkeit, die Zahl der vom Papst getragenen Kronen, die Zusammensetzung vom M&B 693, die Eigenschaften von Penicillin, die Geschwindigkeit eines Düsenflugzeugs, die Einwohnerzahl von Arizona und die unterschiedlichen Versionen des Vaterunser bei Katholiken und Protestanten. Er war kinderlieb, tüchtig, liebenswürdig, freundlich, taktvoll – nur vielleicht eine Spur zu leicht erregbar. Er hatte eine schwache Blase.

Zur Zeit, da Mr. Whites Armada auf den Gardisten O'Muirneachain zutrieb, befand sich dieser in einem stark gefühlsbetonten Zustand. Er war ganz durcheinander von den dauernden, widersprüchlichen Gerüchten über einen Kreuzzug, der weiter flußaufwärts gepredigt werden sollte, und die Überschwemmung regte ihn ebenfalls auf. Es war ein Ereignis, an das sich seine Nachkommen noch erinnern würden. Das Wasser stand nur noch einen knappen Meter unterhalb der hohen Brücke, auf der er sich befand. Die Schulkinder schrien aufgeregt, und die drei zusammengebundenen Fässer der Vorhut sahen wie der Kommandoturm eines Unterseebootes aus.

Gardist O'Muirneachain war im Westen Irlands geboren

und aufgewachsen, wo man, wie jeder Engländer wußte, während der Kriege praktisch nichts anderes zu sehen bekam als deutsche Unterseeboote, die sich an der Küste verproviantierten. Obschon der Gardist nie selbst eins gesehen hatte, genauso wenig wie jemand anders im ganzen Westen, hatte dieser Ruf Westirlands, den man im Westend von London genießerisch auskostete, sein Echo im Westen von Irland gefunden. Infolgedessen war O'Muirneachain ein U-Boot-Fan.

Er konnte deutlich den Kommandanten des führenden Unterseeboots erkennen, eine bärtige Gestalt, die einen Tropenhelm mit heruntergebogener Krempe trug.

Seine Belesenheit hatte ihn übrigens auch mit dem Aussehen des Kaisers von Abessinien vertraut gemacht.

Zu allem Überfluß hatten sich die verbliebenen Einwohner von Ardnasheehan, als die Armada in Sicht kam, am Brückenkopf versammelt und kreischten nun wie Möwen nach Auskunft.

Mr. White passierte die Brücke als erster, wedelte mit den Armen und schrie gegen das Tosen des Wassers an: »Seil! Ein Seil! Herunter mit einem Seil!« (»Rope! A rope! Down with a rope!«)

Die Jünger verschwanden, einer nach dem andern, unter der Brücke, tauschten laute Rufe mit den Zuschauern aus und schwenkten ihre Fahnen.

»Was ist denn da los?«

»Es is die Sintflut!«

»Seid ihr denn plem-plem?«

»Es is wegen der Sünde, in der ihr lebt!« (»It's in sin ye are!«)

»Flut, die Flut!« (»Flood! De Flood!«)

»Nieder mit einem Seil!« (»Down with a rope!«)

Gardist O'Muirneachain knöpfte seinen Revolver im Holster los, überlegte es sich anders, wurde bleich, rollte die Augen und sprintete zur Kaserne.

Von dort sandte dieser Sergeant eine Reihe von Telegrammen mit dem Bericht ab, daß Haile Selassie mit einem U-Boot-Geschwader Ardnasheehan überfallen hätte, und daß die Invasoren schrien: »Blut! Blut! Abessinien! Nieder mit dem Papst!« (Blood! Blood! Abyssinia! Down with the Pope!«)

Kapitel 26

Bei Ballynabraggart versuchte eine Militärabteilung, dem Konvoi Signale mit einem Heliographen zu übermitteln, aber da niemand das Morsealphabet kannte, gingen ihre Anstrengungen kommentarlos unter.

Die Durchschnittsgeschwindigkeit des Slane bei normalem Wasserstand betrug etwas über anderthalb Kilometer die Stunde. Die Flut hatte sie erhöht, so daß die Fässer jetzt über sechs Knoten, also fast elf Kilometer pro Stunde machten. Ab und zu trieben sie aus der Hauptströmung, wurden in einem Strudel herumgewirbelt, bewegten sich noch eine kurze Zeitlang hin und her und wurden wieder von der Strömung erfaßt. Der Fluß war zu breit, wo er langsamer floß, und zu schnell, wo er sich verengte, so daß es kaum Hoffnung gab, an Land getrieben zu werden.

Mr. White hatte angestrengt nachgedacht.

Plötzlich sagte er: »Wissen Sie eigentlich, Mrs. O'Callaghan, daß alles, was ich getan oder gesagt habe, falsch und daß alles, was Sie getan oder gesagt haben, richtig gewesen ist? Sie waren es, die den Brandy mitgenommen hat; Sie waren es, die sich weigerte, die Farm zu verkaufen, damit wir etwas zum Leben hätten, wenn die Flut wieder zurückginge; und Sie waren es auch, die bestritt, daß der Erzengel vom Heiligen Geist gesandt worden sei.«

»Gott segne und errette uns! Bestimmt hab' ich nie, nie in meinem ganzen Leben den Heiligen Geist verleugnet!«

»Das haben Sie aber. Sie haben gesagt, es könnte der Teufel sein.«

»Oh, Mister White! Niemals!«

»Es waren fast die ersten Worte, die Sie dazu sagten.«

»Sie müssen mich mißverstanden haben, Mr. White. Den-

ken Sie, ich wüßte nicht sehr gut, daß es die einzige Sünde ist, die nie vergeben werden kann, wenn man den Heiligen Geist verleugnet?«
Bei diesen Worten begannen die Augen ihres Kapitäns zu funkeln. Er setzte sich gerader zurecht in seinem Faß.
»Tatsächlich?«
»Wenn man die Sünde wider den Heiligen Geist begeht, bedeutet das die Verdammnis.«
Mr. White hatte sich seit dem Schiffbruch der Arche wieder zum Atheismus bekehrt und wurde darin noch durch die Wirkung des Brandys bestärkt.
»Ich verstehe. Und die Sünde wider den Heiligen Geist ist, ihn zu leugnen. Gut. Und was für eine Art Wesen könnte der Heilige Geist wohl sein, wenn ich fragen darf, dessen Leugnung zur Verdammnis führt?«
»Es ist so 'ne Art Taube.«
»Aha. Jetzt kommen wir der Sache schon näher. Ich nehme an, daß Sie die Farm deshalb nicht verkaufen wollten, weil Sie wußten, die Erscheinung könnte kein Engel sein, da sie keine Taube mitgebracht hatte? Das ist es! Darf ich fragen, woher Sie wissen, daß der Heilige Geist wie eine Taube aussieht?«
»In der Kirche ist 'ne Photographie davon, wie 'ne Taube.«
In seinen katholischen Tagen hatte er dieselbe Kapelle besucht wie Mrs. O'Callaghan, und er erinnerte sich an die von der Galerie aus teilweise sichtbare Lithographie. Sie zeigte den Heiligen Josef und die Jungfrau Maria, oder möglicherweise auch Johannes den Täufer mit irgendeiner anonymen Katechumene, und im Vordergrund das Jesukind in einem weißen Hemd, wie es zu einer Taube aufblickte, die in einer Aureole auf dem Rücken schwebte und ein Spruchband aus dem Schnabel flattern ließ.
»Qui vous a mis dans cette fichue position?« zitierte er bitter. *»›C'est le pigeon, Joseph.‹«*

Mrs. O'Câllaghan lächelte höflich.
Die Augen im Kopf begannen ihm hervorzutreten. Er schluckte sichtbar.
»Glauben Sie im Ernst, Sie könnten mir erzählen, daß jemand, der die Existenz einer Taube leugnet, in alle Ewigkeit in einem richtigen Feuer geröstet würde?«
»Die Hölle . . .«
»Oh, um Gottes Willen, lassen Sie uns nicht schon wieder mit der Hölle anfangen! Lassen Sie uns bei der Taube bleiben. Glauben Sie, oder glauben Sie nicht, daß jemand . . . Glauben Sie, was ich gesagt habe?«
»Jawohl«, erwiderte Mrs. O'Callaghan fest.
»Sie glauben also. Das wollen wir jetzt mal genau klären. Lassen Sie uns etwas mehr über diese Taube herausfinden, damit wir auch wissen, was das ist, das wir nicht leugnen dürfen. Sie fliegt also auf dem Rücken, nicht wahr, und vermutlich gibt es nur eine einzige dieser Art; etwa wie den Phönix. Sie hat einen Spruch im Schnabel.«
»Dies ist mein lieber Sohn, an dem ich Wohlgefallen habe.«
»Genau. Wissen Sie sonst noch etwas über ihre Gewohnheiten? Ihre Brutzeit? Gesang? Futter? Fliegt sie in einer bestimmten Höhe? Was passiert, wenn sie mit einem Flugzeug zusammenstößt? Wann wurde sie das letzte Mal gesehen? Und so weiter, und so fort . . .?«
»Ich vermute, daß sie ziemlich hoch fliegt, so daß man sie nur sehen kann, wenn sie runterkommt.«
»Dreitausend Meter?«
»Im Himmel.«
Sie deutete nach oben, um zu zeigen, wo das sei.
»Wie hoch ist der Himmel?«
Mrs. O'Callaghan wollte sich nicht auf eine endgültige Zahl festnageln lassen. Sie argwöhnte einen Hinterhalt.
»In der Stratosphäre vielleicht?« half er nach.
»Das könnte sein.«

»Gut. Jetzt kommen wir voran. Jetzt fangen wir an zu sehen, wo wir stehen. Wir haben da also eine gewisse Taube, *Columba oenas,* die auf dem Rücken durch die Stratosphäre fliegt, die Flügel in einem Anstellwinkel von neunzig Grad, mit einem Papierstreifen im Schnabel und irgendwelchen Strahlen, die nach allen Seiten aus ihrem Körper treten, und diese Taube nennt man den Heiligen Geist, und ein jeder, der sich weigert, solchen Quatsch und Unfug zu glauben, wird fürderhin in die tiefste Hölle verbannt, wo ein wirkliches Feuer brennt, und dort von einer gütigen Gottheit für immer und ewig gefoltert?«

»Nun . . .«

»Das glauben Sie doch aber, oder nicht?«

»Sie könnte den Papierstreifen ja auch nur vorübergehend im Schnabel gehabt haben, Mr. White. Vielleicht trägt sie ihn nicht immer, sondern nur für die Taufe.«

»Wahrscheinlich hat sie ihn auch noch mit einer ihrer eigenen Federn geschrieben?« schrie der Patriarch leidenschaftlich und stieß mit dem Fuß gegen das Faß, so daß Brownie sich aufsetzte und zu bellen anfing.

»Er wurde von Gott geschrieben.«

»Ich verstehe. Eine Brieftaube also. Glorreicher Vater im Himmel, werde ich wahnsinnig, oder wollen Sie mir ernstlich weismachen, daß Sie all diesen Kram als Tatsachen glauben?«

»Ich glaube an den Heiligen Geist, die heilige römisch-katholische Kirche, die . . .«

»Ich leugne sie!« schrie er. »Ich leugne den ganzen verdammten Quatsch! Ich bestreite, daß der Heilige Geist eine Brieftaube ist! Ich . . . Ich . . .«

»Bestimmt meinen Sie das gar nicht so. Es wird Ihnen nicht angekreidet werden.«

»Aber ich meine es so. Ich . . .«

Mr. White verstummte plötzlich, nahm die Farbe eines Enteneis mit rosa Linien neben den Nasenlöchern an, schlug eine Hand vor den Mund und drehte Mrs. O'Callaghan den Rücken zu. Ob es Mickeys Beispiel war oder der Brandy oder die unangenehme Bewegung der Fässer, die Erregung über theologische Fragen, oder weil er die unverzeihliche Sünde begangen hatte – was auch der Grund sein mochte, er wirbelte gerade noch rechtzeitig im Faß herum.

Gütiger Gott, dachte er ein paar Minuten später, während er auf dem Boden seines Fahrzeugs kauerte, sich den Schweiß von der Stirn tupfte, den sauren Geschmack des Erbrochenen in der Nase, am liebsten gestorben wäre, das Übelkeit erregende Auf und Ab der Fässer im Wasser spürte und die Augen aus Furcht, die sich drehenden Ufer zu sehen, fest geschlossen hielt, gütiger Gott, dies ist das Ende. Ist es denn möglich, daß ein vernunftbegabtes Wesen ... O Gott, es geht wieder los! ... glauben kann, daß eine Taube ... Es kommt nichts. O Gott, o Montreal!

Mrs. O'Callaghan betrachtete ihn voller Entsetzen. Die Sünde wider den Heiligen Geist ... Aber auch sie war beeinflußbar. Mickey und Mr. White und die Ufer – sie drehten sich so komisch – und dieses Gefühl, und das Geräusch, das er machte, und wie es herausschoß, als er herumwirbelte – Heilige Maria Mutter Gottes! Sie zog ein winziges Taschentuch hervor, drehte den andern rasch den Rücken zu, rollte die Augen wie ein Neger und begann zu erbrechen.

Sei gegrüßt, Heilige Königin, Mutter der Gnade – wie damals als wir in die Flitterwochen auf die Insel Man fuhren – sei gegrüßt, unseres Lebens Wonne, unsere Hoffnung – zum Frühstück hatten wir roten Hummer, und ich dachte, das wär' ein Stück von meinem Magen, als es hochkam – Zu dir rufen wir, verbannte Kinder Evas – O Jesus, Maria und Josef, das war die Tasse Tee – zu dir schicken wir unsere Seufzer – da sind die gebratenen Speckscheiben – trauernd und weinend – O Lamm Gottes, werd' ich das wohl überleben? – in diesem Tränental. Wohlan denn, uns're gnädigste Fürsprecherin – der Mann auf dem Schiff hat gesagt, ich sollt' nen Malzbonbon verschlucken – wende deine barmherzigen Augen uns zu, und zeige uns nach dieser Verbannung – und oben im Hotel haben sie mir etwas Odekolonje gegeben – zeige uns die gesegnete Frucht deines Leibes – außer der Magenwand kann jetzt nichts mehr hochkommen – Jesus. O gütige, o milde – und im entscheidenden Augenblick wußte Mickey nicht, wie er's machen sollte – O liebreiche Jungfrau Maria. Nie werd' ich meine Flitterwochen vergessen, genauso wenig wie diesen Tag.

»Bitte für uns«, rief Mrs. O'Callaghan laut, »O Heilige Gottesmutter.«

Mickey antwortete schwach, aber automatisch: *»Daß wir würdig werden der Verheißungen Christi.«*

Bei Lenahan's Cross schloß sich den Jüngern ein Kontingent von weiteren drei Leuten an, die in einer Zinkbadewanne paddelten. Mr. White sah sie aus einem Augenwinkel und beschloß, sich mit ihnen zu beschäftigen.

Bloß nicht an das Wasser denken – nicht an die Fässer, wie sie sich drehen – nicht an die Ufer, nein, nein. An etwas anderes, irgend etwas anderes. An die Leute in der Badewanne. Was über sie denken? Woher wußten sie Bescheid? (Es ist der obere Teil des Magens. Nein. Behalt die Augen zu!) Wie, zum Teufel, tauschen diese Leute untereinander Nachrichten aus? In Irland gibt es nur ungefähr vier Telefone und drei Radioapparate, damit kann es also nicht geschehen sein. Und doch wissen sie immer alles. Im Krieg haben uns die Landarbeiter immer schon lange vor dem Radio von Fallschirmspringern berichtet. Muß eine Art Buschtelegraph sein. Ob sie trommeln? Man hört sie aber nicht. Oder durch alte Weiber, die von Bergspitzen mit roten Unterröcken wedeln? Mit Semaphor? Durch Gedankenübertragung vielleicht? Durch Strahlen aussendende Brieftauben? (Selbst wenn man nichts mehr im Magen hat, was herauskommen kann, fühlt man sich immer noch speiübel. Es heißt allerdings, daß man nicht davon stirbt. Wäre fast froh, wenn ich sterben könnte. Vielleicht fühlt man sich ja immer so übel, bevor man stirbt, so daß einem das Sterben dann nichts mehr ausmacht. Nicht daran denken. An etwas Freundliches, Fröhliches, irgend etwas anderes . . .) O Gott, jetzt hat sie mit einer Litanei angefangen.

Mrs. O'Callaghan hatte die Jungfrau-Maria-Litanei angestimmt, die von den schwachen Stimmen der Gläubigen, von denen die meisten mitleidend ebenfalls erbrochen hatten, wie von einem mitschwingenden Bordun getragen wurde.

»Gott Heiliger Geist«,

»Erbarme dich unser.«

». . . Du liebenswürdige Mutter«,

»Bitte für uns.«

». . . Du Ursache unserer Freude«,

»Bitte für uns.«

». . . Du Kelch des Geistes«,

»Bitte für uns.«

»Du ehrwürdiger Kelch«,

»Bitte für uns.«

»Du erlesener Kelch der Hingabe«,

»Bitte für uns.«

»Du Bundeslade . . .«

Bundesladen und Kelche, die Ursachen unserer Freude. (O Gott, geht das schon wieder los?) Denke. Denke. Denk drüber nach, was als nächstes versucht werden muß. Wie man ans Ufer gelangen kann. Wann die Flut zurückgehen wird. Über irgend etwas. Nicht daran . . . nicht daran . . . nicht daran . . . Oh, es geht los!

»Du Heil der Kranken«,

»Bitte für uns.«
»Du Trösterin der Betrübten«,
»Bitte für uns.«
Sterben zu wollen, ohne es zu können.
Bei Brimstown feuerte eine Abteilung der Zivilgarde eine Salve über ihre Köpfe, doch niemand machte sich etwas daraus.
Menschenmengen erschienen und liefen an den fernen Ufern neben ihnen her.
Es fing an zu regnen.

KAPITEL 27

Die Entfernung zwischen Cashelmor und Dublin betrug achtundvierzig Kilometer auf der Landstraße, auf dem Fluß jedoch fast achtzig. Die Arche war nach einem frühen Frühstück mit einer durchschnittlichen Geschwindigkeit von sechs Knoten abgefahren. Zur nachmittäglichen Teezeit näherten sie sich der Hauptstadt.

Abgeschnitten von anderen Menschen durch die weite Wasserwüste, erschöpft von ihren Leiden, durchnäßt vom Regen, ohne Nahrung seit dem Frühstück und dies wieder ausgespuckt, hatten die Invasoren keinen Schimmer von den Entwicklungen in ihrer Außenwelt.

Und diese waren bemerkenswert.

Nachdem Pater Byrne schließlich zum nächsten funktionierenden Telephon vorgedrungen war, hatte er sich von dem Schisma seiner Schafe zu einem derartigen Zornausbruch hinreißen lassen, daß sein Bericht über die Ereignisse des Vormittags zu krasser Übertreibung neigte – eine Redewendung wurde unglücklicherweise von dem Bischof, den er angerufen hatte, auch noch als das Gegenteil dessen, was er meinte, mißverstanden. Der letztere war bereits von der abessinischen Aggression, wie Gardist O'Muirneachain sie berichtet hatte, verständigt worden. Die Meldungen des Gardisten, unter höchster Dringlichkeitsstufe an alle Posten und Kasernen der Zivilgarde entlang der Route weitergeleitet und von Dublin rückbestätigt, außerdem von den Empfängern in der Umgebung ihrer Stationierung mündlich weiterverbreitet, hatte das Parlament erschüttert und die Eingeborenen von Kildare aufgescheucht. Die letzteren wieder verbreiteten in wildem Eifer diese Nachricht von runden Hügelkuppen,

Grabenhügeln, Steinhaufen, Stadtwällen und anderen geographischen Erhebungen mittels Buschtelegraph, Trommeln, roten Unterröcken, Brieftauben, Gedankenübertragung, oder was sie sonst dafür zu benutzen pflegten. Zu irgendeinem Zeitpunkt dieser Entwicklung fiel unvermeidlicherweise das böse Wort »Fallschirmspringer« – offenbar ein Fall von Selbstentzündung. Eines der zwei Flugzeuge der Irischen Luftwaffe war, um der abessinischen Luftabwehr zu entgehen, in einer Höhe von 4572 Metern über den Slane geflogen und hatte die Kommandotürme gesichtet. Über Unterseeboote, Fallschirmspringer, Schwarze, Freimaurer, Spione, die I.R.A., den Ku-Klux-Klan, Mr. Winston Churchill, entflohene Geisteskranke, Kommunisten, Atheisten, Black and Tans (Angehörige des Kontingents, das 1920 von der britischen Regierung gegen Irland geschickt wurde), Orangisten (Anhänger des politischen Protestantismus in Nordirland) und eine Landung der Eskimos war großzügig berichtet worden. An allen Küsten Irlands hielten Leuchtturmwärter scharfen Ausguck nach See, zerbrachen sich Bahnhofsvorsteher über Telegrammformulare den Kopf, gaben Sergeanten der Garde drei Schuß Munition aus, starrten Inspektoren von diesem und jenem in den Himmel, versteckten Museumsangestellte das *Cross of Cong*, zogen katholische Pfadfinder ihre Gürtel strammer, klapperten Stenotypistinnen auf ihren Maschinen Anordnungen herunter, versteckten Altersrentner ihre Sparbücher, befingerten Börsenmitglieder schmierige Schulterbänder, und wenigstens zehntausend Gläubige schworen im Geiste, wenn sie verschont blieben, würden sie in der Zeitung ihren Dank an den seligen Oliver Plunkett, Matt Talbot, The Little Flower, die Heilige Philomena, den Heiligen Antonius von Padua, das Kind von Prag, Unsere Liebe Frau von Lourdes und andere verdienstvolle Persönlichkeiten annoncieren, die zu zahlreich sind, um sie hier zu erwähnen.

Doch die schreckliche Hand des Krieges war nicht das einzige Verhängnis, das drohend über der Metropole schwebte.
Der Lauf der Liffey durch Dublin war von Mauerwerk eingefaßt und von Brücken überspannt. Seit Wochen hatte die steigende Flut fast die Uferstraßen erreicht; seit Tagen hatte sie die Straße nicht nur erreicht, sondern bei Hochwasser überspült. Als an jenem Morgen das Hochwasser hereindrängte, standen die Kais voll unter Wasser, die Erdgeschosse bis zur halben Höhe der O'Connell Street waren unbewohnbar. Als gegen Abend die Flut immer noch stieg und das Hochwasser zurückkam, befürchtete man, daß die halbe Stadt überschwemmt werden würde. Die Feuerwehr, die St.-John-Ambulanz, die örtlichen Verteidigungsstreitkräfte und verschiedene karitative Bruderschaften, ganz zu schweigen von den diversen freiwilligen Helfern aller Klassen und Glaubensbekenntnisse, waren damit beschäftigt, ungeachtet der an die Stadtpforten klopfenden Macht Abessiniens, tief gelegene Wohnungen zu evakuieren, die Bürger zu ersuchen, ihre Möbel die Treppen hinaufzuschaffen, die letzten Neuigkeiten über die Invasion weiterzugeben, einander mit Notizzetteln mit der Kennzeichnung »14.35 h« auf Botengänge zu schicken und zu einem Glas Porter in Pubs einzukehren. Das Durcheinander wurde vielleicht noch etwas durch den Umstand verschlimmert, daß viele der Brücken vor ein paar Jahren zu Ehren europäischer Persönlichkeiten, wie etwa Mr. Liam Mellowes, durch Erlaß eines patriotischen Gesetzes umgetauft waren, damit sie nicht länger an solche Tyrannen wie Queen Victoria und Lord Sackville erinnerten, die sie erbaut hatten. Deshalb wußten die älteren Leute, die man offiziell zur Father Matthew Bridge schickte, nicht, daß sie zur Whitworth gehen mußten, und jene, die über die Capel Street Bridge gehen sollten, suchten erst lange nach der Grattan Bridge.

Sogar die Ansager von Radio Eireann hatten ihr Winterlager verlassen und die übliche Funkstille durchbrochen, um zu würdevoller Ruhe zu raten. Der Taoiseach, so berichteten sie, hätte die Situation voll unter Kontrolle.

Die Telephonvermittlung war mittlerweile zusammengebrochen.

Mr. White und seine Jünger steckten müde in ihren einzigartigen schwimmenden Untersätzen und hatten keine Ahnung von dieser Krise. Selbst wenn sie davon gewußt hätten, sie hätten sich kaum Sorgen gemacht. Sie hatten die Augen geschlossen. Jene, die noch deutlich sprechen konnten, beteten mit gedämpfter Stimme. Sie nahmen die letzte, lange Biegung des Slane, wo er zwischen dem Phoenix Park und Castleknock hindurchfließt, und trieben in die angeschwollene Liffey unterhalb des Wehrs vor Glenaulin, und das Panorama der geschlagenen Stadt begann sich in stattlichen Kreisen um sie zu drehen. Da war die Kingsbridge Station, einer der schönsten Bahnhöfe Europas, mit der Brücke daneben, die zur Erinnerung an einen Besuch von King George IV erbaut worden war – für den sie auch extra ein passendes Klo hatten bauen müssen. Da waren die langen Kaianlagen von Messrs. Guinness, wo die Schwäne so oft bei Ebbe den Schlamm mit ihren weißen Federn beschneit hatten. Dort, an allen Wänden, jede Seitenstraße hinauf, an allen Fenstern, standen dicht gedrängt die Menschen von Irland und starrten hinab auf den Feind.

Da gerade Ebbe war, kamen sie gut unter den Brücken hindurch.

Zehntausend Augen waren auf sie gerichtet, doch ohne das geringste Interesse an der Sensation, die sie schufen, zusammengesunken in ihren Fässern, das Banner der Kinder Mariä durchnäßt und im Wasser nachschleppend, trieben die Abessinier in verschiedenen Stadien der Erschöpfung weiter flußabwärts. Von der ganzen kriegslüsternen

Bande setzte sich allein Brownie aufrecht hin, um dieses öffentliche Schaugepränge mit intelligenter Anerkennung zu mustern.

Auf den Stufen von Adam und Eve's, mit Gummistiefeln unter den Roben und schief sitzenden Mitren, war die katholische Hierarchie versammelt, eilends aus Maynooth, Armagh, Cashel und ähnlichen Zentren der Hingabe herbeizitiert, überdacht von Baldachinen und unterstützt von Kreuzträgern, kleinen Glöckchen und jedem notwendigen Begleitartikel, stand da und strich und fummelte und sicherheitsnadelte an ihren Achseltüchern, Alben, Schärpen, Manipeln, Stolen, Kaseln und so weiter herum. Als die Invasoren vorbeizogen, hoben diese Würdenträger wie ein Mann ihre Ringe, Krummstäbe, Kruzifixe, Reliquien und andere Hilfsmittel in herzhafter Verwünschung von Abessinien, Fallschirmspringern, Unterseebooten, Erzketzern und allen Invasoren der Heiligen Insel. Sie runzelten ihre gewaltigen Augenbrauen, ließen ihre durchdringenden Augen funkeln, stützten einander, auch wenn sie völlig siech waren, mit sehnigen Ellbogen, läuteten silberne Glöckchen, kreuzten Druidenfinger, blinzelten argwöhnisch, räusperten sich, verweigerten jede Absolution, verfaßten Telegramme an den Kardinalsekretär, drohten mit dem Index Expurgatorius, gaben Hirtenbriefe heraus, spendeten das Abendmahl, schwenkten ihre Weihrauchfässer, wanden ihre Zehen in den Gummistiefeln, um sie warmzuhalten, rezitierten Old Moore's Almanach, proklamierten Kreuzzüge gegen das Laster, segneten ihre beleibten, unbeholfenen Assistenten, erteilten einen Ablaß † von dreihundertundfünfundsechzig (365) Millionen (000'000) Jahren und zweieinhalb (2½) Tagen für alle, die reinen Herzens † an der Novene † teilnähmen, steckten ihre Zauberknollen von einer Hosentasche in die andere, traten nervös von einem Fuß auf den anderen, schwankten hin und her, zerrissen die Spitzenkrausen an den Reliquiaren, schüttelten die Fäuste, trockneten sich die Stirnen, vergewisserten sich, daß ihre Rolls-Royces für den Notfall fluchtbereit dastanden, ermahnten, entstellten, verdrehten, machten Kapriolen, erwiderten, behaupteten, pflichteten bei und stritten ab mit einem solchen OMNIUM-DOMNIUM-NOMINY-DOMINY-RORUM-GALORUM, daß es den flaschengrünen Himmel von Bollock-Lea erschütterte.

Hinter und links oder rechts von den Heiligen Hierarchen hatten sich die loyalen Bürger von Black-linn aufgereiht, in Roben von Heiligen oder Gelehrten, der normalen Einwohner ihrer Vaterstadt. Da waren die Barmädchen Schnapsnase und Goldhaar, da O'Madden Burke, auf seinen Regenschirm gestützt, da Pater Conmee in der Toleranz unüberwindlicher Ignoranz, sowie Hochwürden Mr. Love, der auf baldige Beförderung hoffte, dort Blazes Boylan der Übermächtige, Mulligan der Mediziner und der sanfte Leopold der Glänzende mit schiefsitzendem Hemd, nicht zu vergessen Frank O'Connor mit seinem schwarzen Sombrero und Mr. Sean O'Faolain mit seiner Brille und Myles aus dem Little Horses und McBirney, nur vierzig Schritt von der Flut entfernt. Zu diesen gelehrten Häuptern gesellten sich dicht gedrängt eintausend Priester in pompöser Aufgeblasenheit, eintausend Viehtreiber mit vertrockneten Kehlen, eintausend Tagediebe in tapsiger Tolpatschigkeit, eintausend Mädchen in manierlicher Modebewußtheit, eintausend Saufbolde in schnapsseliger Schluckbrüderlichkeit und eintausend gewitzte Wucherer, gierig nach allem greifend, was sie ergattern konnten. Außerdem waren da noch: ausgefitzte Viehhändler, furchtsame Verwandte vom Lande, ruchlose Rechtsanwälte, schmutzige, spuckende Slumbewohner, leidvoll-pathetische Leichenbestatter, lebensmittelstrekkende Lebensmittelhändler, düster glotzende Glücksspieler, bettelnde Bittsteller, im Überfluß badende Bankiers, großtuerische Großhändler, senile Senatoren, schmeichlerische Schwindler, schnüffelnde Secret-Service-Männer, scheinheilige Sodalitäten, diebische Dichter, päpstlich sich gebarende Papisten, orgiastische Orangisten, und alle, alle, alle *ad infinitum, ad nauseam, ad aperturam, ad arbitrium, ad extremum, ad hominem, ad internecionem, ad unguem, ad utrumque paratus,* jedoch nie *ad rem* redend, redend, redend, redend ohne das geringste Interesse am Wahrheitsgehalt dessen, was sie sagten.

Als diese Patrioten die Armada erblickten, verstummten sie für einen Augenblick, um dann ein einstimmiges Geheul gegenseitigen Widerspruchs anzustimmen, ein jeder gegen alle anderen.

Unter den Personen, die nicht auf der obigen Liste stehen, befanden sich: 3ählige schwadronierende Redner, 3ählige plappernde Katholische Ligisten, 3ählige kichernde Lehrlinge, 3ählige leeres Stroh dreschende Wichtigtuer, und 99½ Prozent des ganzen Haufens blieben ausgeschlossen, weil sie den Wortteil 3 nicht aussprechen konnten.

Auch waren die edelgesinnten Menschen in der Menge und die ehrwürdigen Bischöfe nicht die einzigen Märtyrer, die sich an den Ufern der Anna Livia Plurabelle versammelt hatten, die jetzt zu einem solchen Ausmaß angeschwollen war, daß es sich selbst der Kontrolle der Experten in der Holles Street Nr. 29–31 entzog. Im Gegenteil, die Land- und Seestreitkräfte Irlands, herbeigerufen mit Telephon, Tom-Tom, Telepathie oder drahtlose Telegraphie, waren an den überquellenden Flußrändern aufgestellt. Dort, entlang dem Wellington's und Aston's Kai, stand mit drei Panzerwagen die Irische Armee, die Männer in redliches Seegrün gekleidet, um zu zeigen, daß sie aber auch absolut nichts mit England zu tun hätten, von dem die meisten übrigens auch kaum je etwas gehört hatten, hielten schüchtern ihre franko-preußischen Karabiner fest, verhielten sich schlicht und unauffällig, wußten

nicht, warum sie überhaupt hier waren, und schämten sich, daß man sie so anstarrte. Dort, am Eden Quai oberhalb der Eisenbahnbrücke, lag lose festgemacht die Irische Kriegsmarine, ein Motorboot mit der Mannschaft von sechs Seepfadfindern, das Maschinengewehr klar zum Gefecht. Oben an dem bleifarbenen Himmel zogen die beiden, von einem Zirkus gekauften Flugzeuge der Irischen Luftwaffe majestätisch ihre Runden. Sie hatten keine Bomben, aber da sie zur Reklame mit einem Himmelsschreiber mit Rauch ausgerüstet waren, schrieben sie sorgfältig in bewährtem Irisch: CÉAD MÍLE FÁILTE. Glücklicherweise gab es keine sprachlichen Besonderheiten, die sie mit ihrer Apparatur nicht hätten wiedergeben können. Außer der bewaffneten Staatsmacht, doch zu ihrer Ergänzung, waren die Zivilangestellten der Nation aufgeboten. Fünftausend Inspektoren, fünfmal fünftausend Inspektoren der Inspektoren und fünfmal fünf mal fünftausend Inspektoren von Inspektoren der Inspektoren in geometrischer Staffelung, von denen jeder Amsträger fünfmal fünf mal fünf mal fünf soviel Gehalt bezog wie der im Rang unter ihm stehende, standen entschlossen und fest hinter dem Willen des Volkes – und wenn nicht jeder von ihnen bei den Wahlen für De Valera stimmte, hätten sie sich eben dies Gehalt an den Hut schreiben können, jawohl, gar nicht zu reden von dem Stück Land, das die Landkommission an sie verteilen sollte. Schreibmaschinenlehrerinnen, Hühnerzüchterinnen, Schullehrer, Stierzähler, Feld- und Fabrikaufseher: sie alle standen wachsam da und blätterten in ihren Formularen. Es gab auch eine gewisse Anzahl von G-men, private Meuchelmörder, Spione und Leute aus anderen Gesellschaftsschichten.
Die Zivilgardisten waren da, mit Armschienen, in Gipsverbänden oder auf Krücken, die sie sich bei schüchternen Interventionsversuchen in die Vergnügungen der »anständigen Menschen« erworben hatten.

Die I.R.A. stand weit vorn mit goldener Fainne, Medaillen diverser Heiliger und anderen Insignien ihrer Macht. Die üblichen Feen, Kobolde und todverkündenden Geistergestalten mischten sich unter die Menge.

Schließlich, erhaben über allen anderen wie sich das gehörte, aufgereiht an einer Fensterfront mit Blick über O'Mara's, gaben sich die Handlanger und Bosse des organisierten Gangstertums die Ehre sowie der Heilige Wille von De V. persönlich, der seinen Zylinder aufgesetzt hatte und aussah wie Don Quichotte mit Bauchschmerzen, um sich zu vergewissern, daß nichts schief ginge. Umgeben von seinen Ministern für Verteidigung, Erziehung, Katholische Zensur und Gälische Wiedererweckung, deren Pflichten er in dieser gegenwärtigen Krise großzügigerweise selbst übernommen hatte, um sicherzugehen, daß sie ordentlich wahrgenommen würden, füllte er die Zeit bis zum Beginn der Schlacht damit aus, daß er die respektvoll ausharrende Menge mit Reden über folgende Themen belehrte: Rechtschreibung, Mathematik, die *Irish Times,* die irische Sprache, den Firbolg, wie man Blähungen bei Babies kuriert, das Verhältniswahlsystem, über richtiges Pflügen, die Cheshirekatze, richtiges Stricken, wie man ein gebildeter Mensch wird, wie man alles und nichts verkehrt macht, wie man einen Eid schwört, ohne sich eidlich zu verpflichten, und zusätzlich über das Thema: Englisch als Kennzeichen der Sklaverei, womit er bewies, daß alle Einwohner Amerikas Sklaven wären, weil sie nicht die Sprache der Indianer sprächen. Er verweilte kurz bei Brian Boru, Cu Chulainn, Cromwell, Giraldus Cambrensis, Silken Thomas, den Heiligen Patrick, Brendan, Firman, Fiacre und Molaise, dem Patriarchen Noah, den Iren als Abkömmlingen des sagenhaften Königs Milesius, bei Tuatha De Danann und anderen jüngeren historischen Persönlichkeiten, deren politischer Einfluß die Interessen des zwanzigsten Jahrhunderts so universell durchdringt.

Er erklärte mit einfachsten Ausdrücken die Laudabiliter genannte Bulle und das Wesen von Papst Hadrian VI – Themen, die er aus dem Ärmel schütteln konnte, denn er hatte zumindest drei Kapitel der gelehrten und präzisen *Geschichte Irlands* von dem verblichenen Mr. A. M. Sullivan gründlich gelesen, der weder den Verdienstorden erhalten hatte, noch D. Litt., M. A. oder wenigstens B. A. war *(aegrotat)*. Er appellierte an Demokratie, Neutralität, Fair Play, die Atlantik-Charta, Patriotismus, parlamentarische Regierung, Freiheit der Rede – abgesehen von seiner eigenen Zensurausübung natürlich –, die Unverletzlichkeit kleiner Nationen, die Menschenrechte, das Andenken von Robert Emmet, die Reinheit der Parteipolitik, an das Tragen der grünen Uniformen und an die verschiedenen Appellationsgerichte, die er gütigerweise in einfachen und leicht verständlichen Worten beschrieb, so daß sie auch der beschränkteste Zuhörer begreifen konnte.

Die Hochrufe des Volkes während seiner Reden nahmen ein erstaunliches Ausmaß an. Wenn es etwas gab, worauf jeder Mann und jede Frau hier stolz sein konnte, ja sogar das Kind auf dem Arm, dann, Jesus!, die Tatsache, daß jeder der hier Versammelten sich ruhig verhielt, wie stets, bereit, das Blut seines Nächsten bis zum letzten Tropfen zu vergießen, zum Ruhm von *Poor Ould Oireland*, des armen alten Irland, und für das Andenken an Parnell!

Die Hochrufe erstarben, als die Tyrannen in ihren Kriegsschiffen unter der Metal Bridge hindurchtrudelten.

Der Taoiseach unter seinem Zylinderhut hatte sich vor allem Volke die Hände gewaschen, um zu demonstrieren, daß er keine Schuld hatte. Dann, indem er eine Hand als Zeichen für die Armee und die andere Hand als Zeichen für die Kriegsmarine hob, begann er in männlichem, aber religiösem Ton die Dekaden des Rosenkranzes anzustimmen.

Das Volk holte seine Morgenzeitungen, Taschentücher,

Einkaufslisten und Tuchmützen hervor, breitete sie auf dem Boden aus, kniete mit einem Bein darauf, senkte den Kopf auf die Brust und murmelte die Antwortstrophen.
Die Armee legte die Musketen an.
Die Kriegsmarine stellte fest, daß man die falsche Munition für das Maschinengewehr ausgegeben hatte.
Mr. White öffnete ein Auge und rief kraftlos: »O Gott, was ist denn jetzt passiert?«

Kapitel 28

Die erste Salve lag zu hoch. Sie tötete drei Gastwirte auf dem gegenüberliegenden Ufer und verwundete schwer eine alte Nonne, von der man glaubte, daß sie den Stacheldraht erfunden hätte.

Die zweite Salve bestand, wie sich herausstellte, aus Platzpatronen, die man versehentlich ausgegeben hatte.

Die dritte Salve zertrümmerte die seitlichen Bullaugen der Irischen Marine, die erst in dieser Woche geputzt worden waren.

Damit waren die Salven beendet, da es keine Munition mehr gab. Die drei Panzerwagen bei der Brücke kamen gar nicht erst zum Einsatz.

Das Personal der Irischen Marine, aufgebracht, daß es die Bullaugen umsonst hatte putzen müssen, argwöhnte Verrat, war wütend über den Schrecken, den man ihm eingejagt hatte, zog die Pfadfindermesser und spang in die Liffey. Sie waren entschlossen, hinüberzuschwimmen und der Armee die Eingeweide aus dem Leib zu schneiden oder bei dem Versuch zu sterben.

Der gereizte Volkshaufen starrte auf seine Toten, stieß ein gewaltiges Geheule verschiedenen Ursprungs aus, in das sich der Fluch des Totengewandes, der Caointeachán, der Schlachtruf (Bollock-Lea Aboo) und die Bitte um Gnade mischten.

Dann, nachdem der blaue Rauch in der winterlichen Luft verflogen war und die Seemöwen, die beim Krachen der Gewehre aufgeflogen waren, sich wieder niedergelassen hatten, lösten sich im Handumdrehen die aufgestauten Emotionen. Die Bischöfe begannen mit ihren Krummstäben um sich zu schlagen, die Inspektoren schlugen sich

ihre Notizbücher um die Ohren, die restlichen Kneipenwirte krönten einander mit leeren Flaschen, die Stehkragenproletarier bearbeiteten einander mit ihren Regenschirmen, die Krämer bewarfen sich mit faulen Eiern und Kohlstrünken, die Armee benutzte ihre Arkebusen als Prügel und schlug damit die Kriegsmarine aus dem Feld, die St.-John-Ambulanzwagen ließen ihre Glocken erschallen, die Feuerwehr stellte ihre Schläuche an, wobei sich herausstellte, daß sie völlig durchlöchert waren, die Angehörigen der Gälischen Liga machten einander mit echten Eichenknütteln nieder, die todverkündenden Geister heulten, die Kobolde vollführten ihre Koboldstreiche, die I.R.A.-Leute ballerten die Magazine ihrer Maschinenpistolen leer, die Dentisten gingen auf die Telephonisten los, die modebewußten Mädchen piekten einander mit Sicherheitsnadeln, die Tagediebe stahlen sich gegenseitig die Zeit, die Viehtreiber verdroschen einander mit ihren Eschenknütteln, die Slumbewohner schlugen die Ladenfenster ein und begannen zu plündern, Mr. Bloom ergriff die Flucht, Blazes Boylan schlug Mulligan dem Medizinmann ein blaues Auge, die aufgeblasenen Priester ließen die Luft aus den Backen und griffen sich gegenseitig mit ihren Brevieren an, die Zivilgarde wurde bis auf einen Mann massakriert, und der Boss in seinem Erkerfenster über O'Mara's ließ eine instruktive Rede in Gälisch über das unbillige Verhalten von König Heinrich II vom Stapel.
Als die letzten Invasoren unter der Butt Bridge in Richtung Zollgebäude hindurchschossen, warfen sie einen müden Blick zurück.
Die geschlagene Stadt erstreckte sich hinter ihnen in drei Schichten. Die oberste und Wurfgeschoßschicht bestand aus Bowlerhüten, Schuhen, Ziegelsteinen, Büchern, Flaschen und anderem Kleinkram, die von der inspirierten Menge wie Bälle auf einem Springbrunnen auf und ab befördert wurden. Die mittlere oder schlagende Schicht stieg

und fiel in ständigem Gewoge und bestand aus Spazierstöcken, Ruten, Regenschirmen, Keulen, Whiskyflaschen, Gummiknüppeln, Eichenknütteln, Geländerstangen, Schürhaken, Totschlägern, Baseballschlägern, Eisenbahnschienen, Knuten. Die dritte und unterste Schicht war schwarz, wirr, ineinander verstrickt, abscheulich, zuckend, dicht gepackt, rasend und verfilzt. Sie schien menschlich zu sein, brüllte aber wie Raubkatzen zur Fütterungszeit. Und verwundend, verletzend, blutspritzend, wild, mörderisch, scharfschneidig, würgend, tobend, zu Boden streckend, wütend, unheilbringend war ihr Kampf auf beiden Seiten.

Lange danach sagte Mrs. O'Callaghan: »Ich habe meine Schlüssel gefunden.«

»Wo?« fragte Mickey.

»In meiner . . . Tasche.«

Sie tanzten am North Wall und der Zufahrt zu dem Grand Canal Dock vorbei. Unbeleuchtete Leuchttürme tauchten im Platzregen auf, und zu ihrer Rechten erstreckte sich die Pigeon House Road in ihrer ganzen Länge auf gleicher Höhe mit dem Wasser. Das Quarantänekrankenhaus und der Hauptabwasserabfluß, das Rettungsbootshaus und das triefende Pigeon House selbst, als letztes dann das Elektrizitätswerk, sie alle entboten ihnen ein langes Lebewohl.

Mr. White fragte: »Haben Sie . . . alle diese Leute gesehen?«

»Sie haben . . . auf uns geschossen.«

»Unsinn.«

Zu ihrer Linken bewegten sich zwei Leuchtbojen auf und ab, zu ihrer Rechten war die endlose Pier zum Poolbeg-Leuchtturm. Sie waren fast schon auf See, und das Wasser wurde rauher.

»Warum . . . sollten sie?«

»Vielleicht . . . haben wir unrecht getan?«

»Wenn sie schon geschossen haben«, sagte Mr. White matt, seinen Kragen mit schwacher Hand gegen den Regen dichthaltend, »müssen sie aufeinander geschossen haben. Vielleicht ist eine Revolution im Gange. Gewöhnlich machen sie eine . . . so um die Osterzeit.«

Die letzten Aufschreie der Menge hinter ihnen vergingen zu einem leisen Gebrumm. Die Regentropfen auf dem Wasser um sie herum vollführten einen millionenfachen Puppentanz.

»Sie müssen . . . uns gesehen haben.«

Keine Antwort.

»Bestimmt werden sie uns . . . ein Boot schicken?«

Schweigen.

Zwischen dem Poolbeg- und dem North Bull-Leuchtfeuer übernahm sie die See.

Die Fässer stiegen auf dem Wasserschwall aus dem Hafen und letzten Zufluchtsort hinaus über die Wellenkämme in den atmenden, seltsamen, wunderbaren, tosenden, großzügigen, weiten, stets rauhen, naßgewölbten, regenbeschauerten, laut knirschenden, überquellenden, salzigen Ozean; so daß die See in ihrer blaugrauen, schrecklichen Schönheit vor ihnen aufstieg und ihre unbegrenzten, furchtbaren Abgründe öffnete, aus denen sie ihre machtvollen, laut klatschenden, rasch zupackenden, fischreichen Wogen anrollen ließ; so daß sie das Tosen der unermeßlichen See und das gewaltige Toben und rauhe Lärmen der Seeungeheuer von allen Seiten in ihrer Not und Bedrängnis hören konnten.

Die Jünger hatten ihre Paddel verloren, als sie seekrank geworden waren.

Die Strömung des Flusses war versiegt. Die Strömungen der Irischen See trugen sie in rhythmischem Auf und Ab nach Süden. Sie stiegen hoch zum Himmel empor, erhöht wie zum Opfer, und wurden tief, tief hinab in den Abgrund geschleudert. Seevögel, die dicht über der Oberflä-

che flogen, verschwanden hinter den Wogenkämmen und wurden wieder sichtbar, qualvoll anzusehen. Ihre gerade Flugrichtung betonte die Schwingungen noch.
Mrs. O'Callaghan sagte: »Es könnte vielleicht ... eine besondere Art Vogel sein. Wie der Pemmikan.«
»Was könnte?«
»Der Heilige Geist.«
Mickey erklärte bitter: »Diese Saufköppe. Sie brauchen ihn ja bloß für die Opfer.«
»Mickey!«
»Ein Wortgeklingel zu Ostern, ein Wortgeklingel zu Mariä Lichtmeß, ein Wortgeklingel zu Allerheiligen und ein Wortgeklingel zu Weihnachten.«
Er lugte über den Rand seines Fasses und fügte ängstlich hinzu: »O Gott! Werden diese Wellen hereinschlagen?«
»Wahrscheinlich.«
»Und dann schwimmen wir nicht mehr?«
»Nein.«
»Wir werden alle ertrinken?«
»Ja.«
»Huuuuh ...«
Mrs. O'Callaghan begann eine Bußübung.
Sie konnten sehen, daß Philomenas Brüder und Schwestern dreiundzwanzig bunte Krawatten hervorholten, einst das Eigentum von Mr. White, und damit schwach über die Wogenkämme winkten. Auf dem nächsten Wogenkamm sahen sie warum.
Der Postdampfer von England, der auf seiner täglichen Route von Holyhead unter seiner vertrauten Rauchfahne heranstampfte, würde gleich einlaufen.
Mrs. O'Callaghan wedelte mit ihrem Schlüsselbund.
Mr. White weigerte sich, hinzusehen.
»Sie werden uns nicht bemerken.«
Doch unglaublicherweise wendete der Dampfer, kam auf sie zu, verlangsamte die Fahrt. Er kam immer dichter her-

an. Leute standen an der Reling und begannen Rettungsringe nach ihnen zu werfen: gefährliche Waffen und vom Kapitän mißbilligt, der sie nicht verlieren wollte. Ein Boot wurde an knarrenden Flaschenzügen herabgelassen, zum ersten Mal seit Generationen in Bewegung gesetzt. Die Matrosen, die ein wenig wie Eisenbahngepäckträger aussahen – eine Eigenart der Irischen Linie –, schienen überrascht zu sein, daß sie funktionierten. Das Gebirge der Schiffswand ragte turmhoch über den Seefahrern auf, die jetzt als Reaktion auf ihre bevorstehende Errettung sichtlich einen Kollaps erlitten. Mitleidige Passagiere warfen ihnen Seile zu, wo immer sie welche zusammengerollt fanden, und einige warfen mit Feuerlöscheimern. Die Leute aus der Bar begannen mit Flaschen zu werfen. Viele photographierten. Stewardessen konstruierten Tragbahren, füllten Wärmflaschen, bereiteten Schonkost. Das Rettungsboot wurde als seetüchtig befunden, bemannt, von den Davits befreit und unter die Schiffbrüchigen gerudert. Muskulöse Matrosen mit sanften Händen zogen sie aus ihren Fässern und Badewannen ins Boot. Irgendwie wurden sie alle an Bord geholt, mit baumelnden Köpfen und leichenblassen Gesichtern, die Arme um die Schultern von jeweils zwei Rettern geschlungen. Sie waren in Sicherheit und einigermaßen dankbar. Rum wurde ausgegeben. Selbst der Regen begann nachzulassen.

Mr. White und seine beiden Begleiter kamen als Letzte an Bord, und er vergewisserte sich, daß auch Brownie nicht vergessen wurde. Sie sprang übermütig an Deck um sie herum.

Eine kleine Weile standen sie mit einem Mann zu jeder Seite da, während über eine Kabine verhandelt wurde. Der Postdampfer stampfte nicht so sehr wie die Fässer, und es war ein Segen, nicht mehr um sich selbst gedreht zu werden. Er getraute sich, ein halbes Auge zu öffnen.

Über Irland ging die Sonne unter. Bray Head stand in lieblichem Purpur unter den schrägen Strahlen, und die Abendstille scheuchte den letzten, langen Regenschleier davon.

Man sah, wie er Mrs. O'Callaghan ein Zeichen gab, schwach mit dem Kopf nickte und mit blau verfrorener Hand nach Steuerbord deutete. Sie blickte folgsam in die Richtung, verwirrt, kooperativ, freundlich und ungebeugt. Sie lächelte ihr unheimlich artiges Lächeln, das sie für Pater Byrne anzuknipsen pflegte, wenn sie »Tatsächlich?« sagte, um ihm zu zeigen, daß sie es auch gesehen hatte.

Es war ein vollkommener Regenbogen.

Diederichs Fantasy

FREDERIK HETMANN

MADRU ODER DER GROSSE WALD. Ein Märchen. Mit Bilderspiel (Baumtarot). – Die Saga des Großen Waldes, in der das Baumtarot eine große Rolle spielt. Madru, der »Sternensohn«, muß sich für einen von drei Wegen entscheiden: den des Waldes, den des Allwiss oder den der Ritter. Seine Wahl stürzt ihn in unabsehbare Abenteuer, in Magie und Anderswelt. Zugleich lernt er, welche Antriebe und Mächte die Welt bestimmen. Ein Buch zum Lesen und zum Spielen, mit allen 22 Karten des geheimnisvollen Baumtarot.

DIE REISE IN DIE ANDERSWELT. Feengeschichten und Feenglaube in Irland. – »Ein großer Kenner irischer Mythen und Geschichte. Seine jüngsten Sammlungen irischer Feengeschichten sind eine aufregende, schöne Lektüre: Reiseführer in die unheimliche, wilde und strahlende Anderswelt der zauberischen Geschöpfe.« (*Die Zeit*)

IRISCHER ZAUBERGARTEN. Märchen, Sagen und Geschichten von der Grünen Insel. – »In wüsten, ungebärdigen Geschichten geht es durch Himmel und Hölle, sieben Reiche hinter acht Bergen, durch dreizehn Paläste mit Hexen und Feen. Die Sammlung ist eine Kostbarkeit.« (*Die Zeit*)